TAE KELLER

WIE MAN EINEN TIGER FÄNGT

Roman

Aus dem amerikanischen Englisch von
Ilse Rothfuss

DRAGONFLY

1. Auflage 2021
Deutsche Erstausgabe

Published by arrangement with Rights People, London

Originaltitel: »When You Trap a Tiger«
Published in the United States by Random House Children's Books,
a division of Penguin Random House LLC, New York.
Umschlaggestaltung: Elsa Klever
Satz: GGP Media GmbH, Pößneck
Druck und Bindung: GGP Media GmbH, Pößneck
Printed in Germany · ISBN 978-3-7488-0081-1

www.dragonfly-verlag.de
Facebook: facebook.de/dragonflyverlag
Instagram: @dragonflyverlag

Klimaneutral
Druckprodukt
ClimatePartner.com/15109-2009-1001

MIX
Papier
FSC FSC® C014496

KAPITEL 1

Ich kann mich unsichtbar machen.

Das ist eine Superkraft oder zumindest eine geheime Kraft. Aber nicht so wie im Film – ich bin keine Superheldin oder so. Helden sind die Stars, die den Tag retten. Ich … verschwinde einfach.

Zuerst wusste ich nicht, dass ich diese Magie besitze. Ich habe nur gemerkt, dass die Lehrer meinen Namen vergessen und andere Kinder nicht mit mir spielen wollen, und einmal, gegen Ende der Vierten, hat ein Junge kopfschüttelnd zu mir gesagt: »Hey, wo kommst du denn her? Dich hab ich hier noch nie gesehen.«

Damals habe ich diese Unsichtbarkeit gehasst. Aber jetzt weiß ich, dass es an meiner Magie liegt.

Sam, meine große Schwester, bestreitet das – in ihren Augen ist es keine Superkraft, sondern einfach Schüchternheit. Aber Sam kann auch ganz schön gemein sein.

Dabei ist diese Kraft manchmal sehr nützlich. Zum Beispiel wenn Mom und Sam streiten. So wie jetzt.

Ich hülle mich in meine Unsichtbarkeit und lehne meine Stirn ans Autofenster, schaue zu, wie die Regentropfen an der Scheibe unseres alten Kombis herunterlaufen.

»Halt lieber an«, sagt Sam zu Mom.

Oder eigentlich sagt sie es zu ihrem Handy, weil sie gar nicht hochschaut. Sie sitzt auf dem Beifahrersitz, die Füße gegen das Handschuhfach gestemmt, die Knie an die Brust gezogen – ihr ganzer Körper wickelt sich um das leuchtende Display.

Mom seufzt. »Also bitte. Wir müssen nicht anhalten. Das ist nur ein bisschen Regen.« Aber sie lässt die Scheibenwischer schneller laufen und tippt auf die Bremse, bis wir nur noch im Schneckentempo weiterrollen.

Der Regen fing an, sobald wir die Grenze zum Staat Washington überschritten hatten, und es wird immer schlimmer. Wir kriechen am handgemalten Ortsschild mit der Aufschrift *Sunbeam* vorbei. Willkommen in Halmonis Kaff. Der Name ist ein Witz, denn Sunbeam ist ein wahres Regenloch.

Sam schmatzt mit ihren schwarz geschminkten Lippen. »Kay.«

Das ist alles. Nur drei Buchstaben.

Sie tippt auf ihrem Display herum, schickt Wortblasen und Emojis an alle ihre Freundinnen zu Hause.

Was wohl in diesen Nachrichten steht? Manchmal, wenn ich mich lasse, stelle ich mir vor, dass sie mir schreibt.

»Sam, es wäre schön, wenn du das alles hier mal etwas positiver sehen könntest.« Mom stößt ihre Brille so wütend die Nase hoch, als wäre die an allem schuld.

»Das kann jetzt nicht dein Ernst sein!« Sam schaut von ihrem Handy auf – endlich – und funkelt Mom böse an.

So fängt es immer an. Ihre Auseinandersetzungen sind laut und explosiv. Sie verheizen sich gegenseitig.

Ich hüte mich dazwischenzugehen. Ich drücke meine Fingerspitze an die regennasse Fensterscheibe und ziehe eine Linie zwischen den

Tropfen, als wollte ich die Punkte miteinander verbinden. Meine Augenlider werden schwer. Ich bin so an diese Streitereien gewöhnt, dass es fast wie ein Wiegenlied für mich ist.

»Dir ist aber schon klar, wie unmöglich das alles von dir ist? Ich meine, das ist so was von *nicht* okay …«

»Sam.« Mom verkrampft sich komplett – ihre Schultern sind steif, ihre Nackenmuskeln angespannt.

Ich halte den Atem an, denke: unsichtbar, unsichtbar, unsichtbar.

»Nein, im Ernst«, giftet Sam weiter. »Nur weil dir plötzlich einfällt, dass du mehr Zeit mit Halmoni verbringen willst, heißt das noch lange nicht, dass du unser ganzes Leben auf den Kopf stellen musst. Ich hatte *Pläne* für diesen Sommer – was dir natürlich völlig egal ist. Du hast uns noch nicht mal rechtzeitig vorgewarnt.«

In diesem Punkt muss ich Sam recht geben. Mom hat uns erst vor zwei Wochen gesagt, dass wir für immer von Kalifornien wegziehen. Und ich werde mein Zuhause dort auch vermissen. Meine Schule, die Sonne, die Sandstrände – so anders als die raue Felsenküste von Sunbeam.

Ich denke nur einfach nicht daran.

»Ich dachte, ihr freut euch, wenn ihr mit eurer Großmutter zusammen sein könnt«, sagt Mom scharf. Der Regen ist noch stärker geworden und nimmt ihre ganze Aufmerksamkeit in Anspruch. Ihre Finger umklammern das Lenkrad so fest, dass die Knöchel weiß hervortreten. Bei diesem Wetter fahren wir alle nicht gern Auto, seit Dad gestorben ist.

Ich konzentriere mich auf das Lenkrad und kneife die Augen leicht zusammen, während ich im Stillen gute Gedanken aussende, so wie ich es von Halmoni gelernt habe.

»Lenk jetzt nicht ab.« Sam zerrt an der einzelnen weißen Strähne in ihrem schwarzen Haar. Sie ist immer noch sauer, aber schon etwas abgekühlt. »Ich bin gern mit Halmoni zusammen, das weißt du genau. Nur eben nicht hier. Ich will einfach nicht hier sein.«

Halmoni hat uns immer in Kalifornien besucht. In Sunbeam waren wir seit meinem siebten Geburtstag nicht mehr. Ich spähe durch die Windschutzscheibe. Die Landschaft, die an uns vorbeigleitet, ist friedlich. Graue Steinhäuser, grünes Gras, graue Restaurants, grüner Wald. Die Farben von Sunbeam verschwimmen ineinander – Grau, Grün, Grau, Grün – und dann, plötzlich: Orange, Schwarz.

Ich richte mich auf, versuche, die neuen Farben einzuordnen.

Ein Tier, das mitten auf der Straße liegt.

Eine riesige Katze. Reglos, den Kopf auf den Pfoten.

Nein. Keine Katze. Ein Tiger.

Der Tiger hebt den Kopf, als wir näher kommen. Er muss aus einem Zirkus oder Zoo ausgebrochen sein. Und wahrscheinlich ist er verletzt. Warum sollte er sonst im strömenden Regen auf der Straße liegen?

Eine instinktive Angst krampft mir den Magen zusammen, und mir wird schlecht. Reiseübelkeit. Aber egal. Wenn ein Tier verletzt ist, müssen wir ihm helfen.

»Mom.« Ich unterbreche den Streit der beiden, werfe mich nach vorne. »Ich glaube … ähm … da ist …«

Jetzt, von Nahem, sieht der Tiger nicht verletzt aus. Er gähnt, entblößt seine scharfen, blendend weißen Zähne. Dann steht er auf, langsam, immer nur eine Klaue, eine Pfote, ein Bein auf einmal.

»Schluss jetzt.« Moms Stimme klingt angespannt, ihr Ärger wegen Sam überträgt sich auf mich, was unfair ist, aber nach der achtstündigen Autofahrt hat sie einfach keine Nerven mehr. »Alle beide. Bitte. Ich muss mich aufs Fahren konzentrieren.«

Ich beiße mir in die Wange. Was redet sie da? Mom muss die Riesenkatze doch sehen. Auch wenn sie die ganze Zeit von Sam abgelenkt ist.

»Mom«, murmle ich und warte darauf, dass sie auf die Bremse tritt. Macht sie aber nicht.

Das Problem mit meiner Unsichtbarkeit ist, dass sie sich manchmal nicht schnell genug verflüchtigt. Es dauert eine Weile, bis die Leute mich wieder wahrnehmen – von zuhören ganz zu schweigen.

Zuhören. Das hier ist kein Tiger wie die im Zoo. Er ist riesig, so groß wie unser Auto. Das Orange in seinem Fell glüht förmlich, und das Schwarz ist so finster wie eine mondlose Nacht.

Ein Tiger, der in Halmonis Geschichten gehört.

Ich beuge mich vor, bis mir der Sicherheitsgurt in die Rippen schneidet. Mom und Sam streiten immer noch. Aber ihre Worte verebben zu einem leisen Dröhnen, weil ich ganz auf den …

Der Tiger hebt seinen gewaltigen Kopf – und schaut mich an. Er sieht mich.

Das große Katzentier zieht eine Augenbraue hoch, als wollte es mich herausfordern.

Ich schnappe nach Luft, stolpere über meine eigene Zunge. »Mom … halt«, stoße ich hervor.

Mom redet weiter auf Sam ein, also rufe ich, lauter diesmal: »HALT!«

Endlich nimmt Mom mich wahr. Mit zusammengezogenen Augenbrauen starrt sie mich im Rückspiegel an. »Lily? Was ist los?«

Sie bremst nicht, hält nicht an. Wir fahren weiter.

Näher …

Immer näher …

Und näher …

Ich kann nicht atmen, weil wir bereits viel zu dicht dran sind.

Ein dumpfer Schlag ertönt unter uns, und ich kneife die Augen zu. Meine Schläfen pochen. Meine Ohren dröhnen. Wir haben ihn überfahren.

Aber wir rollen weiter.

Als ich die Augen wieder öffne, fällt mein Blick auf Sam, die vorne sitzt, die Arme verschränkt, ihr Smartphone vor ihren Füßen. »Tot«, verkündet sie. »Schluss, aus.«

Mein Herz tobt wie ein wildes Tier in meiner Brust, während ich die Straße absuche, nach dem Horror Ausschau halte, den ich nicht sehen möchte.

Aber da ist nichts.

Mom presst ihre Kiefer zusammen. »Sam, bitte wirf nicht dein teures Smartphone herum.«

Ich starre sie verwirrt an. War dieser dumpfe Schlag etwa nur Sams Handy? Aber dann …

Ich drehe mich nach dem Tiger um, sehe jedoch nur Regen und Straße. Die Riesenkatze ist verschwunden.

»Lily?« Mom bremst den Wagen noch mehr ab. »Ist dir schlecht? Soll ich anhalten?«

Ich lasse meinen Blick ein zweites Mal über die Straße huschen, aber wieder nichts. »Nein, alles gut«, sage ich.

Mom lächelt erleichtert. Ich bin nie schwierig. Ich mache keinen Ärger. »Halt noch ein bisschen durch. Wir sind bald bei Halmoni.«

Ich nicke, versuche, normal zu sein. Als ob nichts wäre. Obwohl mein Herz wilde Saltos schlägt. Ich kann Mom nichts von dem Tiger sagen. Sie würde glauben, dass ich dehydriert bin oder Fieber habe.

Und vielleicht stimmt das auch. Ich drücke meine Handfläche an meine Stirn, kann aber nichts feststellen. Vielleicht werde ich wirklich krank. Oder vielleicht bin ich einfach kurz eingeschlafen.

Ich meine, wie soll das möglich sein? Ein riesiger Tiger, der mitten auf der Straße auftaucht – und dann spurlos verschwindet.

Ich schüttle den Kopf. Ganz gleich, ob der Tiger echt war oder ob ich ihn nur geträumt habe oder den Verstand verliere, ich muss es auf jeden Fall Halmoni erzählen. *Sie* hört mir zu. Und wird mir helfen.

Halmoni wird wissen, was zu tun ist.

KAPITEL 2

Halmonis Geschichten beginnen alle gleich, mit der koreanischen Version von »Es war einmal …«

Vor langer, langer Zeit, als Tiger noch aufrecht gingen wie Menschen …

Zu Hause in Kalifornien haben Sam und ich uns diese magischen Worte immer zugeflüstert, wenn wir wussten, dass Halmoni uns bald besuchen würde. Und jedes Mal lief mir dabei ein Schauer über den Rücken.

Wir zählten die Tage bis zu ihrer Ankunft, konnten kaum den ersten Abend erwarten, an dem wir zu ihr ins Gästezimmer laufen und uns unter ihre Decke kuscheln konnten, eine rechts, eine links, wie zwei Buchdeckel.

»Halmoni«, flüsterte ich dann, »erzählst du uns eine Geschichte?«

Halmoni lächelte, zog uns in ihre Arme und in ihre magische Welt. »Welche Geschichte?«

Unsere Antwort war immer dieselbe. Unsere absolute Lieblingsgeschichte.

»Die von Onni«, sagte Sam. *Große Schwester.*

»Und Eggi«, fügte ich hinzu. *Kleine Schwester.* Eigentlich heißt das *Baby.* »Die Tigergeschichte.«

Die Geschichte war etwas Besonderes für uns, als blitze ein großes Geheimnis hinter den Worten hervor.

»Dann fangt sie mir«, sagte Halmoni, und wir streckten die Arme in die Luft und ballten die Fäuste, als würden wir Sterne vom Himmel pflücken.

Auch das gibt es nur bei Halmoni – die Vorstellung, dass die Sterne Geschichten in sich bergen.

Halmoni wartete dann eine Weile, ließ die Sekunden anschwellen, und wir lauschten auf unseren Herzschlag und bettelten lauthals um die Geschichte. Schließlich holte sie Luft und erzählte uns vom Tiger.

Aber der Tiger in ihren Geschichten ist ein gefährliches, heimtückisches Raubtier. Der Tiger auf der Straße kam mir ganz anders vor. Er wollte uns nicht auffressen, ganz sicher nicht – aber ich hätte schwören können, dass er etwas von mir wollte.

Was das sein könnte, werde ich wohl nie erfahren, weil der Tiger sich nicht mehr blicken lässt, als wir langsam weiter durch Sunbeam rollen. Endlich taucht Halmonis Haus vor uns auf. Ein kleines Cottage am Ortsrand, das auf einer Anhöhe steht, umgeben von Wald. Direkt gegenüber, auf der anderen Straßenseite, ist die Gemeindebücherei.

Mom biegt in die lang gezogene Auffahrt ein, und wir kriechen knirschend über den Kies nach oben.

Kaum hat sie den Motor abgestellt, legt sie ihren Kopf aufs Lenkrad und seufzt. Sie sieht aus, als würde sie jeden Moment einschlafen. Aber dann holt sie Luft und setzt sich auf.

»In Ordnung«, sagt sie, schlingt den Arm um ihre Kopfstütze und dreht sich um, sodass sie uns beide ansehen kann. Sie klebt ein Lächeln in ihr Gesicht, gibt sich betont fröhlich, um den ganzen Streit und Stress auf der Fahrt hierher wegzuwischen.

»Schlechte Nachrichten, Mädchen: Ich hab die Regenschirme in

Kalifornien gelassen.« Sie grinst uns an, *haha-ups-wie-komisch-aber-auch.* »Das heißt, wir müssen rennen.«

Ich starre zu Halmonis Haus hinauf. Es hat etwas Magisches, wie es dort oben thront, mit dem fast schwarzen Efeu, der über die verwitterten Backsteinwände kriecht, den Fenstern, die im Licht blitzen, und natürlich den ungefähr eine Million Stufen, die zu ihrer Haustür hinaufführen.

Ganz anders jedenfalls als unsere helle cremeweiße Wohnung in Kalifornien in einem brandneuen Gebäude. Mit Aufzug.

»Was? In *dem* Regen sollen wir die Treppe raufrennen?« Sam sieht so entgeistert aus, als hätte Mom von ihr verlangt, kopfüber in eine Wanne voll Schneckenschleim zu springen.

Mom ringt sich erneut ein Lächeln ab. »Das bisschen Regen kann uns doch nichts anhaben, oder, Lily?«

Meine Antwort ist einfach: Nein, natürlich nicht. Ich will ins Haus und Halmoni über den Tiger aushorchen. Aber einfache Fragen, geschweige denn Antworten, gibt es nicht in unserer Familie. Das ist eine Falle. Mom will, dass ich Partei ergreife.

Ich zucke die Schultern.

So leicht lässt sie mich nicht davonkommen. »Oder, Lily? Sag schon!« Ihr Lächeln verrutscht, als würde sie jeden Moment zusammenbrechen. Sie hat Ringe unter den Augen und eine tiefe Falte auf der Stirn.

So sieht Mom sonst nicht aus. Sie ist immer perfekt gestylt, jedes Härchen an seinem Platz, alles makellos in Ordnung.

»Nein, 'türlich nicht«, murmle ich.

Sam zuckt zusammen, als hätte ich ihr einen Tritt gegeben.

»Na also, dann wäre das ja geklärt.« Erleichtert legt Mom eine Hand auf den Türgriff. »Achtung, fertig …«

Sie reißt die Tür auf, stürzt hinaus und rennt los, noch bevor die Tür hinter ihr zugefallen ist. Sie ist sofort tropfnass, und sie bewegt sich nicht schnell, obwohl sie sich total verausgabt, die Fäuste geballt, den Kopf eingezogen und tief geduckt wie ein wilder Stier, der auf Halmonis Haus losgeht.

»Das sieht so bescheuert aus«, sagt Sam.

Und ich muss ihr insgeheim zustimmen, auch wenn es nicht besonders nett von ihr ist.

Mom lässt ohne ersichtlichen Grund ihre Arme kreisen, und ich pruste los. Sam lacht mit. Wir sehen einander an, und eine Sekunde lang sind wir zwei Schwestern, die sich über ihre peinliche Mutter lustig machen.

Ich möchte diesen Moment gern an mich drücken und bis in alle Ewigkeit ausdehnen.

Aber Sam wendet sich ab, schnappt sich ihr Handy samt Ladekabel vom Boden und stopft beides in ihren BH, damit es trocken bleibt. »Okay, dann mal los«, sagt sie.

Ich würde gern antworten: Nein, bitte bleib noch. Aber natürlich nicke ich, und wir springen aus dem Wagen.

Einen solchen Sturzregen habe ich noch nie erlebt. Prasselnd, kalt – viel zu kalt für Juli –, und noch bevor wir an der Treppe sind, quietschen meine Schuhe vor Nässe und meine Jeans wird feucht und schwer.

Sam japst beim Laufen, ich ebenso. Weil es so komisch und gleichzeitig so schrecklich ist. Meine Augen brennen vom Wasser, ich sehe fast nichts mehr, aber die eisige Regendusche macht mich wach.

Meine Lunge platzt beinahe, und mein Herz rast, als wir die oberste Stufe erreichen.

Mom wartet vor der Tür auf uns, was wahrscheinlich nett gemeint ist, aber irgendwie merkwürdig. Warum schließt sie die Tür nicht einfach auf und geht rein?

Stirnrunzelnd schaut sie uns an und schüttelt den Kopf. »Halmoni macht nicht auf«, sagt sie. »Sie ist nicht da.«

KAPITEL 3

»Was soll das heißen, sie ist nicht da?«, flüstere ich. Einen Moment lang steigt Panik in mir auf: Hat der Tiger sie aufgefressen? Aber ich zwinge mich, ruhig zu bleiben.

Mom seufzt. »Ich weiß nicht. Keine Ahnung.«

Ich kann nicht erkennen, ob sie besorgt oder wütend ist – der Regen strömt ihr über die Augen und den Mund, verwischt ihre Züge. Wenn ich nur wüsste, was in ihr vorgeht, damit ich weiß, woran ich mich halten kann.

Sam drückt vergeblich die Messingklinke herunter. Die bockige Tür bleibt zu. »Also das …« Sam starrt Mom an, dann mich. Mit ihren angeklatschten Haaren und den schwarzen Streifen von ihrem verschmierten Eyeliner auf den Wangen sieht sie aus wie ein nasser Tiger. »Heißt das, wir müssen hier warten? Im *Regen*? Wer weiß, wie lange?«

Mom wischt ihre Brille an ihrem nassen T-Shirt ab, was natürlich nicht viel nützt. »Nein. Glaub nicht. Moment mal.« Sie reckt einen Finger in die Luft, dann läuft sie um das Haus.

»Wo will sie hin?«, frage ich. Ich halte meine Hände über den Kopf wie ein schützendes Dach, aber das hilft nicht viel. »Wo ist Halmoni?«

Sam antwortet nicht. Wir schauen Mom nach, die unter dem Wohnzimmerfenster stehen bleibt. Sie klopft seitlich an die Scheibe, lässt ihre Hände über den Fenstersims gleiten, dann donnert sie eine Faust direkt unter das Glas.

»Ich glaub's ja nicht«, knurrt Sam voll triefendem Sarkasmus.

Mom stößt das Fenster auf. Sie wirft uns einen Blick zu, zieht sich hinauf und purzelt kopfüber ins Haus hinein.

»Ups«, hauche ich. So was hat Mom noch nie gemacht – jedenfalls nicht in meiner Gegenwart.

Sam schüttelt den Kopf. »Ja, genau – ups. Wahrscheinlich hat sie das als Teenager immer so gemacht.« Meine Schwester sieht mich an, als wüsste sie nicht, ob sie lachen oder den Kopf schütteln soll, und ich weiß genau, was in ihr vorgeht. Mom als Teenager, der Gedanke ist zugleich absurd und irgendwie unheimlich. Mir geht es einfach nicht in den Kopf, dass sie schon vor uns existiert hat.

Aber Sam lächelt, und mein Herz beruhigt sich. »Wahrscheinlich hat sie sich abends durchs Fenster rausgeschlichen, wenn sie zu einer Party wollte oder so.«

Ich nicke. Wenn Sam gut gelaunt ist, leuchtet ihr rundes Gesicht und sie sieht wieder aus wie meine Schwester von früher. Ich rücke ein bisschen näher, nur ganz leicht, damit sie nichts merkt.

Naserümpfend fügt sie hinzu: »Oder vielleicht hat sie sich heimlich mit Jungs getroffen.«

»Aber sie hatte doch Dad. Ich glaub nicht, dass sie vor ihm mit anderen Jungs ausgegangen ist.« Ich kann mir meine Mom nur mit Dad zusammen vorstellen und mit keinem anderen. Eigentlich kann ich sie mir überhaupt nicht mit einem Mann vorstellen, weil ich mich an Dad nicht mehr erinnere.

Sams Leuchten erlischt abrupt, und ich weiß, dass ich ins Fettnäpfchen getreten bin. Sie presst die Kiefer zusammen, dreht sich weg. »Du bist so was von naiv«, murmelt sie.

An Dad zu denken bedeutet für Sam etwas anderes als für mich. Meine Schwester ist alt genug, um sich an ihn zu erinnern. Sie war sieben, als er bei dem Autounfall gestorben ist. Ich erst vier.

»Sam …«, fange ich an, weiß aber dann nicht weiter.

Früher konnte ich immer mit ihr reden. Ich habe ihr alles erzählt. Wäre das hier vor ein, zwei Jahren passiert, dann hätte ich gesagt: SAM, ICH HABE EINEN TIGER AUF DER STRASSE GESEHEN. Ich hätte es ihr praktisch ins Ohr geschrien, weil ich sonst vor Aufregung geplatzt wäre.

»Ich habe gerade …«, versuche ich es noch mal. Aber dann quietscht das Schloss auf der anderen Seite der Tür, Mom lässt den Riegel zurückgleiten und öffnet uns.

»Schnell, rein mit euch«, drängt sie, obwohl wir wohl kaum noch nasser werden können.

Wir gehen hinein, hinterlassen wässrige Fußspuren im Eingang und riesige Pfützen auf den Holzdielen.

Halmonis Haus sieht aus wie etwas Altvertrautes. Wohnzimmer und Küche kuscheln sich um einen violetten Esstisch und einen Kamin, der nicht funktioniert. Eine alte Standuhr tickt in der gegenüberliegenden Ecke des Wohnzimmers.

Auf dem Kaminsims steht ein Foto von Mom, flankiert von zwei steinernen Löwen, die Wohlstand in ihr Leben bringen sollen. Auf der anderen Seite bewacht ein Frosch ein Foto von Sam und mir – er ist der Hüter unseres Glücks. Und alles ist voller Kräuterbüschel und Räucherstäbchen, die in Körben von der Decke hängen oder in Schalen auf der Küchentheke stehen, um schlechte Energien zu vertreiben.

Ich nehme die Atmosphäre in mich auf, den Geruch nach Buchweizennudeln, Salbei und Waschmittel, und fühle mich sofort zu Hause.

Sam offenbar nicht. Sie steht da, die Arme vor der Brust verschränkt, und runzelt die Stirn. »Ähm«, murrt sie. »Was ist das hier?«

Ich folge ihrem Blick zum anderen Ende des Wohnzimmers, das an Halmonis Schlafzimmer angrenzt, dann zum Badezimmer und zu den beiden Treppen: Die eine führt zum Dachboden hinauf, die andere in den Keller hinunter. Von der Kellertür ist allerdings nichts zu sehen – ein Turm aus verzierten koreanischen Kisten und Pappkartons stapelt sich dort wie eine Barrikade.

Mom schüttelt den Kopf. »Das ist merkwürdig, oder? Warum macht sie so was?« Sie kaut an ihrem Daumennagel und schaut sich um. Eine Sekunde lang erhasche ich die Besorgtheit in ihrem Blick.

Meine ursprüngliche Freude erlischt. Das ist wirklich komisch. Völlig fehl am Platz. Und Halmoni ist nicht da.

Etwas Kaltes, Dunkles breitet sich in meinem Magen aus. »Wo ist Halmoni?«, frage ich.

Mom sieht mich an, und ihr Gesicht wird weicher. »Ach, keine Sorge, sie ist sicher nur einkaufen oder besucht Freunde. Du kennst sie doch.« Sie wirft mir ein Lächeln zu, das zugleich traurig und hoffnungsvoll ist. »Freust du dich, dass wir hier sind, Lily?«

Da stimmt etwas nicht. Etwas, das sie mir nicht sagen will. Ich würde sie gern danach fragen, möchte aber nicht, dass ihr Lächeln erlischt, also nicke ich nur.

Mom öffnet den Mund, um etwas hinzuzufügen, als mich ein Frösteln erfasst, das mich bis auf die Knochen erschauern lässt.

Erschrocken blinzelt Mom uns an, als hätte sie vergessen, wie nass wir sind. »Ach ja, richtig. Einen Moment, ich suche uns schnell was Trockenes zum Anziehen.« Unsere Koffer sind noch im Auto, und keine von uns hat Lust, sich ein zweites Mal durch den Regen zu kämpfen, also geht Mom durch den Flur in Halmonis Zimmer.

Die Arme mit Handtüchern und Seidenpyjamas von Halmoni beladen, taucht sie wieder auf, und ich nehme uns zwei vom Stapel herunter. Der blassorange Pyjama schimmert und schillert wie ein Sonnenuntergang in meinen Händen. Sogar Halmonis Nachtwäsche ist schön.

»Ich drehe die Heizung auf«, sagt Mom. »Wartet hier.«

Aber natürlich wartet Sam nicht. Sobald Mom wieder in Halmonis Zimmer verschwunden ist, schlängelt sie sich an den Kisten und Kartons vorbei und geht schnurstracks in unser Dachzimmer hinauf. Ihre Schuhe hinterlassen riesige Pfützen im Flur und auf der Treppe.

Ich zögere, obwohl ich ihr gern nachgehen würde. Aber ich will nicht die kleine Eggi sein, die immer hinter ihrer Onni hertrottet, egal wohin. Am Ende folge ich ihr natürlich trotzdem.

Der Raum unter dem Dach ist knarzig-gemütlich mit spitz zulaufender Decke, einem holzgerahmten Ganzkörperspiegel und zwei Betten mit verblichenen Überdecken. Wenn Sam und ich früher bei Halmoni waren, haben wir als Erstes die Betten zusammengeschoben und uns aneinandergekuschelt, um uns im Dunkeln Geschichten zu erzählen.

Jetzt stehen die Betten an den beiden gegenüberliegenden Wänden des Raums, mit einem breiten Fenster dazwischen.

Sam reißt ihre nassen Kleider herunter, verschmiert ihre Wimperntusche auf dem sauberen Handtuch und zieht den Pyjama mit den schwarzen Pailletten an. Dann wirft sie sich auf ihr Bett. Die Matratze empfängt sie mit einem Ächzen, und sie greift hinter das Bettgestell, um ihr Handy an der Steckdose anzuschließen, bevor sie sich zu mir umdreht. »Was machst du hier? Du sollst doch unten warten.«

Sam tut immer so, als ob Moms Befehle nur für mich gelten. Das ärgert mich, auch wenn ich mittlerweile dran gewöhnt bin.

Ich seufze und trockne mich ab, bevor ich in den orangefarbenen Pyjama schlüpfe. Der weiche, warme Stoff jagt mir wohlige Schauer durch den Körper und löst die Kälte in meinen Knochen auf. Ich atme ein, um Halmonis wunderbaren Milchgeruch in mich einzusaugen, aber der Pyjama riecht nur ganz leicht nach Seife.

Sam runzelt die Stirn, wartet noch immer darauf, dass ich gehe, aber ich setze mich auf mein Bett.

»Findest du es nicht auch irgendwie unheimlich?«, sage ich, während ich die Bettdecke hochhebe und dabei sorgfältig Sams Blick ausweiche. »Halmoni ist verschwunden und dieses ganze Zeug blockiert den Kellereingang und … und einfach die ganze Atmosphäre? Als ob etwas nicht stimmt?«

»Also, erstens ist Halmoni nicht verschwunden. Sie ist nur weg. Warum musst du immer so theatralisch sein? Und zweitens, ja. Die Atmosphäre ist merkwürdig. Aber Halmonis Haus fühlt sich immer so an.« Sams Handy leuchtet neben ihr auf, so als würde es sich strecken, nachdem es gerade von einem kleinen Nickerchen erwacht ist. Sam schnappt es und schaut auf das Blinken, mich nimmt sie nur noch halb wahr. »Weißt du noch, wie wir letztes Mal hierhergezogen sind?«

»Ja, schon.« Nach Dads Tod haben wir drei Jahre hier gelebt. Ich bin in Kalifornien geboren, aber meine ersten Erinnerungen sind wie dieses Haus geformt.

Sam scrollt sich durch ihr Handy, und ich erwarte keine Antwort von ihr, aber dann lässt sie es fallen und schaut hoch. »Anfangs war es schön hier, weil Halmoni uns getröstet hat, wenn wir traurig waren, und weil sie Mom geholfen hat. Aber Halmoni hat immer so seltsame Dinge gemacht, ohne etwas zu erklären. Sie ist voller Geheimnisse. Das ganze Haus ist voller Geheimnisse.«

Ich nage an meiner Unterlippe. »Zum Beispiel?«

Sam verdreht die Augen. »Weiß nicht. Das ist nicht der Punkt. Der Punkt ist, dass wir jetzt hier sind statt in Kalifornien, und das ist schrecklich. Ich hasse das hier.«

Sams Worte lassen mich zusammenzucken. »Sag das nicht«, bitte ich sie.

Sam und ich waren früher gern hier, jedenfalls in meiner Erinnerung.

Natürlich waren wir traurig wegen Dad, aber es war nicht alles schlecht. Wir haben uns im Dachzimmer Geschichten erzählt, wir haben Reiskuchen in der Küche gegessen und Fantasiewelten im Keller erschaffen. Wir waren *zusammen*.

Ich würde sie gern fragen: Weißt du das nicht mehr?

Aber Sam kommt mir zuvor: »Das ist einfach nicht in Ordnung, Lily. Mom will bei Halmoni sein, was ja auch nett von ihr ist und alles, aber uns hat sie nicht gefragt. Wir hatten nicht mal genug Zeit, um Abschied zu nehmen. Du musst doch auch sauer sein, oder? Also wenigstens ein bisschen?«

Ehrlich gesagt, ja, bin ich. Ein kleines bisschen. Aber ich freue mich auch, bei Halmoni zu sein.

Ich räuspere mich. Hole Luft. Schlucke. »Ich glaube … also vielleicht solltest du einfach netter zu Mom sein.« Meine Handflächen werden feucht und schwitzig. Das ist gefährliches Terrain. Normalerweise gehe ich jedem Konflikt mit Sam aus dem Weg. Wir sind Schwestern, und Schwestern müssen zusammenhalten.

Sam verdreht wieder die Augen. »Also ehrlich, Lily! Wie kannst du sie auch noch verteidigen?«

»Es ist nur … also ich …« Moms Blick vorhin geht mir nicht aus dem Kopf. Sie kam mir so zerbrechlich vor, als wir unten nach Halmoni gesucht haben. Nicht so, wie eine Mutter sein sollte. Ich weiß nicht, warum Sam das nicht gemerkt hat.

»Du was …?« Sam starrt mich an und seufzt, als ich nicht antworte. »Spuck's aus, Lily. Du musst nicht immer so still sein. So ein typisches BAM. Das macht mir Gänsehaut.«

BAM ist ihre Abkürzung für »braves asiatisches Mädchen«. Das übliche Klischee eben. Oder Vorurteil. Und Sam will diesem Klischee auf keinen Fall entsprechen, deshalb läuft sie mit schwarz geschminkten Lippen und einer weiß gefärbten Strähne in ihrem dunklen Haar herum und sprudelt einfach alles heraus, was ihr in den Kopf kommt.

Ich protestiere: Ich will doch nur helfen. Ich frage: Siehst du nicht, wie viel Mühe sie sich gibt? Und: Ich verstehe nicht, warum du so sauer auf *mich* bist.

Aber natürlich sage ich nichts davon, weil mir die Worte im Hals stecken bleiben. Sam ist immer so wütend, und alles, was ich sage, bringt sie noch mehr auf die Palme.

Prompt verdreht sie wieder die Augen. »Na egal. Auf jeden Fall schaffst du es immer, mich als die Böse dastehen zu lassen, nur weil ich meine Meinung sage. Du kannst ruhig mal ein bisschen Staub aufwirbeln, finde ich.«

Sam wirbelt schon genug Staub auf, aber das scheint ihr nicht klar zu sein. Wenn ich da auch noch mitmache, ersticken wir darin.

Ich lausche dem Regen, der auf unser Dach trommelt, und lasse meine Hand über die Steppdecke gleiten. »Freust du dich gar nicht, dass wir hier sind? Du magst Halmoni doch.« Oder jedenfalls glaube ich das. Obwohl es in letzter Zeit nicht mehr viel gibt, was Sam gut findet. Außer ihrem Handy vielleicht.

Sie zuckt die Schultern. »Ich meine ja nur. Das Problem ist, dass ich jetzt hier leben muss, ohne Freunde, nur mit meiner Mom und meiner Großmutter. Toll, ehrlich.«

»Und mit deiner Schwester«, sage ich so leise, dass ich mich selbst kaum hören kann. Typisch BAM eben. »Ich bin auch noch da.«

So wie sie mich anfunkelt, liegt ihr bereits eine giftige Antwort auf der Zunge, aber meine Worte bremsen sie, und sie lässt die Schultern sinken.

»Ja«, sagt sie.

Es ist nur ein winziges Wort, aber sie sagt es so sanft, dass mir das Herz aufgeht. Wärme quillt heraus, strömt durch meinen ganzen Körper bis in die Zehen und Fingerspitzen.

»Ja«, wiederhole ich. Fast bin ich so weit, ihr von dem Tiger zu erzählen – auch wenn es vielleicht nur ein Traum, eine Vision oder ein Geist war.

Dann kracht die Tür unten auf. Halmoni ist nach Hause gekommen.

KAPITEL 4

Sie wirft die Tür zu, dass es scheppert, und schreit: »Hallo, Mädchen? Meine Mädchen wieder da, kommen mich besuchen?«

Ihre Stimme hallt bis in unser Dachzimmer hinauf, und ich renne zu ihr hinunter, meine Füße trommeln über die laute Treppe.

Halmoni ist dünner als beim letzten Mal. Ihre farbenprächtige Seidentunika und die weiße Hose sitzen viel lockerer an ihrem Körper. Ihre Ohrgehänge mit den funkelnden Steinen ruhen in der u-förmigen Mulde zwischen ihren Schlüsselbeinen, die tiefer ist als früher.

Trotzdem sieht sie toll aus mit ihren leuchtend roten Lippen, ihrer tiefschwarz gefärbten Dauerwelle. Sie hält vier Einkaufstüten im Arm, die alle bis zum Rand gefüllt sind.

Mom ist bereits an der Tür, in Halmonis Pyjama, und überschüttet sie mit Fragen. »Warum warst du nicht da? Warum bist du nicht ans Telefon gegangen? Hast du vergessen, was ich dir gesagt habe? Dass wir gegen sechs Uhr ankommen? Wir haben draußen vor verschlossener Tür gestanden! Und warum hast du so viel Essen gekauft? Das ist viel zu viel!«

Halmoni lacht nur. »Oh, meine Tochter, sooo naseweis!« Sie drückt Mom ihre Einkaufstüten und ihre imitierte Louis-Vuitton-Tasche in die Hände wie einem Butler.

Mom runzelt die Stirn, aber bevor sie protestieren kann, bemerkt Halmoni mich und breitet die Arme aus.

»Lily Bean!«, sagt sie. Ihr ganzes Gesicht leuchtet auf, und sie sieht so glücklich aus, dass mir die Luft wegbleibt. Ich stürze durch den Flur, um mich in ihre Arme zu werfen und ihre Liebe in mich aufzusaugen.

»Vorsicht.« Mom stellt Halmonis Tüten auf den Küchentisch und verschränkt die Arme. »Wirf deine Halmoni nicht gleich um!«

Halmoni schlingt ihre Arme ganz fest um mich und funkelt Mom über meinen Kopf hinweg an. »Pst, junge Dame. Lily wenigstens *liebt* mich!«

Mom seufzt. »Ich liebe dich auch. Deshalb sind wir hier.«

Halmoni ignoriert sie, legt ihre Hände auf meine Schultern und lehnt sich zurück, um mich zu begutachten. Schmunzelnd schaut sie auf meinen Pyjama. »Oh, was sehe ich? Du bist kleine Mini-Ich. So hübsch. So glänzend.«

Ich lache. »Glänzend?« Sam hat sich den glamourösen Pailletten-Pyjama geschnappt, nicht ich.

»Wie Sonne«, sagt Halmoni mit einem Augenzwinkern. Meine Großmutter ist der einzige Mensch auf der Welt, bei dem mein Unsichtbarkeitszauber nicht wirkt. Sie sieht mir immer direkt ins Herz.

»Halmoni«, sage ich, und mein Herz gerät ins Stolpern, als ich an den Tiger denke. »Ich muss dir was erzählen.«

Aber dann taucht Sam auf, tappt leise die knarzende Treppe herunter und wartet in der Küchentür.

»Und mein Mond«, sagt Halmoni und geht zu ihr.

Sam wird ganz steif, als Halmoni sie umarmt, aber nach ein paar Sekunden entspannt sie sich, schmiegt sich an sie und atmet ihren Geruch ein. Niemand kann Halmoni widerstehen, so wenig wie der Schwerkraft.

Halmoni weicht zurück und streichelt Sams weiße Haarsträhne. »So hübsch, deine Haare.«

»Nein«, sagt Mom. »Du darfst sie nicht auch noch darin bestärken. Das ist unnatürlich.«

Sam funkelt Mom an, und Halmoni zwirbelt die Strähne um ihre Finger. »Liegt in Familie. Ich habe das auch, als ich klein«, sagt sie und zwinkert Sam und mir zu.

Moms Stimme klingt gepresst. »Eine gebleichte Strähne ist nichts Genetisches.«

Halmoni würdigt sie keines Blickes. »Und so modisch. Sam sieht aus wie Rockstar.«

Sam grinst. Mom holt tief Luft.

Mom hasst die weiße Strähne, aber Sam lässt sich nicht davon abbringen. Angeblich kann sie nichts für die Farbe – ihr Haar ist an dieser Stelle von selbst weiß geworden, behauptet sie. Es ist ein ewiger Streitpunkt zwischen ihnen.

Halmoni dreht sich stirnrunzelnd zu Mom um. »Warum sind Haare von Mädchen so nass?«

Mom räuspert sich, während sie Halmonis Einkäufe wegräumt. »Das hab ich doch schon gesagt: Sie sind nass, weil wir im Regen draußen stehen mussten. Warum hast du nicht auf uns gewartet, wie du es versprochen hast? Ich musste auf meinen alten Fenstertrick zurückgreifen und hineinklettern … vor den Augen meiner Töchter!«

»Immer durch Fenster.« Halmoni dreht sich zu Sam und mir um und schnalzt mit der Zunge. »Sie geht rein, sie geht raus. Klettert sogar durch Dachfenster. Eure Mom war sehr heimliches Kind. So viel Ärger.«

Mom schnaubt, und Sam und ich wechseln einen Blick. Ich kann mir nicht vorstellen, dass Mom aus dem Dachfenster geklettert ist –

das ist viel zu hoch –, aber Halmoni übertreibt gern, und die Idee ist witzig.

Sam beißt sich auf die Lippe, und auch ich kann mir nur mühsam das Lachen verkneifen.

»Und außerdem sollst du nicht mehr fahren. Erst recht nicht im Regen«, fängt Mom wieder an. »Wenn du frische Lebensmittel brauchst, hättest du warten können, bis ich da bin. Du musst vorsichtiger sein, Mom. Du musst …«

»Tststs«, zischt Halmoni und hält einen Finger hoch. Sam und ich haben mal einen Hundetrainer im Fernsehen gesehen, der mit so einem Zischen aggressive Hunde bändigte.

Mom presst ihre Kiefer aufeinander, dann wechselt sie das Thema. »Und was ist mit dem ganzen Zeug dort? Warum lebst du so?« Sie deutet auf die aufgestapelten Kisten und Kartons vor der Kellertür.

Halmoni zuckt mit den Schultern. »Keller überschwemmt, also sind Sachen hochgekommen.«

Sam zieht eine Augenbraue hoch. »Soll das heißen, dass du das alles alleine hochgetragen hast?«

Halmoni dreht sich mit einem Augenzwinkern zu ihr um. Das ist typisch für sie. Überflüssige Fragen zu beantworten, hält sie nicht für nötig, und ich finde das in Ordnung.

Mom allerdings nicht. »Nein, im Ernst. Hast du das wirklich alles die Treppe raufgetragen? Du hättest stürzen können. Du …« Sie hält inne. »Wo soll ich denn jetzt schlafen?« Als wir das erste Mal bei Halmoni gewohnt haben, hat Mom im Keller geschlafen, eingekeilt zwischen Halmonis ganzem Krempel.

»Du schläfst im Wohnzimmer, auf Couch«, erwidert Halmoni, als wäre das keine große Sache.

Ich warte darauf, dass Mom protestiert, aber sie geht zu den Kartons hinüber. »Also gut, aber lass mich wenigstens das Zeug hier aus dem Weg räumen. Wir schieben es von der Kellertür weg, dann sehe ich mir den Schaden unten mal an. Sam, hilfst du mir?«

Sam starrt sie an.

Mom seufzt. »Lily?«

Ich will zu ihr gehen, aber Halmoni packt mich am Handgelenk und zieht mich zurück. »Nein, nein. Nicht wegtun das.«

Mom blinzelt. »Aber es ist doch im Weg.«

Halmoni schwenkt ihre Arme in der Luft, als wollte sie Moms Ärger fortwedeln. »Nein, nein. Heute kein guter Tag. Wenn ich Kartons wegmache, dann ist Glückstag. Aber heute ist gefährlicher Tag für Geister. Wie müssen anderen Tag nehmen.«

Ein gefährlicher Tag für Geister. Ich schlucke. Ich muss Halmoni unbedingt allein sprechen, um sie nach eventuellen Tigergeistern zu fragen.

»Sachen an ungünstigem Tag wegtun … sehr gefährlich. Und wenn Sachen kaputtgehen …« Halmoni schließt die Augen und schaudert, als dürfe sie sich das gar nicht ausmalen. »Oh, das ist sehr, sehr schlecht.«

Mom sieht aus, als würde sie sich innerlich die Haare raufen.

Sam zieht die Augenbrauen hoch und wirft mir einen Blick zu: Na bitte, da hast du's. Dann weicht sie in den Gang zurück.

Der Streit ist nicht neu. Mom regt sich immer über Halmonis alte Bräuche auf, die sie unmöglich findet.

Zähneknirschend stößt sie hervor: »Das ist doch lächerlich. Was …«

Aber Halmoni zeigt mit dem Finger auf Mom und schneidet ihr das Wort ab. »Du bist nicht Mutter. Ich bin Mutter. Du stellst jetzt keine Fragen mehr, ja? Du gehst anziehen. Warum bist du in Pyjama?«

Mom öffnet den Mund, um zu protestieren, aber Halmoni klatscht in die Hände. »Ich mache Essen. Lily hilft mir.«

Nicht, dass ich »Hier« schreien würde, aber Halmoni hat eine Art, sich ihre eigene Welt zu schaffen, gegen die man nicht ankommt. Und es macht mir nichts aus, ihr ein bisschen zur Hand zu gehen.

Ich folge ihr zur Küchentheke, und Mom gibt sich vorerst geschlagen, was die Kartons betrifft. Sie schnappt sich Halmonis Regenmantel und stampft aus dem Haus, um unsere Koffer aus dem Auto zu holen.

Sam, die noch in der Tür steht, räuspert sich, und ich drehe mich zu ihr um. Sie zögert, als würde sie auf etwas warten, und ich forme stumm mit den Lippen: Ist schon gut. Geh rauf.

Einen Augenblick habe ich Gewissensbisse, weil ich sie wegschicke, aber Sam hilft sowieso nicht gern beim Kochen oder Tischdecken oder anderen Hausarbeiten, und ich muss unbedingt mit Halmoni allein sein.

Sam runzelt die Stirn und wendet sich ab, während sie etwas von ihren Freundinnen vor sich hin murmelt, dann geht sie wieder ins Dachzimmer hinauf.

Als sie weg ist, flüstere ich: »Halmoni, es ist was passiert.«

Halmoni streicht eine Haarsträhne hinter mein Ohr und küsst mich auf die Stirn. »Ja, meine Kleine, später höre ich zu, jetzt erst Zeit für Zesa.«

»Ja, aber …«

»Ah, ah, das zuerst.« Halmoni geht durch die Küche, zieht Schüsseln und Körbe aus den Schränken und stellt sie vor mich hin.

Ich kann mich nicht erinnern, wann sie mir zum ersten Mal gezeigt hat, wie man Zesa macht. Aber seither ist es unser Ding. Wir legen Essen für die Geister und Ahnen aus und lassen sie ihr Festmahl genießen, bevor wir selbst essen. »Für die, die vor uns gehen«, sagt Halmoni immer.

Als ich noch klein war, habe ich mir vorgestellt, wie Dad zum Zesa kommt und mit uns isst. Einmal habe ich den Fehler gemacht, Sam zu erzählen, dass das Essen für ihn ist.

Sam wurde ganz rot vor Wut und hat mich angefaucht: »Hör auf damit, hörst du? Er ist tot. Tot. Das ist kein Spiel!«

Danach wollte sie nie wieder zur Ahnentafel.

Halmoni wärmt einen Teller mit Rote-Bohnen-Reiskuchen auf und reicht ihn mir. Ich richte ihn in einem Bambuskörbchen an, so wie sie es mir gezeigt hat. Sorgfältig, liebevoll. Die Kuchen wärmen mir die Finger.

»Das sehr wichtig an Tag von großer Veränderung«, erklärt mir Halmoni, während sie Reiswein in kleine Keramikschälchen füllt. »Wenn Leute kommen. Wenn Leute gehen. Wir machen das, damit Geister glücklich bleiben.«

Sie beugt sich näher zu mir, ihr Atem kitzelt mich am Ohr. »Wenn Geister hungrig sind … fast so schlimm, wie wenn deine Mom hungrig.«

Ich grinse. »Und was ist, wenn Sam hungrig ist?«

Halmonis runzlige Augen weiten sich. »Oh, das sehr, sehr schrecklich.«

Ich lache auf Sams Kosten, wenn auch mit einem Anflug von schlechtem Gewissen. Dann lege ich getrockneten Tintenfisch und Sardellen auf einen kleinen Teller, während Halmoni das Essen zubereitet, und lausche den Zesa-Melodien.

Halmoni summt ein Lied, das ich nicht kenne, wahrscheinlich ein koreanisches Wiegenlied, und es ist, als würde das Haus mit ihr singen. Die Schränke wispern und tuscheln beim Öffnen und Schließen, und das Wasser pfeift, wenn sie Gemüse putzt.

Tatsächlich ist Zesa, so wie alle Rituale und religiösen Bräuche meiner Halmoni, für mich ganz selbstverständlich. Und weil ihr so viel daran liegt, ist es für mich in Ordnung. Ihre Magie braucht keine Erklärung. Aber jetzt, nach dem Tiger, habe ich plötzlich den Wunsch, sie zu verstehen.

»Ich habe etwas auf der Straße gesehen«, fange ich an.

»Was denn?« Halmoni schneidet eine Gurke klein.

Ich schlucke. »Ähm, ich glaube, ich habe einen von deinen … deinen hungrigen Geistern gesehen.«

Halmoni legt ihr Messer weg und dreht sich zu mir um. »Lily, was sagst du? Was hast du gesehen?«, fragt sie und wirft mir einen scharfen Blick zu.

Plötzlich bin ich nervös. »Ich weiß nicht. Vielleicht war es ja nur ein Traum?«

Halmoni beugt sich näher zu mir. »Träume sehr wichtig, Lily. Was hast du gesehen?«

Mom würde sagen, dass ich Halmoni nicht noch in ihrem Aberglauben bestärken soll. Und Sam, dass ich verrückt bin. Aber von Halmoni habe ich nichts dergleichen zu befürchten, das weiß ich. »Einen Tiger.«

Halmoni zischt durch die Zähne. »Und was macht Tiger?«

Ich weiß, dass ihr Zorn nicht mir gilt, aber wütend ist sie trotzdem, und ich befürchte, dass ich vielleicht etwas Falsches gesagt habe. »Ähm … er … er stand einfach nur da. Dann ist er verschwunden.« Eine Welle von Angst überrollt mich, und ich flüstere: »Werde ich jetzt verrückt?«

Halmoni schlingt die Finger um ihre Halskette und beugt sich so weit vor, dass ihr Gesicht ganz dicht an meinem ist, so dicht, dass ich ihren Milchatem riechen kann. »Lily, verrückt ist nicht gutes Wort. Nicht kluges Wort. Du siehst Wahrheit, weil du besonders bist, und das ist nicht verrückt, ja?«

Ich nicke, weiß nicht, was ich denken soll. Der Tiger hat echt ausgesehen, was aber nicht sein kann. Und wie soll man mit Dingen umgehen, die sich echt anfühlen, aber es nicht sind? Nicht sein *können*?

»Deine Mom glaubt nicht an alles das. Ihre Welt zu klein. Aber du weißt, Welt ist größer als das, was wir sehen.« Halmoni legt ihre Hand an meine Wange. »Und jetzt du bist beschützt, Lily Bean, und bleib weg von Tiger. Tiger sehr schlecht.«

»Ich weiß. Ich werde mich fernhalten. Tiger fressen Menschen und so. Es war nur …«

Halmoni schüttelt den Kopf. »Du kannst nicht Tiger vertrauen, okay? Tiger sehr listig, aber du darfst nicht hören auf ihre Lügen. Nicht vergessen, Lily Bean.«

»Ja, ich erinnere mich an deine Geschichten.«

»Jaja, Geschichten. Aber vielleicht …« Sie tritt zurück, den Kopf zur Seite gelegt, als müsse sie sich zu einem Entschluss durchringen. Etwas an ihrem Tonfall ist anders als sonst, nicht wie die Halmoni, die ich kenne. »Vielleicht gibt mehr Geschichten, als ich erzähle.«

Ich stoße die Teller und Schneidbretter zurück und ziehe mich auf die Küchentheke hoch, sodass ich direkt vor ihr sitze, um mir ihre Geschichten anzuhören. Ich kann mich nicht erinnern, wann sie uns zum letzten Mal eine neue Geschichte erzählt hat. »Zum Beispiel?«

»Tiger suchen mich.« Gedankenverloren lässt sie ihre Hand an meinem Arm heruntergleiten. »Weil ich etwas stehle, was ihnen gehört – vor langer, langer Zeit, als ich so klein wie du –, und jetzt Tiger wollen es zurück.«

»Hey, warte mal – ist das eine Geschichte über dich?«

»Das ist richtige Geschichte. Tiger echt.«

Ich lehne mich zurück. Noch nie hat sie mir eine Geschichte über sich selbst erzählt – und Tigern etwas stehlen? Das ergibt keinen Sinn.

Gestern noch hätte ich ihr vielleicht nicht geglaubt. Ich hätte wahrscheinlich gedacht, dass sie es erfunden hat, denn wie sollte das gehen?

Es ist unmöglich, genauso wenig wie ein Tiger echt sein kann, der aus dem Nichts auftaucht und sich dann wieder in Luft auflöst.

Und doch …

Ich ziehe an einem meiner Zöpfe. »Was hast du ihnen gestohlen?«

Wenn diese Geschichte wahr ist, dann war vielleicht auch der Tiger echt. Und vielleicht ist er deshalb aufgetaucht. Aber was kann denn so wichtig sein, dass ein Tiger ihm durch die ganze Welt nachjagt? Und wie muss es sich anfühlen, einen Tiger zu bestehlen – etwas so Mächtiges, so Gefährliches zu tun?

Halmoni runzelt die Stirn. »Nicht wichtig, kleine Eggi. Nicht gut, so viele Fragen stellen.«

»Aber …«

Die Tür kracht wieder auf, und Mom stürzt keuchend herein, lässt zwei Koffer auf den Boden fallen.

»Kein Aber, Aber, Aber.« Halmoni schnalzt mit der Zunge. »Wir jetzt reden nicht mehr darüber.«

Mom schiebt ihre Brille über die Nase hoch und ringt nach Luft. »Reden über was?«

Halmoni bedeutet mir *Pstpst* mit den Augen, und ich sage nichts.

Mom blinzelt. »Na? Darf ich es vielleicht auch wissen?«

Halmoni antwortet mit zuckersüßer, unschuldiger Stimme: »Nein, ich passe.«

Mom legt den Kopf zur Seite. »Du … passt? Inwiefern? Es mir zu sagen?«

Halmoni lächelt und nickt. »Passen.«

Mom schaut zwischen uns beiden hin und her. Ich zucke die Schultern, als wüsste ich nicht, worum es geht.

Mom öffnet den Mund, um weiter nachzuhaken, aber dann seufzt sie nur. »Also gut, dann hole ich noch ein paar von unseren Sachen. Lily, du sollst nicht auf der Küchentheke sitzen«, sagt sie noch, bevor sie wieder die Treppe hinuntergeht.

Ich rutsche hinunter, sobald Mom fort ist, und drehe mich zu Halmoni um. »Sag schon? Was hast du gestohlen? Und warum? Und was ist dann passiert?«

Halmoni reicht mir einen Stapel Teller. »Genug jetzt. Du deckst Tisch. Zesa schützt dich. Hält Tiger fern.« Sie wendet sich von mir ab, um weiter Gemüse zu hacken.

Wenn wir Zesa auslegen, zweigt sie normalerweise ein paar Häppchen als Vorspeise für mich ab und flüstert mir augenzwinkernd zu: »Schnell essen, damit Geister nicht sehen.«

Aber heute Abend ist sie nicht in der Stimmung dafür. Sie bietet mir nichts an, und ich frage nicht. Ich mache, was sie mir sagt, und decke den Tisch, während ich über Tiger, Diebe und Halmonis Geschichten nachdenke.

Denn Halmoni hat uns immer Geschichten erzählt, Dinge, die eigentlich nicht sein können. Aber jetzt frage ich mich, ob das alles vielleicht doch wahr ist.

KAPITEL 5

Ich will dir eine Geschichte erzählen. DIE Geschichte. Die Geschichte vom Tiger und den beiden kleinen Mädchen. Bist du schon neugierig geworden? Dann setz dich hin und hör mir zu.

Vor langer, langer Zeit, als Tiger noch aufrecht gingen wie Menschen, lebten zwei kleine Mädchen bei ihrer Halmoni in einem kleinen, efeuüberwucherten Haus, das am Dorfrand auf einem Hügel stand. Sie waren Schwestern, hatten lange schwarze Zöpfe und teilten alles miteinander, sogar ihre geliebten Reiskuchen.

Eines Tages ging die Halmoni ins Dorf, um Reiskuchen für ihre beiden Enkelinnen zu kaufen, aber ein Tiger hielt sie auf, als sie auf dem Heimweg war. Er kam aus dem Nichts – als wäre er vom Himmel gesprungen – und stand direkt vor ihr, um ihr den Weg zu versperren.

»Du hast etwas, das ich will«, sagte der Tiger.

Und wenn ein Tiger etwas von einem will, was soll man da machen? Weglaufen. Sprich nie mit einem Tiger. Und hör ihm auf keinen Fall zu.

Die Halmoni warf ihm ihre Reiskuchen hin, um ihn abzulenken, und während er sie mit einem Happs hinunterschlang, rannte sie los.

»Köstlich!«, rief der Tiger. Aber wenn du einem Tiger Reiskuchen gibst, bekommt er Appetit auf mehr. Mehr! Immer mehr!

Die Halmoni kam nicht weit. Der Tiger holte sie ein und sprang vor sie hin. Aber die Halmoni hatte keine Leckerbissen mehr für ihn, und so fraß er sie einfach auf. Er schlang sie mit einem Happs hinunter wie zuvor die Reiskuchen. Das Einzige, was von ihr übrig blieb, war ihr Schal, der sanft zu Boden schwebte.

Der Tiger war noch nicht zufrieden. Er wollte mehr – Tiger sind nie zufrieden –, aber er war schlau.

Er nahm den Schal der Halmoni und verkleidete sich damit, als er ein paar Tage später zum Häuschen der Halmoni kam. Dort klopfte er an die Tür und rief: »Kleine Mädchen, kleine Mädchen, hier ist eure Großmutter. Ich stehe im Regen draußen und mir ist kalt. Lasst mich herein.« Dann fuhr er mit seinen Klauen über die Hauswand.

Ritsche, ratsche, ritsche, ratsche.

Die kleinen Mädchen wussten, dass etwas nicht stimmte. Ihre Halmoni hatte nie so lange, schmutzige Fingernägel gehabt. Sie pflegte ihre Hände.

Aber die kleinen Mädchen sehnten sich nach ihrer Halmoni. Der Tiger sagte: »Kleine Mädchen, kleine Mädchen, ich habe Reiskuchen für euch. Süße, leckere Reiskuchen für Onni und Eggi.«

Die kleinere Schwester vermisste ihre Halmoni am meisten. Und der Tiger raunte ihr zu: »Vertrau mir, kleine Eggi. Hab keine Angst.«

Also lief sie zur Tür und öffnete sie.

Die kleine Eggi hielt den Atem an und wartete. Und der Tiger brüllte.

Vertraue nie einem Tiger. Das merke dir.

Die kleine Eggi erkannte schnell, dass der Tiger nicht ihre Halmoni war. (Die Halmoni brüllte nicht.)

Also liefen die Mädchen davon, und der Tiger jagte sie durch Wüsten und Ozeane, über verschneite Berge und Wälder, die vor Regen dampften. Sie rannten und rannten, bis das Land abrupt aufhörte. Ein tiefer Abgrund aus Nichts klaffte unter ihnen auf – das Ende der Welt und das Ende der Geschichte.

»Wir sind verloren!«, schrie Onni.

Der Tiger kam immer näher. Er war so hungrig.

Hilfe! dachte die kleine Eggi. Sie schloss die Augen und betete zum Himmel: »Rette uns! Bitte, bitte, bitte.«

Und dann, sie konnte ihr Glück kaum fassen, antwortete der Himmelsgott: »Hmmm. Also gut. Aber du musst mir eine Geschichte erzählen.«

Nicht einmal Himmelsgötter können einer Geschichte widerstehen.

Eggi und Onni dachten schnell nach, dann erzählten sie ihm eine Geschichte.

Und es wird dich kaum überraschen, dass der Himmelsgott die beiden Mädchen gerettet hat. Geschichten wie diese haben stets ein gutes Ende. Als der Tiger sich gerade auf sie stürzen wollte, um sie zu verschlingen, fiel ein magisches Seil vom einen Ende des Himmels und eine magische Treppe vom anderen.

Onni packte das Seil und Eggi nahm die Treppe. Dann kletterten sie hinauf – immer höher und höher, bis sie im Himmelskönigreich in Sicherheit waren.

Der Himmelsgott erlaubte ihnen, für immer bei ihm zu bleiben, aber sie brauchten eine Arbeit. Das Leben im Himmelskönigreich ist teuer.

Und deshalb wurde die ältere Schwester die Sonne und die jüngere der Mond.

Onni war glücklich, aber Eggi weinte. Alle Leute schauten immer den Mond an, und das gefiel ihr nicht. Sie wollte sich verstecken.

Da bot ihr die ältere Schwester an, mit ihr zu tauschen. »Weine nicht, kleine Eggi. Du kannst die Sonne sein. Niemand schaut in die Sonne.«

Problem gelöst! Die beiden Schwestern waren wieder glücklich und nahmen ihre Plätze am entgegengesetzten Ende des Himmels ein, wo sie für immer in Sicherheit waren.

Und der Tiger? Der lief tief unten auf der Erde herum und wollte hinauf. Aber der Himmelsgott wies ihn zurück. Er wollte keine Tigergeschichten hören, und so wurde der Tiger verbannt.

Als ich noch klein war, hat Halmoni uns diese Geschichte Jahr für Jahr erzählt, und ich war immer mit dem Ende zufrieden. An den Tiger dachte ich nie.

Ich habe mich nie gefragt: Was war die Geschichte des Tigers?

Und ich habe mich auch nie gefragt: Was, wenn der Tiger zurückkommt?

KAPITEL 6

Schweißüberströmt wache ich auf. Die Decke ist zerknäuelt, das Kissen feucht, das Bett knarzt. Mein Magen knurrt, und ich merke, dass ich großen Hunger auf Mitternachts-Kimchi habe. Ich winde mich also aus meiner Decke heraus und schlüpfe aus dem Bett. Auf Zehenspitzen schleiche ich durchs Zimmer, an meiner Schwester vorbei, und flehe die knarzenden Dielenbretter an, nur ja keinen Mucks zu machen. Aber sie hören nicht auf mich. Winseln unter meinen Füßen.

Sam rührt sich trotzdem nicht.

Ich gehe aus dem Zimmer und die Treppe hinunter, halte mich am Geländer fest, blinzle in die Dunkelheit und versuche, die Schatten zu durchdringen.

Etwas an den Schatten ist seltsam.

Sie tanzen und biegen sich vor mir, als würden sie von einer Kreatur geworfen, die ich nicht sehen kann.

Ich reibe mir die Augen, schüttle den Schlaf aus meinem Kopf, und die Schatten werden wieder normal. Ich schleiche weiter die Treppe hinunter, vorbei an Halmonis Schlafzimmer und an Mom, die auf der Couch schläft.

Ich schleiche zur Küche weiter …

Und erstarre.

Die Kartons, die an der Kellertür aufgetürmt waren, sind beiseitegeschoben, sodass der Weg frei ist.

Ich weiß, dass Mom die Kartons wegräumen wollte, aber ich kann mir nicht vorstellen, dass sie es riskieren würde, Halmoni so auf die Palme zu bringen. Außerdem wollte sie die Kartons an die Wand räumen – und nicht nur ein paar Zentimeter von der Tür wegschieben.

Aber das Merkwürdigste ist, dass die Tür einen Spaltbreit offen steht.

Ein unsichtbares Gewicht drückt auf meine Brust, bis ich kaum noch atmen kann.

Draußen peitschen Äste im Wind, scharren am Fenster – *ritsche, ratsche* –, und die Kellertür schwankt hin und her, nur ein winziges bisschen.

Ich schleiche näher an die Tür.

Nicht, dass ich nicht gewarnt wäre. Ich habe schließlich genug Gruselfilme mit Sam angeschaut. Und obwohl ich die meiste Zeit meinen Kopf an ihrer Schulter vergraben habe, kenne ich die Regeln:

1. Geh nie in den Keller.
2. Und vor allem nicht allein.

Aber das hier ist anders. Das ist kein gruseliger Keller wie die im Film.

Sam und ich haben oft dort unten gespielt, wenn Mom fort war. Wir haben die Geschichten aufgeführt, die Halmoni uns erzählt hat, und eigene Märchen erfunden. Unter den ganzen alten Sachen, die Halmoni unten aufbewahrt, gab es immer etwas Neues zu entdecken.

Dieser Keller war mein Lieblingsplatz.

Und jetzt ruft er mich. Zerrt an meiner Brust, bis ich es tief in meinem Inneren spüre, direkt hinter meinem Magen.

Die Holztür fühlt sich warm unter meiner Hand an, und sie knarzt, als ich sie aufstoße.

Ich halte den Atem an und warte. Ich kann nicht sagen, ob ich Angst habe oder nur aufgeregt bin.

Nichts passiert.

Ich taste nach dem Lichtschalter, der nicht funktioniert, also halte ich mich an das Mondlicht, das durch ein schmales Fenster ganz oben an der Wand hereinfällt. Das splittrige Holz pikst mir in die nackten Füße, als ich die Treppe hinuntergehe. Und dann bin ich unten.

Im ersten Moment atme ich auf, weil der Keller leer ist.

Dann bekomme ich Angst, eben *weil* er leer ist.

Der Keller ist überraschend klein. Nicht wie früher, als er mir viel größer erschien, weil ich selbst noch klein war. Der Raum hat mich immer fasziniert, er war wie ein Rätselspiel. Wie kommt man von einem Ende zum anderen? Über welche Kisten und Kartons muss man klettern? Welchen Pfad muss man nehmen?

Und jetzt: nichts.

Einfach nichts – nicht einmal Wasser, obwohl Halmoni behauptet, der Keller sei überschwemmt gewesen. Ich knie mich auf den Boden und lasse meine Hand über den Teppich gleiten. Er ist knochentrocken.

Müsste er nicht feucht sein? Und müsste er nicht auch danach riechen? Feucht? Modrig?

Der Keller riecht wie immer – staubig und voller Erinnerungen wie die Seiten eines alten Buches.

Ich beiße mir in die Wange. Vielleicht sehe ich Gespenster, aber das alles ergibt keinen Sinn. Wenn der Keller nie überschwemmt war, warum hat Halmoni dann die ganzen Sachen hochgebracht?

Und warum hat sie gelogen?

Ein Geräusch lässt mich zusammenzucken, und ich springe auf. Es ist ein tiefes Stöhnen wie von einem verwundeten Tier – und ich stolpere zur Treppe zurück, falle fast über meine eigenen Füße. Meine Zehen kribbeln vor Angst, als ich nach oben hetze – immer zwei Stufen auf einmal nehmend, fast ohne zu atmen, bis ich aus dem Keller heraus bin und die Tür fest hinter mir geschlossen habe.

Mit wackligen Knien lehne ich an der geschlossenen Tür und ringe nach Luft.

Geh ins Bett, sage ich mir. Das reicht für eine Nacht. Der Appetit auf Kimchi ist mir sowieso vergangen.

Dann höre ich wieder ein Geräusch, und jetzt merke ich, dass es aus dem Badezimmer kommt. Die Tür steht leicht offen, also schleiche ich im Dunkeln hin und spähe hinein.

Und was sehe ich? Ein Schattentier, eine Masse aus tintenschwarzen Schuppen, wogend, vornübergebeugt. Die Kreatur knurrt und bewegt sich ganz merkwürdig, so als hätte sie sich alle Knochen gebrochen.

Mir stockt das Blut in den Adern, aber dann verschwindet der Schatten …

Und da ist kein Tier. Es ist Halmoni. Und etwas stimmt nicht mit ihr.

KAPITEL 7

Ich verstehe nicht, was ich da sehe – das ergibt doch keinen Sinn. Kein Monster, sondern Halmoni.

Halmoni, würgend.

Halmoni, die sich übergibt.

Kinder übergeben sich ständig. Sam sagt immer zu mir: »Kinder wie du sind die reinsten Keimschleudern.« (Als wäre sie schon erwachsen.) Aber sie hat recht: Erwachsene übergeben sich nicht. Und Halmoni schon gar nicht. Halmoni, meine strahlende, glamouröse Großmutter – und das hier ist … eklig.

Halmoni war immer die Königin des Schlafs. Sie geht um halb neun ins Bett, mit eingedrehten Haaren und einem Schal um den Kopf, eine Crememaske auf dem Gesicht, und dann schläft sie zwölf Stunden.

Nichts und niemand kann ihren Schönheitsschlaf stören. Nur das hier offenbar.

Eine gute Enkelin würde ihr jetzt helfen. Würde ihr Zwieback und Wasser bringen und ihr die Haare aus dem Gesicht halten.

Aber irgendwie kann ich mich nicht rühren. Sosehr ich mich auch anstrenge, meine Beine gehorchen mir nicht, und meine Hand weigert sich, die Tür aufzustoßen.

Ich bin keine gute Enkelin.

Und irgendwie habe ich das Gefühl, dass ich das hier nicht sehen dürfte. Doch dann schaut Halmoni durch den Türspalt und entdeckt mich. Zu spät. Ich schalte in den Unsichtbarkeitsmodus – aber Halmoni fällt nicht darauf herein. Sie sieht mich. Wie immer.

»Lily«, krächzt sie. Die Lockenwickler in ihrem schwarzen Haar sehen aus wie Schuppen. »Du bist es – habe ich gleich gedacht, dass ich dich höre.«

Ihr Gesicht ist in Dunkelheit gehüllt, sodass ich nicht sagen kann, was in ihr vorgeht. Ist sie böse mit mir? Ärgert sie sich, weil ich hier herumschleiche? Will sie, dass ich weggehe? Als ich den Mund öffne, kommt nur ein Flüstern heraus: »Alles gut, Halmoni?«

Halmoni betätigt die Spülung und steht auf, dann kommt sie nach vorne ins Mondlicht. Die Runzeln um ihre Augen und Lippen sind tiefer als sonst. Aber krank sieht sie nicht aus. Wenn ich ihr Würgen nicht gehört hätte, wäre ich nie darauf gekommen, dass ihr etwas fehlt. »Ja, natürlich, was denkst du? Ganze Familie ist hier. Ist noch viel besser als gut.«

»Aber …« Mir versagt die Stimme und ich räuspere mich. »Aber ist … ist dir schlecht?«

»Oh ja, Lily. Nur kleines bisschen. Ich habe … wie heißt noch mal – so kleines Magentierchen …«

Manchmal glaube ich fast, sie macht absichtlich Fehler, um uns zum Lachen zu bringen – oder abzulenken. »Du meinst, ein Virus?«

Halmoni nickt. »Ja, richtig, kleines Virus. Aber sonst alles gut.«

Ich hole Luft, um mich zu beruhigen. Jeder hat mal eine Magen-Darm-Grippe, auch Großmütter.

»Warum du auf?«, will sie wissen.

»Ich konnte nicht schlafen. Ich musste an diesen … Tiger denken.«

Sie schaut mich drei Sekunden lang an, dann streckt sie ihre Hand aus. »Komm ins Bett, Lily Bean«, sagt sie. »Ich erzähle dir jetzt. Ich erzähle dir, was ich stehle.«

KAPITEL 8

Halmoni führt mich in ihr Schlafzimmer, und ich kuschle mich zu ihr unter die Decke. Im Dunkeln lasse ich meinen Blick durch ihr Zimmer wandern.

Auf ihrem Nachttisch wie immer: gerahmte Fotos von Mom, Sam und mir.

Aber etwas ist neu: eine Reihe winziger orangefarbener Pillenfläschchen. Eine ganze Familie gewissermaßen.

Bevor ich danach fragen kann, sagt sie: »Ich stehle Geschichten.«

Geschichten? Ich schnappe nach Luft, versuche, sie zu verstehen, auch wenn es noch so absurd klingt. Meine Großmutter. Hat. Geschichten gestohlen. Von magischen Tigern.

Was, in aller Welt, soll das heißen?

»Wie kann man eine Geschichte stehlen?«, frage ich.

Halmoni schweigt so lange, dass ich schon befürchte, sie macht einen Rückzieher. Aber sie wartet nur, baut Spannung auf, während sie meine Hand nimmt und mit ihrer Fingerspitze langsam meine Lebenslinie nachzeichnet. So wie sie es früher immer gemacht hat, als ich noch ein kleines Kind war, um mich bei den aufregenden Stellen zu beruhigen.

»Diese Geschichten kommen aus Zeit von lange her. Sehr, sehr lange. Als Tiger noch aufrecht gingen wie Menschen.«

Ich schmiege mich enger an Halmoni, und mein Herz klopft bei diesen magischen Worten.

»Diese Geschichten kommen aus einer Zeit, als Nacht noch schwarz. Nur schwarz. Und in diesem Schwarz lebt eine Prinzessin in Schloss im Himmel. Die Prinzessin sehr einsam, also erzählt sie der Nacht Geschichten. Und Geschichten werden Sterne.«

Wenn Halmoni uns früher aufforderte, nach oben zu greifen und eine Geschichte vom Himmel zu pflücken, hielt ich das immer für ein Spiel. Ich nahm es nie wörtlich. »Dann sind die Sterne aus Geschichten gemacht?«

»Jaja. Und jetzt zuhören«, ermahnt sie mich, bevor sie weitererzählt. »Die Himmelsprinzessin erzählt so viele Geschichten, bis ganzer Himmel voll Licht. Kein Schwarz mehr, nirgends! Und die Menschen auf der Erde, in Dörfern unten, die sind so glücklich. Keine Nacht mehr.«

Ich schaue aus dem Fenster in die tintenschwarze Dunkelheit und schaudere. *Keine Nacht mehr.*

»Die Magie von Geschichten war so hell, so mächtig, dass Tiger sie natürlich haben wollen. Tiger gehen also auf Gipfel von höchstem Berg, wickeln sich in Sterne und bewachen den Himmel.«

Halmoni hält kurz inne, dann fährt sie fort: »Und Menschen, die lieben Geschichten auch. Aber ich mag manche Geschichten nicht, die Sterne erzählen. Weil sie gefährlich sind. Manche Geschichten besser nicht erzählen, so gefährlich sind sie.«

Ich frage: »Wie kann denn eine Geschichte gefährlich sein?«

Halmoni schlingt ihre Arme um mich. »Weil sie Menschen traurig oder schlecht machen, und dann tun Leute was Böses. Und weil manche Geschichten mich ganz klein und traurig machen.«

Ich beiße mir auf die Lippe. Halmoni hat uns immer nur Geschichten erzählt, die gut ausgehen. Geschichten von klugen Mädchen und glücklichen Familien und Kriegerprinzessinnen, die die Welt retten.

»Meine Halmoni weint immer, wenn sie traurige Geschichten erzählt, als ich klein … Ich höre jetzt noch, verstehst du? Unsere richtigen Geschichten – koreanische«, sagt sie. »Und ich sehe meine Nachbarn so voller Angst. Und meine Freunde, die böse werden. Und ich denke: Warum sollen wir so schlechte Geschichten hören? Ist viel besser, wenn schlechte Geschichten einfach weggehen.«

Ich schlucke. Ja, das leuchtet mir ein.

»Und deshalb, in stiller Nacht nehme ich Gläser aus dem Haus und trage sie auf Berg hinauf. Ich folge Spuren von Tiger bis zu ihren Höhlen. Ich bin kleinstes Mädchen in kleinstem Dorf, aber ich bin schlau … Ich verstecke mich vor Höhle draußen und warte, bis Tiger einschlafen und ihr Schnarchen durch ganzes Land hallt. Und dann, schnell, schnell, packe ich die Sterne – die mit schlechten Geschichten – und stecke sie in Gläser.«

Auch so etwas, das mir undenkbar erscheint – aber vielleicht ist die Welt größer, als ich geglaubt habe. Vielleicht ist dort auch Raum für verschwindende Tiger und gefangene Sterne.

»Du hast die Sterne gestohlen«, sage ich.

»Nicht alle. Aber ja … das habe ich.«

Ich frage mich, wie Sterne sich wohl in der Hand anfühlen. Ob sie zu Staub verpuffen oder zerspringen wie Glas? Oder ob sie brennen wie Feuer oder kalt und scharf sind wie Eis?

Halmoni fährt fort: »Dann verschließe ich Gläser und schleiche von Höhle weg, ganz, ganz leise – husch, husch. Aber ich denke: Sicher ist sicher, ich muss machen, dass Tiger mir nicht folgen. Ich nehme Steine aus dem Wald, einen nach dem anderen, und schleppe sie vor Eingang, bis eine Mauer daraus wird. Große, schwere Mauer. Tiger sind eingesperrt.«

Schaudernd stelle ich mir vor, wie die Tiger – *ritsche, ratsche* – auf der anderen Seite verzweifelt an der Wand scharren.

»Ich denke: keine schlechten Geschichten mehr. Nie mehr. Ich will sie nie, nie mehr hören, also laufe ich weg, weg von kleinem Dorf, über großes Meer, durch ganze Welt, zu anderem Ort. Weg von Traurigkeit. Weit weg. In Sicherheit.« Halmonis Stimme wird immer schläfriger. »Ich stehle Sterne und ich sperre sie ein.«

»Woher wusstest du das?«, frage ich und presse meine warmen Zehen gegen ihre kalten. »Woher wusstest du, dass du an dem neuen Ort in Sicherheit bist?«

»Weiß nicht. Aber ich glaube. An mich. Und wenn du glaubst, du bist mutig. Glauben ist manchmal Mutigstes von allem.«

»Und dann ist alles gut geworden?« Halmoni hat nie viel darüber erzählt, wie sie damals aus Korea nach Amerika gekommen ist, und ich bin nie auf die Idee gekommen, sie zu fragen.

Sie schweigt so lange, dass ich denke, sie ist vielleicht eingeschlafen. Schließlich sagt sie: »Nichts hält ewig, Lily. Tiger können sich losreißen. Tiger sehr böse. Jetzt kommen sie … kommen mich holen.«

Aus dem Wohnzimmer dringt ein Knarzen an mein Ohr – aber wahrscheinlich ist das nur Mom, die sich im Schlaf herumwälzt.

Halmoni drückt ihre Lippen auf meinen Kopf, ihre Worte verschwimmen ineinander, und sie driftet in den Schlaf. »Sie jagen mich jetzt«, murmelt sie. »Sie hören nicht auf damit.«

KAPITEL 9

Meine Träume sind von Tigern bevölkert. Als ich am nächsten Morgen aufwache, liege ich neben meiner schlafenden Halmoni und denke über ihre Geschichten nach. Fragen donnern durch meinen Kopf.

Welche Geschichten hat sie gestohlen? Ich bin neugierig, würde sie gern hören, aber gleichzeitig fürchte ich mich davor. Ob sie wirklich so gefährlich sind?

Im Moment beschäftigen mich allerdings wichtigere Fragen. Zum Beispiel: Habe ich wirklich einen Tiger gesehen? Wenn ja, bin ich mir ziemlich sicher, dass es Halmonis Tiger war.

Wir müssen etwas dagegen tun. Wir können nicht einfach abwarten. Wir brauchen einen Plan, wie wir uns schützen können.

Keine Chance, dass ich wieder einschlafe, also rutsche ich aus dem Bett und tappe aus Halmonis Schlafzimmer ins Wohnzimmer hinüber.

Der Himmel ist grau, dicke Wolken sperren die Sonne aus. Es ist so still, dass ich zusammenzucke, als ich Mom auf der Couch entdecke.

Sie sitzt leicht von mir abgewandt, einen halb vollen Kaffeebecher in der Hand. Der Dampf tanzt und schwebt nach oben, küsst ihr Gesicht, ohne dass sie es wahrnimmt.

Ich halte den Atem an. Ich habe Mom seit einer Ewigkeit nicht mehr so still gesehen. Sonst ist sie immer in Bewegung. Ich spüre, dass ich einen sehr kostbaren Moment eingefangen habe. Ich will ihn in mich aufnehmen und nahe an meinem Herzen halten.

Mom starrt aus dem Wohnzimmerfenster, aber da gibt es nicht viel zu sehen außer den vagen Umrissen der Bäume und ein paar Häusern in der Ferne.

Ich gehe näher und die Dielen schreien auf.

Mom zuckt zusammen. Heißer Kaffee schwappt in ihrem Becher herum, läuft beinahe über. »Lily! Hast du mich aber erschreckt! Du bist immer so still, kommst einfach hinter mir angeschlichen.«

»Oh, tut mir leid«, sage ich, obwohl ich mich gar nicht anschleichen wollte.

Mom lächelt nur. »Wie geht's dir? Wie hast du geschlafen?«

Die Antwort wäre zu kompliziert, also nicke ich nur.

Das scheint ihr zu genügen, denn sie fragt nicht weiter nach. Stattdessen stellt sie ihren Becher auf den Couchtisch und steht auf. Erst jetzt sehe ich, dass sie sich ausgehfertig gemacht hat, sie trägt Bluse und Business-Hose. »Hast du Hunger?«, fragt sie.

»Nein«, sage ich. »Was hast du da an?«

»Ich muss heute Morgen zu einem Vorstellungsgespräch«, erklärt sie, während sie in der Küche herumklappert.

Wir sind gerade mal eine Nacht hier. Andere Mütter würden sich jetzt erst mal in Ruhe einrichten und ihre Koffer auspacken wollen, aber nicht meine Mom. Sie hat bereits einen Vorstellungstermin. Zu Hause in Kalifornien war sie als Buchhalterin beschäftigt und sie hat sehr viel gearbeitet.

»Aber ich habe noch Zeit, dir Frühstück zu machen«, fügt sie hinzu. »Du musst was essen, Lily. Wie wär's mit den Reiskuchen von gestern?«

»Nein danke«, sage ich. »Weißt du, ich frage mich …«

»Wirklich nicht?«, unterbricht sie mich. »Die schmecken auch aufgewärmt. Hab ich dir schon mal erzählt, dass Halmoni Reiskuchen verkauft hat, als wir hierhergezogen sind? Die Leute waren ganz wild darauf.«

Ich mache einen Schritt auf sie zu. »Im Ernst?« Mom erzählt nur selten von ihrer Kindheit.

»Was ist mit Tee? Willst du eine Tasse? Ich kann dir gern welchen machen.« Mom öffnet einen Schrank, hält aber plötzlich inne, die Hand in der Luft. »Ach ja. Halmoni hat die Tassen auf die andere Seite geräumt. Das war früher anders.« Sie nimmt einen Becher von seinem neuen Platz und brüht eine Tasse Tee für mich auf, obwohl ich keine Lust darauf habe. Ich mag keinen Tee.

»Mom ...«, fange ich zögernd an und hoffe, dass es möglichst unverfänglich klingt. »Hat Halmoni dir früher auch Geschichten erzählt? Ich meine, als du noch klein warst? Geschichten, die dir ganz unmöglich vorgekommen sind?«

Mom runzelt die Stirn. »Oh ... ich weiß nicht. Vielleicht. Aber ich war nicht so eine große Leserin wie du. Ich habe lieber draußen gespielt. Hatte wohl nicht so viel Geduld für ihre Geschichten.«

»Oh.« Wieder einmal beschleicht mich dieses Gefühl, dass mit mir etwas nicht stimmt, aber ich verdränge es schnell. »Ja, aber hat sie dir Geschichten von ihrer Kindheit erzählt oder so?«

In Moms Augen tritt ein ferner Ausdruck, als würde sie aus dem Fenster starren. »Na ja, sie hat nie viel über ihre Zeit in Korea erzählt. Ich weiß nur, dass sie aus einer armen Familie stammt, in irgendeinem rückständigen Dorf viele Meilen von Seoul entfernt. Und dass sie allein bei ihrer Halmoni aufgewachsen ist. Ihre Mom ist nach Amerika ausgewandert, als sie noch ganz klein war. Später, als deine Halmoni selber hierhergekommen ist – da war ich noch ein

Baby –, hat sie nach ihr gesucht, aber ich glaube, sie hat sie nie gefunden.«

»Ich meinte eigentlich eher …« Aber wie soll ich ihr das erklären? Hast du jemals Sterne gefunden, die in Gläsern eingesperrt waren? Seid ihr mal von Tigern gejagt worden? »Ach, egal.«

Mom holt Luft und klebt ein Lächeln in ihr Gesicht. »Na gut. Aber du solltest bald mal andere Kinder in der Nachbarschaft kennenlernen. Ich habe noch Highschool-Freundinnen hier, die Kinder in deinem Alter haben. Wenn du willst, kann ich ein Spieltreffen mit ihnen vereinbaren.« Typisch Mom. Wenn ihr ein Gespräch zu brenzlig wird, wechselt sie einfach das Thema und tut so, als hätten wir die ganze Zeit über nichts anderes geredet.

Es ist zwecklos, ihr zu erklären, wie uncool es ist, wenn sie Spieltreffen für mich ausmacht. Oder wie schwer es ist, neue Freunde zu finden.

Okay, ich weiß, an manchen Menschen bleiben Freunde förmlich kleben. Sam zum Beispiel. Sie kann noch so kratzbürstig sein, immer hat sie einen Schwarm von Leuten um sich herum und wird mit Handy-Nachrichten buchstäblich überflutet. Ich selbst gehöre nicht zu dieser klebrigen Sorte.

Früher hatte ich auch ein paar Freunde und eine Mädchenclique, mit der ich eine Weile zusammen war. Lauter BAMs, in Sams Augen – also brave asiatische Mädchen wie ich. Aber irgendwann sind sie von mir weggedriftet. Nicht, dass sie gemein zu mir waren oder so. Sie haben einfach vergessen, mich zu ihren Treffen einzuladen. Bis sie schließlich vergessen haben, dass es mich überhaupt gibt.

An mir bleibt eben niemand kleben.

Und ich kann es ihnen nicht einmal übel nehmen. Es liegt einfach an meiner Unsichtbarkeit.

»Ich muss jetzt zu meinem Vorstellungsgespräch«, sagt Mom. »Aber geh auch mal raus an die frische Luft, Lily. Oder vielleicht in die Bücherei? Da triffst du sicher andere Kinder in deinem Alter. Und du liebst doch Büchereien.«

Ja, okay, ich gehe gern in Büchereien. Aber *lieben*? Keine Ahnung, wie sie darauf kommt – oder hat sie vergessen, wie sehr ich die auf der anderen Straßenseite gehasst habe?

Ich wollte da nie rein, als ich noch klein war. Ich bin immer auf der Treppe sitzen geblieben, während Mom und Sam drin waren, und habe auf die Bilderbücher gewartet, die sie mir mitbrachten.

Mom verstand nicht, warum ich solche Angst vor dieser Bücherei hatte, die wie eine gemütliche kleine Hütte direkt am Waldrand aussah. Die Tür und die Fensterrahmen waren mit leuchtend bunten Mustern verziert.

Aber ich fand sie gar nicht gemütlich. »Die Bücherei sieht aus wie das Pfefferkuchenhaus in Hänsel und Gretel«, habe ich ihr gesagt.

Warum erinnert sie sich nicht daran?

Ein Anflug von Ärger flackert in mir auf, aber ich schlucke ihn schnell hinunter. »Ja, okay.«

Mom sieht erleichtert aus. »Das ist super, Lily. Du bist die Beste. Hab ich dir das schon mal gesagt? Dass du die Beste bist?« Sie stellt den Tee vor mich hin und wuschelt mir durch die Haare. »Viel Spaß in der Bücherei, ja?«

Dann geht sie, knallt die Tür hinter sich zu, und ich nippe an dem Tee, den ich gar nicht will. Er verbrennt mir die Zunge und schmeckt nach Erde, aber er jagt Feuer durch meine Kehle, macht mich wach.

Und wütend. Zorn flammt in mir auf. Weil ich manchmal den Eindruck habe, dass Mom eine ganz andere Lily im Kopf hat. Eine, die fast so wie ich ist, aber nicht mit meinem wahren Ich übereinstimmt.

Ich mag keinen Tee. Ich *liebe* Büchereien nicht. Und wer sagt, dass ich die Beste bin? Woher will sie das wissen? Ist ja nicht so, als würde sie das besonders interessieren.

Ich stehe auf, kippe meinen Tee in die Spüle und starre gebannt auf den braunen Wasserstrudel. Ich fühle mich wie eine Rebellin, unverantwortlich und verschwenderisch, und ich genieße es.

Ich lasse den leeren Becher in die Spüle fallen – zu heftig. Er bekommt einen Sprung.

Einen Augenblick starre ich auf den Riss – und in mir klafft etwas auf, etwas Riesiges, Gähnendes, wie ein schwarzes Loch, in das man besser nicht hineinsieht.

Dann verfliegt mein Zorn, so schnell wie er gekommen ist. Ich weiß nicht, was mich geritten hat. Ich nehme den Becher und versenke ihn im Müll, ganz unten in der Tonne, wo niemand ihn finden wird.

Dann ziehe ich mir eine Jeans und ein gestreiftes T-Shirt an und flechte meine Haare, ohne sie zu bürsten. Ich schlüpfe in meine Regenjacke und gehe über die Straße zur Bücherei.

Ich bin kein kleines Mädchen mehr. Ich fürchte mich nicht vor Hänsel und Gretel. Ich fürchte mich nicht vor Märchen.

Und ich erwarte nicht, dass ich hier andere Kinder in meinem Alter treffe, aber vielleicht kann ich ein bisschen recherchieren.

Wenn ein Tiger meine Großmutter jagt, muss ich einen Weg finden, uns zu beschützen.

KAPITEL 10

Die Treppe zur Bücherei ist voller Sprünge, die Fenster verfärbt, das Dach eingesunken, nur ein winziges bisschen, als ob es müde wäre. Ich kann es kaum fassen, dass das hier die alte Pfefferkuchen-Bücherei sein soll, vor der ich mich als Kind so gefürchtet habe. Die ganze Magie ist daraus verschwunden.

Ich gehe zur Tür, ziehe am Griff, einmal, dann noch einmal, und als ich schon denke, die Bücherei ist vielleicht geschlossen, lässt mich das Haus endlich herein. Drinnen riecht es modrig, aber es ist warm.

Ein alter Mann, der vorne an einem Schreibtisch sitzt, schaut von seinem Uralt-Computer auf. Eine dünne Drahtbrille thront auf seiner Nase, und ein buschiger weißer Schnurrbart zuckt zwischen seinen rosigen Wangen. Wenn er nicht so finster die Stirn runzeln würde, könnte man ihn vielleicht mit dem Weihnachtsmann verwechseln.

»Wie kann ich dir helfen?«, fragt er in einem Ton, der deutlich verrät, dass er mir nicht wirklich helfen will. Er verschränkt die Arme vor der Brust, sodass das Zopfmuster in seinem Pullover zerknittert.

Keine böse Hexe also, nur ein brummiger Weihnachtsmann.

»Ähm, danke«, sage ich. »Ich will mich nur ein bisschen umsehen.«

Er starrt mich an, und ich weiß nicht, was ich tun soll. Eine Sekunde lang befürchte ich, dass ich aus irgendeinem Grund keinen Zutritt habe. Aber das ist lächerlich. Ich bin schließlich in einer öffentlichen Bibliothek.

»Hast du eine Karte?«, fragt er.

Ich verstehe nicht sofort, was er meint. Dann: »Ach so, eine Benutzerkarte. Ähm … nein.«

Ich trete an den Schreibtisch, obwohl mir der Bibliothekar irgendwie Angst einjagt. Seine buschigen Augenbrauen ziehen sich zusammen, und er scheint auf etwas zu warten, aber ich weiß nicht genau, worauf.

»Ich bin Lily«, sage ich. »Lily Reeves? Meine Hal… meine Großmutter wohnt auf der anderen Straßenseite. Ich bin gerade bei ihr eingezogen.«

Seine Augenbrauen zucken in die Höhe, und er nickt einmal, was ich als Zustimmung nehme. Sein Blick ist nicht mehr ganz so finster. »Du bist Ae-Chas Enkelin«, sagt er. »Ich lege dir eine Karte unter ihrem Account an.«

Ich bedanke mich, während er meine Daten auf seiner klackernden Tastatur eingibt.

»Gute Frau, deine Grandma«, sagt er nach einer Weile. »Obwohl es ein Schock für die Einheimischen war, als sie hierhergekommen ist, oh ja. Aber ich bin ihr was schuldig. Und Joan – deine Mutter? –, die ist ihr überallhin gefolgt.«

»Oh«, sage ich. Ich weiß nicht, warum er Halmoni was schuldig sein soll. Und warum er behauptet, dass Mom ihr überallhin gefolgt ist. Ich kann mir das beim besten Willen nicht vorstellen. Die beiden sind einfach zu verschieden.

Der Bibliothekar prüft kurz eine rote Benutzerkarte und reicht sie mir. »Also dann, auf Wiedersehen.«

»Oh«, sage ich wieder, nehme die Karte und stecke sie in meine Tasche. »Ähm, also eigentlich wollte ich fragen, ob Sie vielleicht Bücher über Tiger haben?«

Er runzelt die Stirn und dreht sich zu seinem Computer um. »Ist das ein Projekt für die Sommerschule? Oder dein persönliches Interesse?«

»Persönlich?« Mein Mund spricht es wie eine Frage aus.

Er grunzt. »Kommt heutzutage nicht mehr so oft vor, dass Kinder die Bücherei benutzen. Die glauben, sie finden alles im Netz.«

»Ja«, sage ich, weil mir nichts Besseres einfällt. Die meisten Kinder haben ja auch keinen magischen Tiger, der ihre Großmutter jagt. Ich glaube nämlich nicht, dass ich verwertbare Ergebnisse bekomme, wenn ich »magischer böser Tiger« google.

Hinter mir stöhnt jemand, und als ich mich umdrehe, steht ein Mädchen ungefähr in Sams Alter vor mir – mittelbraune Haut, Sommersprossen, lockiges Haar –, das einen leeren Bücherwagen schiebt. »Joe, kannst du das arme Mädchen nicht mit deinem ewigen Heutzutage-Gejammer verschonen?«

»Es ist aber die Wahrheit«, brummt der Bibliothekar.

Das Mädchen schüttelt den Kopf über ihn und hält mir ihre Hand hin. »Hallo. Willkommen in der weltberühmten Gemeindebibliothek von Sunbeam! Ich bin Jensen.«

Ich nehme ihre Hand, ihr Griff ist stark und warm. Die Sommersprossen, die über ihre Wangen verstreut sind, tanzen, wenn sie lächelt. Halmoni sagt immer, Sommersprossen bringen Glück.

»Das ist Jensen«, fügt Joe überflüssigerweise hinzu. »Sie ist meine Hilfskraft.«

Jensen lacht. »Wow, was für eine wortreiche Vorstellung. Jetzt weißt du alles über mich, was es zu wissen gibt – aber wer bist du?«

»Lily«, sage ich.

Sie lächelt. »Okay, Lily, freut mich, deine Bekanntschaft zu machen. Warst du schon mal hier?«

Ich schüttle den Kopf, und ihr Lächeln wird noch strahlender. »Cool. Obwohl das ehrlich gesagt auf die meisten Leute in dieser Stadt zutrifft. Wir zerbrechen uns den Kopf, wie wir ein bisschen Leben in die Bude bringen können. Die Sunbeamer daran erinnern, dass es uns gibt und so, aber na ja, egal.« Sie zuckt mit den Schultern, dann beugt sie sich über Joes Schreibtisch und schaut auf seinen Bildschirm. »Tiger. Cool. Komm einfach mit, Lily – ich kann dich herumführen und dir die Wildtier-Abteilung zeigen.«

Joe wendet sich wieder seinem Computer zu, und ich folge Jensen durch die Gänge zwischen den Regalen.

»Okay, die schlechte Nachricht zuerst: Unser Buchbestand ist ziemlich klein, die Führung wird also nicht sehr lange dauern.« Sie lacht wieder. Jensen lacht oft – oder lächelt zumindest.

Während wir uns durch die Gänge schlängeln, muss ich an Halmonis Keller denken. Bevor sie alle Kisten und Kartons nach oben gebracht hat, war der Raum unten das reinste Labyrinth. Jedenfalls in meiner Erinnerung. Ich atme ein.

Jensen dreht sich zu mir um. »Bist du neu in der Stadt?«

Ich sage ihr, dass ich zu Halmoni gezogen bin, und sie grinst.

»Ich kenne deine Oma. Alle lieben sie.«

»Wirklich?«

Sie legt den Kopf schief, sieht mich ein bisschen verwirrt an. »Ja, klar. Sie ist supernett und interessant, und sie ist immer so toll angezogen.«

Eine Welle von Stolz schießt in mir hoch. Ja, natürlich lieben alle Halmoni. Wie auch nicht?

Aber gleichzeitig krampft sich mein Herz zusammen, was komisch ist. Ich weiß nichts von Halmonis Leben in Sunbeam. Außer in meinen ersten Jahren habe ich sie immer in Kalifornien gesehen. Da war sie nur für uns da. Sie gehörte uns.

Eifersucht brodelt in mir hoch – so wie meine Wut auf Mom heute Morgen. Das gefällt mir nicht. Solche Gefühle will ich nicht haben.

Ich konzentriere mich wieder auf Jensen, die pausenlos weiterredet. »Ich gebe Nachhilfe in Englisch für die Mittelstufe. Also wenn du Probleme hast, lass es mich wissen.«

Meine Stimme klingt kratzig, wie immer, wenn ich mit Fremden spreche. »Ja, okay«, sage ich. »Danke.«

Die Führung endet ganz hinten in einem kleinen Raum, der mit einem Mini-Kühlschrank, einem Schrank und zwei Stühlen ausgestattet ist. Außerdem ist hier der Hintereingang der Bücherei. An der Wand neben der Tür hängt ein verblichenes Poster von einer Katze, die in einem Baum feststeckt. *Abhängen? Hier immer!* steht in einer weißen Blase darüber, was anscheinend witzig sein soll. Keine Ahnung, von wem diese Aufforderung, hier abzuhängen, stammt – aber Joe war es bestimmt nicht.

»Das ist der Personalraum«, erklärt Jensen. »Aber ich lasse meine Nachhilfeschüler hierherkommen. Das Zimmer ist voll mit Süßigkeiten, und ein bisschen Zucker braucht jeder mal.«

Sie nimmt einen Schokomuffin aus dem Kühlschrank und gibt ihn mir.

Blitzartig flackern meine Kindheitsängste wieder auf – Hänsel und Gretel wurden schließlich mit Süßigkeiten ins Hexenhaus gelockt. Aber ich schüttle meine Panik ab, sage Danke und nehme den Muffin.

Jensen beugt sich vor und senkt die Stimme: »Soll ich dir ein Geheimnis verraten? Die hat Joe gebacken.«

Ich ziehe die Augenbrauen hoch und sie lacht.

»Ja, ich weiß«, sagt sie. »Er sieht nicht gerade wie der gemütliche Backtyp aus. Aber du darfst ihn nicht zu hart beurteilen. Joe ist ganz okay, wenn man ihn besser kennt. Er ist praktisch wie eine Metapher für diesen ganzen Ort: Auf den ersten Blick ein ziemlicher Flop, aber richtig gut, wenn man tiefer gräbt.«

Diese Jensen scheint eine unverbesserliche Optimistin zu sein, wie Mom es nennen würde. Aber ihre Fröhlichkeit ist ansteckend. Ich lächle und nehme einen Bissen von dem Muffin, und die Schokolade lässt meinen ganzen Körper aufleuchten. »Schmeckt super«, sage ich. Irgendwie erinnert mich der Muffin an Halmonis Reiskuchen, obwohl die doch ganz anders schmecken. »Er könnte die Muffins verkaufen.«

Jensen wirft mir einen seltsamen Blick zu, sodass ich mir am liebsten auf die Zunge beißen würde. Keine Ahnung, warum ich das gesagt habe. Vielleicht weil Halmoni ihre Reiskuchen verkauft hat, aber das hat sie ja nur gemacht, weil sie Geld brauchte, als sie hierhergezogen ist.

Aber dann grinst Jensen mich an: »Das ist eine geniale Idee, Lily.«

»Oh, okay«, sage ich. Meint sie das ernst oder will sie nur nett sein?

»Auf jeden Fall«, fügt sie hinzu, »kannst du dir jederzeit was nehmen, wenn du hierherkommst. Und ich hoffe, du besuchst uns oft. Ist manchmal ganz schön einsam hier.«

Ich mag Jensen. Sie ist netter als die meisten Mädchen in ihrem Alter. Praktisch eine Anti-Sam. Und ich weiß nicht, was genau sie in mir sieht, aber zumindest *sieht* sie mich – was einerseits schön ist, mich aber auch ein bisschen nervös macht.

Jensen führt mich zum Wildtier-Regal und ich suche nach Tigerbüchern. Es gibt gerade mal zwei: *Das geheime Leben der Tiger – 102 wichtige Fakten.* Und: *Das geheime Leben der Tiger – 102 neue Fakten!*

Ich blättere die Bücher durch, in der Hoffnung, ein paar nützliche Informationen zu finden. Zum Beispiel: Es gibt Tigerarten, die sich in

Luft auflösen. Oder: Tipps und Tricks für junge Leser, deren Großmutter von einem Tiger gejagt wird.

Stattdessen finde ich Folgendes heraus:

- Der Fangzahn eines Tigers ist scharf genug, um Knochen zu zerbeißen.
- Wenn du einem Tiger direkt in die Augen blickst, tötet er dich vielleicht nicht – aber du solltest dich besser nicht darauf verlassen.
- Das Brüllen eines Tigers hat eine so niedrige Schallfrequenz, dass das Geräusch dich lähmen kann.

Ich stelle die beiden Bände ins Regal zurück. Mit diesen Informationen kann ich nichts anfangen, und irgendwie macht es mir jetzt noch mehr Angst, von einem Tiger gejagt zu werden.

»Also eigentlich …« Ich schlucke, bin auf einmal ziemlich nervös. »Ähm, habt ihr vielleicht auch Geschichten über Tiger?«

Jensen zwirbelt eine Locke um ihren Finger. »Na ja, wir haben die Narnia-Bücher. Obwohl … das war ein Löwe, glaube ich. Hast du irgendwas Bestimmtes im Kopf? Vielleicht kann ich dir helfen, wenn ich deinen Büchergeschmack besser kenne?«

Natürlich kann ich ihr nichts über den magischen Tiger und die gestohlenen Sterne verraten. Aber ich kann ihr Halmonis ursprüngliche Tigergeschichte erzählen.

Ich gebe ihr die kürzest mögliche Zusammenfassung: »Also es gibt da eine Geschichte über einen Tiger, der … ähm … zuerst die Großmutter von zwei Mädchen verschlingt, dann verkleidet er sich als diese Großmutter, um die Enkelinnen auch noch aufzufressen. Sie laufen davon und er jagt sie und …«

»Hört sich irgendwie nach Rotkäppchen an«, unterbricht Jensen mich.

»Nein, dort ist es ein Wolf«, sage ich. »Und diese Geschichte stammt aus Korea.«

Jensen lässt nachdenklich ihren Finger an den Buchrücken entlanggleiten. »Ich habe noch nie von einer koreanischen Version gehört. Aber ist doch irgendwie faszinierend, oder? Manche Märchen gibt es in unterschiedlichen Versionen auf der ganzen Welt – auch wenn es zwischen den einzelnen Gegenden keinerlei Berührungspunkte gibt. Und trotzdem sind die Geschichten im Prinzip dieselben.«

Ich will ihr erklären, dass meine Geschichte ganz anders ist. Dass es darin um zwei Schwestern geht und um die Sonne und den Mond und einen Tiger. Dass sie etwas ganz Besonderes ist.

Aber Jensen fährt bereits fort: »So als hätten diese Märchen einen eigenen Willen. Als würden sie so lange in der Welt herumschwirren, bis jemand sie aufgreift und weitererzählt.«

Mir wird innerlich ganz kalt. Ich stelle mir vor, dass Halmonis eingesperrte Geschichten lebendig sind und nur darauf warten, aus ihrem Gefängnis auszubrechen. »Ja, genau«, flüstere ich.

»Aber soviel ich weiß, haben wir kein Buch über koreanische Volksmärchen in unserer Bücherei.« Jensen zieht eine Augenbraue hoch. »In diesem Ort leben nicht viele Migranten, du wirst also kaum etwas über andere Kulturen finden. Ich jobbe manchmal als Kellnerin im einzigen Asia-Restaurant in der Stadt. Es heißt *Dragon-Thyme*. Total bescheuert, der Name, weil in asiatische Gerichte überhaupt kein Thymian gehört, aber so ist das hier nun mal …« Sie räuspert sich. »Also jedenfalls werde ich Joe sagen, dass er ein Buch über koreanische Märchen bestellen soll. Ich meine, falls unser Budget es erlaubt …«

Ich höre nicht mehr hin, weil ich aus dem Augenwinkel einen Tigerschwanz peitschen sehe – ein Aufblitzen in Schwarz und Orange, das sofort im nächsten Gang verschwindet.

Mein Herz bleibt eine Sekunde lang stehen.

Die Superkraft eines unsichtbaren Mädchens besteht in der Fähigkeit, sich notfalls zu verstecken, zu verschwinden. Sich von allem Ärger fernzuhalten. Darin bin ich gut.

Lauf weg, sage ich mir. Versteck dich.

Aber meine Beine gehorchen mir nicht. Ich bewege mich bereits den Gang entlang, noch während ich vor Jensen herumdruckse: »Ähm, tut mir leid, Jensen, ich glaube, ich habe da ein Buch gesehen – dort drüben.«

Ich jage den Tiger, schlängle mich durch die Regale, folge dem Aufblitzen seines Schwanzes, bis ich voll gegen etwas Schwarz-Oranges knalle.

KAPITEL 11

Es ist kein Tiger. Sondern ein Junge.

Er ist nicht sehr groß, trägt ein leuchtend orangefarbenes T-Shirt, schwarze Jeans und eine altmodische Zeitungsjungenmütze auf seinem braunen Wuschelkopf.

»'tschuldigung«, keuche ich und spähe über seine Schulter. Ich könnte schwören, dass ich einen Tigerschwanz gesehen habe, aber da ist nichts. Wir stehen einfach in einem der Gänge, ringsum von Comic-Büchern umgeben.

Der Junge lacht und tippt sich an die Mütze. »Hallo, ich bin Ricky. Tut mir leid, dass wir uns auf Kollisionskurs kennengelernt haben.«

Bevor ich antworten kann, sagt er zu Jensen, die hinter mir angelaufen kommt: »Hey, Jensen! Ich bin den ganzen Weg vom Parkplatz hergerannt, nachdem Dad mich rausgelassen hat. Ich meine, weil du doch immer so sauer bist, wenn ich zu spät komme.« Er wischt sich demonstrativ ein paar Schweißtropfen von der Oberlippe. »Hab mich echt reingehängt, wollte ich nur mal sagen.«

Jensen seufzt. »Bitte nicht so laut, Ricky.«

Ricky grinst, seine Augenwinkel kräuseln sich, und in seinen runden Wangen erscheinen Grübchen. Er ist einer von der Sorte, an der Freunde kleben bleiben – das weiß ich, weil ich ihn sofort mag.

Dann dreht er sich wieder zu mir um. »Okay, und wer bist du? Was ist deine Geschichte, und warum hängst du in dieser muffigen alten Bücherei herum?«

»Ich bin Lily«, sage ich, aber dann herrscht gähnende Leere in meinem Kopf. Der Junge starrt mich an, wartet auf mehr, und ich würde am liebsten in den Unsichtbarkeits-Modus umschalten.

Jensen rettet mich. »Lily ist gerade erst zu ihrer Großmutter gezogen – dort drüben, in das Haus auf der anderen Straßenseite.«

Mit einer Kopfbewegung zu Ricky fügt sie hinzu: »Lily, das ist Ricky, einer meiner Sommerschüler. Wir treffen uns jeden Dienstag und Donnerstag.« Dann wendet sie sich wieder an Ricky: »Und die Bücherei ist nicht muffig. Nur ein bisschen vernachlässigt.«

»Gibst du ihr auch Nachhilfe? Mit mir zusammen?«, fragt Ricky. Er redet einfach über meinen Kopf hinweg, und ich fühle mich wie manchmal bei Mom und Sam – als wäre ich gar nicht da oder im Weg oder versehentlich in ein Gespräch hineingeplatzt, das mich nichts angeht.

Aber nicht mit mir. »Nein«, sage ich schnell, »ich sehe mich nur nach Büchern um.«

Seine Augen weiten sich, und er starrt auf die Comic-Regale. »Echt jetzt? Magst du auch Comics? Das ist so cool! Ich bin ganz wild drauf. Gerade lese ich alle alten Superman-Bände. Also jedenfalls die Ausgaben, die Joe dahat. Ich weiß, dass viele Leute Superman doof finden, und er ist auch nicht mein absoluter Superheld, klar. Aber er ist trotzdem der Wahnsinn, oder?«

»Ja, er ist …« Ich halte inne, suche nach einer passenden Antwort, irgendetwas, das ich über Superman weiß. Aber da ist nichts. Nur Leere.

Zum Glück springt Jensen wieder für mich ein. »Lily mag Tiger, deshalb sucht sie Bücher über dieses Thema«, sagt sie zu Ricky. Was mir irgendwie peinlich ist. Ich würde gern protestieren: Nein, ich mag keine Tiger! Aber dann zucke ich mit den Schultern und zwinge mich zu einem Lächeln.

Ricky grinst zurück. »Wow. Hab noch nie ein Mädchen getroffen, das Tiger mag.«

»Na ja … also …« Wäre ich doch nur ein bisschen schlagfertiger, so wie Sam. Dann würde ich ihm jetzt klarmachen, dass Mädchen sich genauso gut für Tiger interessieren können wie Jungs. Aber ich halte den Mund. Wünsche mir nur, wir würden wieder über Comics sprechen.

»Ich meine, nicht, dass ich so viele Mädchen kennen würde«, fügt Ricky hinzu, ohne meine Verlegenheit zu bemerken. »Aber Tiger sind cool. So elegant und geschmeidig, auf eine grausame Art.«

Die Grausamkeit von Tigern ist nun wirklich das Letzte, worüber ich mir Gedanken machen will. »Einem Tiger kann man nicht trauen«, sage ich stattdessen.

Der Junge nickt langsam. »Einem Tiger kann man nicht trauen«, wiederholt er, als hätte ich etwas Unglaubliches gesagt, etwas, das er sich unbedingt merken will. »Das gefällt mir. Mein Urgroßvater war Tigerjäger. Aber darauf kann man natürlich nicht stolz sein, weil Tiger vom Aussterben bedroht sind und nicht mehr getötet werden dürfen. Deshalb will Dad auch nicht, dass ich mit anderen Leuten darüber rede.« Er hält inne. »Ich meine …«

»Okay, jetzt hast du es lange genug rausgezögert, Ricky«, wirft Jensen ein. »An die Arbeit, ja?«

Sie zerrt ihn weg, und ich bleibe allein in dem Gang zurück. Mit einem ziemlichen Chaos im Kopf.

Vielleicht habe ich mir den Tiger nur eingebildet, obwohl ich es nicht wirklich glaube. Der Tiger war da. Ich weiß, dass er da war.

Was wäre passiert, wenn Ricky nicht dazwischengeplatzt wäre? Oder wenn ich den Tiger gefangen hätte?

Ein geschmeidiger, eleganter, grausamer, magischer Tiger, der meine Familie jagt – und den *ich* gerade gejagt habe.

War das nun unglaublich mutig von mir oder unglaublich dumm? Vielleicht ein bisschen von beidem.

KAPITEL 12

Am nächsten Nachmittag ist Mom bei einem anderen Job-Interview, und Halmoni verschläft das Mittagessen – was merkwürdig ist, weil Halmoni zwar gern schläft, aber noch lieber isst.

Sam sitzt oben an ihrem Computer, und ich habe nichts anderes zu tun, als Erdnussbutter-Muffins zu futtern, im Zimmer herumzulaufen und über den Tiger nachzudenken.

In Gedanken fertige ich eine Liste der Dinge an, die ich jetzt weiß:

1. Der Tiger hat Halmoni gefunden. Oder jedenfalls hat er mich gefunden, und das bedeutet, dass er auch Halmoni bald finden wird.
2. Tiger sind hartnäckig. Er will seine Geschichten zurück, und er wird alles tun, um sie zu bekommen. Das Zesa hätte ihn fernhalten müssen, aber da ich ihn in der Bibliothek gesehen habe, scheint es nicht funktioniert zu haben.
3. Wir brauchen mehr Schutz, und obwohl Halmoni sich aufregt, wenn ich von dem Tiger anfange, muss ich unbedingt mit ihr darüber sprechen.

Als ich lange genug hin und her gelaufen bin, husche ich in Halmonis Schlafzimmer. In der Luft tanzen Stäubchen, die das Licht vom Fenster einfangen, und der Raum wirkt schummrig, weil der Himmel draußen so grau ist. Ich fühle mich, als wäre ich in eine andere Welt eingetreten, in ein Mini-Universum, das in einer Zeitschleife feststeckt.

Ich ziehe die Bettdecke zurück und rüttle meine Großmutter behutsam wach. »Halmoni«, flüstere ich. »Wach auf, Halmoni.«

Sie murmelt etwas und dreht sich auf die andere Seite, also schüttle ich sie erneut. Ein bisschen fester diesmal. Vielleicht etwas zu fest.

Sie reißt die Augen auf. »Lily Bean?«, murmelt sie. »Hast du Hunger?«

»Eigentlich nicht«, sage ich. In Wahrheit bin ich pappsatt von den ganzen Erdnussbutter-Muffins.

Halmoni steigt aus dem Bett – langsam und vorsichtig, als würde sie durch Treibsand waten. Dann setzt sie sich auf den Bettrand, streckt sich, und ich kann förmlich zuschauen, wie der Schlaf von ihr abfällt.

Jetzt sieht sie wach aus.

»Halmoni«, platze ich heraus – meine Tigerfragen müssen erst einmal warten. »Ist dein Virus jetzt weg? Bist du wieder gesund?«

»Oh ja, sehr gesund. Meine Familie ist hier. Was brauche ich mehr?« Sie lächelt, aber ihre Stimme klingt wacklig. »Du musst keine Sorgen machen.«

»Ja, gut, aber wo wir gerade von Sorgen sprechen …« Ich zupfe an einem meiner Zöpfe. »Ich glaube, wir brauchen mehr Schutz als das Zosa. Ich habe den Tiger schon wieder gesehen.«

Eine Sekunde lang flackert Angst in Halmonis Augen auf, aber sie kneift sie schnell zu und schüttelt den Kopf. Als sie mich wieder ansieht, ist ihr Blick weich und sie lächelt.

Mit einer Hand zieht sie ihre Nachttischschublade auf und nimmt ein getrocknetes Kräuterbüschel heraus. Sie bricht ein Stück davon ab und legt es in meine Handfläche. »Ist für dich. Beschützt dich, ja? Dann musst du nicht mehr Sorgen machen.«

Ich starre auf das verschrumpelte Kraut, dann sehe ich Halmoni an. »Was ist das?«

»Ist Wermutkraut«, erklärt sie. »Ist meine Medizin zum Essen. Aber du nicht essen. Du behältst es in Tasche, dann beschützt es dich.«

Ich danke ihr und stecke das Wermutkraut in meine Tasche.

»Und das hier …« Sie zögert kurz, bevor sie in ihren Nacken greift und ihre Halskette öffnet. Die Silberkette mit dem Perlenanhänger – ihre Glückskette, die sie immer anhat, die sie zwischen den Fingern reibt, wenn sie nach dem richtigen englischen Wort sucht. »Das hilft auch. Du trägst es für Schutz, dann du bist in Sicherheit.«

Ich spüre meinen Herzschlag im ganzen Körper, als sie mir die Kette umlegt. Sie ist schwerer, als sie aussieht. »Aber das ist doch deine«, sage ich.

»Ja, und jetzt ist deine.«

Ich drücke meine Handfläche an den Anhänger. Die Perle ist nicht so kühl, wie ich erwartet habe. Sie wärmt meine Brust, und ich genieße dieses Gefühl, genieße es, wie sie an meinem Herzen liegt, schwer und glatt. »Und hat sie dich wirklich beschützt?«

»Bin ich hier, ja?«

Ich nehme die Perle zwischen meine Finger, und sie vibriert vor Energie. »Aber was ist dann mit dir? Brauchst du keinen Schutz? Die Tiger sind auf der Jagd.«

Sie lächelt, aber nicht ihr übliches Halmoni-Lächeln. Ein Lächeln, das nicht bis zu den Augen reicht. »Alles gut, Lily. Ich habe nicht mehr Angst.«

Ich weiß nicht, ob ich ihr das glauben soll, und als sie die Zweifel in meinen Augen liest, sagt sie: »Also gut, dann wir gehen einkaufen jetzt. Noch mehr Schutz holen, noch mehr Hilfe gegen böse Geister. Wir kaufen Pinienkerne zum Verbrennen und Reis zum Verstreuen unter Vollmond. Und frische Zutaten für Reiskuchen, das auch.«

Ich lächle, fühle mich schon besser.

Halmoni beugt sich zu mir vor. »Und für dich kaufe ich Lieblingssnacks. Weil ich Beste bin.« Sie hält kurz inne. »Nein, deine Mom ist Beste. Aber ich … Beste-Beste.«

Ich lache. »Das stimmt.«

Halmoni zieht die Augenbrauen hoch. »Und jetzt geh, Lily Bean, Sam Bescheid sagen.«

Nachdem ich Sam heruntergerufen und ihr erklärt habe, wo wir hinwollen, lehnt sie am Küchentisch, die Arme vor der Brust verschränkt. »Das ist keine gute Idee. Mom hat doch gesagt, du sollst nicht fahren.«

Halmoni wendet den Blick ab, und ich würde meine Schwester am liebsten zwicken. Sam ist ein schwarzes Loch, in dem alles Glück verschwindet.

»Aber du kannst doch fahren«, sage ich zu ihr.

Sam weicht zurück. »Ich weiß nicht …« Sie darf fahren. Sie hat einen Führerschein, und Halmoni darf Anfänger begleiten. Mom ermahnt Sam die ganze Zeit, dass sie üben muss.

Aber Sam weigert sich hartnäckig. Sie hat zwei Fahrstunden bei ihrem Fahrlehrer gemacht, und seither setzt sie sich nicht mehr ans Steuer. Obwohl nichts Schlimmes passiert ist. Sie traut sich einfach nicht, wegen Dads Autounfall.

Halmoni legt ihre Handfläche an Sams Wange. »Leben wartet nicht, Onni. Wir gehen jetzt. Wir okay.«

Sam zerrt an ihrer weißen Strähne. »Aber Mom hat gesagt …«

Halmoni schnalzt mit der Zunge. »Deine Mutter weiß nicht, was sie sagt. Ich okay.«

Sam schaut sie zweifelnd an, was absurd ist, weil sie sonst nie darauf hört, was Mom sagt.

»Du kannst ja hierbleiben«, sage ich zu ihr.

Ein gekränkter Ausdruck blitzt flüchtig in ihren Augen auf, dann faucht sie mich an: »Nein, ich komme mit.«

Halmoni klatscht in die Hände. »Brave Mädchen! Ich gehe schnell umziehen – schick machen.«

Sam runzelt die Stirn. »Warum?«

»Supermarkt«, erwidert Halmoni und verschwindet in ihrem Zimmer.

Sam schüttelt den Kopf, aber ein winziges Lächeln huscht über ihr Gesicht. Und ich bin auch froh. Halmoni bleibt Halmoni. Verrückt ist bei ihr normal. Und ich muss mir keine Sorgen machen. Mit einer Hand tätschle ich das Wermutkraut in meiner Tasche. Mit der anderen umfasse ich meinen Anhänger. Alles wird gut. Ich weiß es einfach.

Wir kommen mit einer kurzen Liste in den Supermarkt:

Zum Essen:

- Mochi-Mehl für Reiskuchen
- Wasabi-Erbsen für Mom
- Süß-&-Salzig-Nussmischung für Sam

Als Extra-Schutz:

- Fünfkornreis zum Verstreuen im Wald
- Pinienkerne zum Verbrennen bei Vollmond

Sonstiges:

- Waschpulver

Sam zieht eine Augenbraue hoch, als sie die Schutzliste sieht, sagt aber nichts.

»Wir müssen in halbe Stunde weg, weil Regen kommt bald«, verkündet Halmoni.

Sam runzelt die Stirn. »Heute regnet es nicht. Laut der Wetter-App liegt die Aussicht auf Regen bei null.«

Halmoni tätschelt Sams Kopf. »Halbe Stunde.«

»Kein Problem«, sage ich. »So lange brauchen wir nicht.«

Ich will gerade in den Gang mit den Reissorten einbiegen, als eine Frau mit knallrotem Haar auf uns zustürzt.

»Ihr müsst die Enkelinnen sein«, kreischt sie laut. Ich habe schon Angst, dass sie mir in die Wangen kneift, aber das tut sie dann doch nicht.

Halmoni strahlt. »Ja, das meine Kleinen.«

»Eure Grandma ist die Größte«, sprudelt die Frau hervor und strahlt Sam und mich an. »Sie hat mein Asthma mit ihren Kräutern geheilt.«

Sam weicht einen winzigen Schritt zurück. »Das ist super.«

Die Frau plaudert eine Weile mit Halmoni, und als sie endlich weghuscht, erzählt uns ein kahlköpfiger Mann, wie Halmoni ihn immer zum Lachen gebracht hat, sogar nach seiner Scheidung. Dann taucht eine alte Frau auf, die angeblich mit Halmoni Karten spielt.

Ganz schön viel auf einmal, besonders wenn man auf einer Extra-Schutz-Einkaufsmission ist, so wie ich.

Halmoni stellt Sam und mich allen Leuten vor, die wir treffen, und alle erzählen uns, wie hübsch wir sind, wie süß. Ich habe bald den

Überblick verloren, die Namen entgleiten meinem Gedächtnis, die Gesichter verschwimmen ineinander.

Ich bin überwältigt, wie beliebt Halmoni hier ist. Alle kennen sie. Alle finden sie nett. Und ich habe keine Ahnung, wer diese Leute sind.

Nach ungefähr zwanzig Minuten zieht Sam mich hinters Reisregal.

»Halmoni hat uns ausgetrickst«, sagt sie. »Das ist kein kurzer Einkauf. Das ist ein Riesen-Event.«

»Halmoni hat eben viele Freunde«, sage ich und überfliege unsere Liste. Es macht mir nichts aus, auf Halmoni zu warten.

Sam lässt sich auf den Boden fallen. »Da sind so viele Leute, die wir nicht kennen. Und alle haben eine Geschichte mit ihr. Als ob sie ein Doppelleben führt.«

Ich setze mich neben sie auf die Bodenfliesen und lehne mich an einen Stapel Cornflakes. Ich sage nichts, aber Sam weiß, dass ich dasselbe denke wie sie. Unsere Schwestern-Telepathie ist noch nicht ganz verschwunden.

Ich zupfe an der Stickerei in meiner Jeans. »Wo wir gerade von Geschichten sprechen …« Ich warte darauf, dass Sam die Augen verdreht, aber das macht sie nicht, und ich fahre fort: »Halmoni hat mir eine ganz komische erzählt, die ich noch nie gehört habe. Über Tiger.«

Sam zieht ihre Augenbraue hoch, eine stumme Aufforderung an mich weiterzuerzählen.

Ich hole tief Luft. »Weißt du noch, wie Halmoni uns erzählt hat, Sterne seien aus Geschichten gemacht? Also, das stimmt anscheinend. Und die Tiger haben die Sterne bewacht. Aber Halmoni hat ein paar davon gestohlen und in Gläser gesperrt oder so ähnlich. Und jetzt sind die Tiger böse.«

Sam runzelt die Stirn. »Das ist doch lächerlich, Lily. Halmoni ist verrückt.«

»Nein, ist sie nicht. Sag das nicht, okay? Also jedenfalls meinte sie …«

»Wann hat sie dir das alles erzählt?«

»In unserer ersten Nacht hier, aber …«

Sams Blick fällt auf den Perlenanhänger an meinem Hals. »Und wann hat sie dir das hier gegeben?«

Unwillkürlich fliegen meine Hände an meinen Ausschnitt und verdecken die Perle – als hätte ich etwas zu verbergen. »Gerade eben, bevor wir aufgebrochen sind. Sie hat etwas von verschiedenen Arten von Schutz gesagt.«

Sam bindet ihre Schnürsenkel auf und zu, ohne ersichtlichen Grund. »Ich verstehe nicht, warum sie nie mit mir über diese Dinge redet.«

Ich hätte nicht gedacht, dass Sam das überhaupt will.

Eine Sekunde lang spiele ich mit dem Gedanken, ihr alles zu erzählen – dass ich einen Tiger gesehen habe, den es gar nicht geben darf. Und wie ich diesen Tiger gejagt habe, obwohl ich weiß, wie gefährlich das ist. Und dass ich immer noch nicht genau sagen kann, warum.

Plötzlich höre ich eine vertraute Stimme im nächsten Gang. »Wir könnten die Muffins oder was auch immer zusammen backen. Nach Moms Rezepten. Oder diese süßen Brötchen, die sie immer gemacht hat?«

Ricky. Er ist nebenan.

Als ich aufstehe und mein Ohr an die Cornflakes-Packungen drücke, wirft Sam mir einen Blick zu, als ob ich komplett übergeschnappt wäre.

Ich weiß nicht, was mit mir los ist. Andere heimlich belauschen, das geht gar nicht, und trotzdem kann ich nichts dagegen tun.

Vielleicht weil Ricky zu der klebrigen Sorte gehört, die ich so beneide. Oder ich bin nur neugierig. Oder vielleicht liegt es daran, dass Ricky dabei war, als ich den Tiger gesehen habe.

Auf Zehenspitzen schleiche ich durch den Gang, bis ich das Ende erreicht habe. Dort steht ein Pappdisplay mit aufgetürmten Müsli-Packungen – ZWEI ZUM PREIS VON EINER. Ich verstecke mich dahinter und spähe in den nächsten Gang.

Unsichtbar, ermahne ich mich und versuche, meine Superkräfte heraufzubeschwören.

Ricky folgt einem Mann durch den Gang – vermutlich sein Dad, denn er sieht wie eine erwachsene Version von Ricky aus, der gleiche Wuschelkopf, die gleichen blauen Augen. Ob Rickys Urgroßvater auch so ausgesehen hat? Der Tigerjäger?

Sam runzelt verwirrt die Stirn und folgt mir zum Ende des Gangs. »Lily?«, fragt sie, aber ich bringe sie mit einer Handbewegung zum Schweigen, und sie späht mit mir um die Ecke.

»Wer ist das?«, flüstert sie.

Ich schüttle den Kopf, damit sie den Mund hält, aber sie stößt mich in die Rippen. Sam ist komplett unfähig, auf unsichtbar zu schalten.

»Hab ihn in der Bücherei getroffen«, flüstere ich kaum hörbar.

Sam macht »Hmmm«, als wüsste sie mehr als ich, und das ärgert mich, aber ich ignoriere sie. Ich muss mich aufs Lauschen konzentrieren.

»Connor liebt das Rezept«, sagt Ricky. Er schaut zu seinem Dad auf, mit einem beinahe flehentlichen Blick, aber sein Dad ignoriert ihn. »Hab ich dir schon erzählt, dass er vier ganze Portionen verputzt hat, als ich es einmal gemacht habe? Oder nein, nicht nur vier – sechs. Es waren sechs. Dann ist ihm schlecht geworden und er hat überallhin gekotzt und …«

»Still, Ricky.« Rickys Dad massiert sich die Schläfen.

Ich stehe da wie angewurzelt, so peinlich ist mir das Ganze. Das hier ist eine Familienszene, die mich absolut nichts angeht.

»Sag mal, findest du das in Ordnung?«, murmelt Sam, aber ich schaue weiter zu.

Rickys Dad schiebt einen Wagen vor sich her, während er seinen Blick über die Konserven wandern lässt, und Ricky stolpert hinter ihm her. »Aber Dad, ich weiß ganz genau, dass ich dir diese Geschichte erzählt habe. Erinnerst du dich nicht? Du weißt schon, als wir in diesem Lasergame-Dings waren und …«

»Ricky!«, faucht sein Dad ihn schließlich an, so laut, dass Sam und ich erschrocken von dem Display zurückweichen.

Ricky schaut zu ihm auf, mit offenem, hoffnungsvollem Gesicht, als ob er gar nicht merkt, dass sein Dad sauer auf ihn ist. »Und ich habe ihn voll in die Brust geschossen. Nur mit dem Laser natürlich, er hat also nichts gespürt, und dann …«

»Kannst du jetzt einfach mal den Mund halten?«

Die Worte gellen durch meinen Körper. Ich spüre ihre Grausamkeit tief in meiner Brust, die sich heftig zusammenkrampft.

Sam zerrt mich am Ärmel. »Komm«, flüstert sie mir zu.

Ich spähe über ihre Schulter, und da steht Halmoni am Ende des Gangs, mit vollem Einkaufskorb, und mimt wild gestikulierend zuerst »Laufen«, dann »Regen«. Der Supermarkt ist inzwischen fast leer, und sie hat Angst, dass wir in den Regen kommen.

Gaza, formt Halmoni mit den Lippen. Gehen wir.

Aber ich kann hier nicht weg. Das fühlt sich irgendwie falsch an, noch falscher, als dazubleiben. Ich bewege mich näher an das Regal heran, presse mich gegen die Müsli-Packungen.

Ich sehe, wie Ricky stehen bleibt, die Lippen zu einem halben Lächeln erstarrt, einen verletzten Ausdruck in den aufgerissenen Augen. Langsam erlischt das Lächeln, und er senkt den Blick, schaut auf seine Schuhe hinunter.

Ich beuge mich vor. Ich kenne diesen Jungen nicht, aber ich weiß genau, wie er sich fühlt. Ich will ihm die Hand hinhalten und sagen: Ich sehe dich.

Ich will …

Aber mir bleibt keine Zeit mehr, irgendetwas zu wollen, weil ich plötzlich vornüberkippe.

Das Display fällt um, ich knalle obendrauf und liege der Länge nach vor Ricky und seinem Dad und den restlichen Kunden am Boden – umgeben von unzähligen Müsli-Packungen.

»Oh Mann«, haucht Sam und weicht von mir zurück, als wäre mein peinlicher Sturz ansteckend.

Halmoni stürzt vom anderen Ende des Gangs auf mich zu, aber sie ist nicht sehr schnell, und ich liege einfach da, am Boden.

Ich schaue zu Ricky und seinem Dad auf, die verblüfft zu mir herunterstarren.

Ricky blinzelt. »Dich kenn ich doch.«

»Ähm …«, stöhne ich und zucke schwach mit den Schultern, wie um zu sagen: Oh, hi, du auch hier – so ein Zufall! Dabei könnte ich ebenso gut direkt zugeben: Oh, tut mir leid, ich wollte euch nur mal ein bisschen belauschen und habe gehört, wie dein Dad dich angebrüllt hat, und dann bin ich – *Womm!* – auf diese Müsli-Packungen geknallt.

»Alles okay?«, fragt Rickys Dad, der halb erschrocken, halb besorgt aussieht.

Ich nicke. »Ja, alles gut. Ich war nur … Ich konnte mich nicht entscheiden, ob ich eine Packung mitnehmen soll oder nicht. Aber … ähm … ich glaube, ich brauche doch keine …«

Rickys Lächeln kehrt zurück, breitet sich über sein ganzes Gesicht aus. Natürlich ist es nur ein Was-zum-Teufel-macht-sie-da-Lächeln, aber immerhin.

Sam schnaubt. Was nicht sehr höflich von ihr ist.

Ich stehe auf und räuspere mich. »Also dann, tschüs!«

Ich will schon davonstürzen, als Halmoni es endlich bis zu mir geschafft hat und mich aufhält.

Sie lässt eine Hand über mein Haar gleiten – das wahrscheinlich total zerzaust ist – und strahlt Ricky und seinen Dad an. »Hallo, Jungs!«

Rickys Dad räuspert sich. »Hallo, Ae-Cha.«

Halmoni lächelt Rickys Vater an und zeigt auf die Müsli-Packungen. »Sie helfen mir, bitte, ja?«

Rickys Dad macht einen Satz nach vorne und richtet das Pappgestell auf, aber es fällt sofort wieder um. Ich habe es so gründlich zerquetscht, dass es seine Tauglichkeit als Regal verloren hat.

»Tut mir leid«, murmle ich.

»Ist schon gut«, sagt Halmoni. »Wir stapeln wieder auf.«

Und das machen wir: Mit vereinten Kräften stapeln Halmoni, Sam, Ricky, Rickys Dad und ich die Kartons. Ich möchte im Erdboden versinken, so peinlich ist mir das Ganze. Sie können zwar nicht wirklich wissen, dass ich ihnen gerade nachspioniert habe, aber es ist doch so was von offensichtlich, oder?

Als wir fertig sind, legt Halmoni Rickys Dad die Hand auf die Schulter. »Danke«, sagt sie zu ihm. »Ist immer gut, wenn Leute sich helfen.«

Dann dreht sie sich zu Ricky um. »Sieh mal, ich habe Problem hier und dein Dad hilft mir. Manchmal brauchen Eltern und Großeltern auch Hilfe.«

Sam und ich wechseln einen Blick. Jetzt ist nicht der Moment für Halmonis berühmte Lebensweisheiten.

Halmoni dreht sich wieder zu Rickys Dad und sagt: »Und wenn Ricky Probleme, Sie helfen ihm. Helfen ist wichtig, wir dürfen nie vergessen. Ihr beide gute Jungs, und ihr habt schwere Zeit. Ich weiß das. Aber in schwere Zeit kommt man zusammen, nicht auseinander. Okay?«

Halmoni funkelt sie an, zugleich streng und voller Wärme. Es ist, als würde sie von innen heraus leuchten, als trüge sie brennende Sterne in sich.

Und plötzlich begreife ich: Sie weiß Bescheid. Es muss so sein. Obwohl ich keine Ahnung habe, wie sie die Szene zwischen Ricky und seinem Dad mitbekommen haben soll, aber irgendwie ist es so.

Beide nicken, und Rickys Dad sieht ein bisschen verlegen aus. Ich glaube, er weiß, dass es nicht richtig war, Ricky anzuschreien. Ricky schaut zu mir herüber, und ich zucke mit den Schultern, als hätte ich keine Ahnung, was Halmoni da macht.

Obwohl ich es verstehe. Ich wollte schließlich auch zu Ricky sagen, dass ich ihn sehe. Halmoni spricht stattdessen mit Rickys Dad. Sie sagt ihm: Ich sehe dich, und ich sehe, wie du sein könntest.

Obwohl Halmonis Auftritt nichts mit unserem Tigerschutzplan zu tun hat, denke ich unwillkürlich, dass ich das hier sehen sollte. Weil es ein Teil der Geschichte ist.

KAPITEL 13

Sam wartet, bis wir im Auto sind und nach Hause fahren, dann prustet sie los. »Ich kann es nicht fassen, dass du einfach so umgefallen bist. Das war der Hammer.«

»Danke«, sage ich in dem sarkastischen Tonfall, den ich von ihr übernommen habe.

Sam lacht noch mehr, und ich schüttle den Kopf, aber jetzt, wo es vorbei ist, finde ich es nicht mehr so schlimm.

»Und erst Halmoni«, lacht Sam und dreht sich zu Halmoni um, die über dem Lenkrad kauert und auf die Straße blinzelt. Sie hat recht behalten. Es hat tatsächlich angefangen zu regnen, und wegen meines Müsli-Desasters sind wir jetzt in den schlimmsten Guss geraten. Aber es ist okay. Wir sind nicht mehr weit von zu Hause.

»Ich glaub's ja nicht, ehrlich! Erst lässt du dir von den beiden helfen, und zum Dank dafür hältst du ihnen auch noch eine Moralpredigt!« Sam schüttelt lachend den Kopf.

Halmoni nickt. »Wenn was Schlimmes passiert, muss man wieder in Ordnung bringen.«

Ich weiß nicht, was genau das Schlimme war – dass ich das Display umgeworfen habe oder dass Ricky von seinem Vater angeschrien wurde. Oder vielleicht beides.

Sam zuckt die Schultern. »Ja, gut, aber mal ehrlich, der Mann ist ein Idiot. Du warst viel netter zu ihm, als er es verdient hat.«

Halmoni schaut zu Sam, dann zu mir. Ihr Blick ist ernst. »Als ich noch klein, bevor meine Mom fortgeht, sie sagt mir was Wichtiges. Ae-Cha, sagt sie, hör mir zu: Jeder hat gute und böse Seite. Aber manchmal sind Leute so von traurigen, schrecklichen Geschichten erfüllt, dass sie gute Seite vergessen. Und wenn das passiert, sag nie: Du bist böse. Wird nur noch schlimmer sonst. Du musst sie an gute Seite erinnern.«

Ich wälze ihre Worte in meinem Kopf herum. »Sind traurige Geschichten deshalb gefährlich, Halmoni? Weil sie die Menschen böse machen?«

Halmoni will etwas sagen, aber ein Hustenanfall raubt ihr die Worte, und sie erschauert.

Vielleicht liegt es an den Schatten der Regentropfen, die auf die Windschutzscheibe prasseln, oder am verblassenden Abendlicht – aber mir fällt auf, dass sie bleich aussieht. Ihre Haut ist fleckig.

Wieder erschauert sie, und Sam sieht von Halmoni zur Straße und zurück. Halmoni, Straße. Halmoni, Straße.

»Halmoni?«, sagt Sam schließlich. Sie legt eine Hand auf Halmonis Schulter und will noch etwas sagen, als das ganze Auto erschauert. Sam klammert sich an die Armlehne. »Was ist das? Halmoni? Was ist los?«

Halmoni gibt keine Antwort. Sie starrt geradeaus vor sich hin und schüttelt leicht den Kopf.

Ich folge ihrem Blick – und sehe den Tiger.

Er steht direkt vor uns, die Augen auf Halmoni gerichtet. Und das Merkwürdigste ist: Um den Tiger herum fällt kein Regen. Der Tiger wird nicht nass, als wäre er von einer schützenden Hülle umgeben, an der der Regen abprallt.

Ich drehe mich zu Halmoni um, und ich bin sicher, dass sie es auch sieht.

»Noch nicht«, murmelt sie, die Augen starr geradeaus gerichtet. »Noch nicht bereit.«

Mit wild klopfendem Herzen schiebe ich eine Hand in meine Tasche und berühre das Wermutkraut.

Halmoni schwenkt abrupt herum. Die Reifen schlittern durch den Regen, und mein Sicherheitsgurt schneidet mir in die Schulter. Das Auto schießt an den Straßenrand, und Sam schreit auf. Ich auch, glaube ich. Als wir zum Stehen kommen – keuchend, nach Luft schnappend –, kann ich kaum noch gerade schauen.

»Halmoni, was ist los?«, fragt Sam wieder, aber Halmoni hustet und hustet, als könne sie nie mehr aufhören. Im Rückspiegel sehe ich, wie ihr Gesicht sich zusammenzieht, bis es wie eine schrumplige Dörrpflaume aussieht.

Dann kommt Bewegung in Halmoni, ohne dass wir sie aufhalten können. Sie reißt die Tür auf und humpelt zum Randstreifen, die Hände über dem Bauch verkrampft, weit vornübergebeugt. Sie fällt auf die Knie, ihr Körper schüttelt sich vor Husten.

Sam und ich stürzen aus dem Wagen, und ich wirble herum, halte nach dem Tiger Ausschau, aber er ist fort.

Halmoni übergibt sich ins Gras, und ich schlinge meine Arme um mich selbst.

Das ist nicht nur ein Virus.

Wie gelähmt stehe ich am Straßenrand, im Regen, und schaue zu. Wenn was Schlimmes passiert, muss man es in Ordnung bringen – aber was, wenn man nichts dagegen tun kann?

Als Sam sich zu mir umdreht, ist ihr Gesicht bleich wie der Mond, ihre Augen sind angstgeweitet. »Was sollen wir tun?«, fragt sie, dabei müsste sie es doch wissen. Sie ist die große Schwester. Große Schwestern fürchten sich nicht. Nur kleine Schwestern haben Angst, und große Schwestern sind dazu da, die kleinen zu trösten: Ist ja gut, alles wird gut. Ich bin da, deine große Schwester, der Mond.

»Sag doch, was machen wir jetzt?«, ruft sie, als könnte sie das Universum zu einer Antwort bewegen, indem sie ihre Frage laut hinausschreit.

Halmoni krümmt sich, würgt und würgt, ein raues, unheimliches Geräusch, das ich vergeblich auszublenden versuche.

»Wir müssen den Notdienst anrufen?«, sage ich, aber es kommt als Frage heraus.

Sam schüttelt den Kopf. »Man ruft nicht den Notdienst an, nur weil sich jemand übergibt.« Aber es klingt nicht sehr überzeugt. Sie hält ihr Smartphone in der Hand, starrt es an, als ob sie darauf wartet, dass es ihr die Entscheidung abnimmt.

»Tu was«, flüstere ich. Mit zitternden Händen starrt Sam mich an, die Augen weit aufgerissen vor Angst.

»Mom«, röchelt Halmoni. »Ruft eure Mom an.«

Sam wählt ihre Nummer, und zehn Minuten später kommt Moms Auto mit quietschenden Reifen auf der Straße hinter uns zum Stehen.

Mom hat dieselben Kleider an, die sie zu ihrem Vorstellungsgespräch getragen hat. Sie ist noch im Arbeitsmodus und schreit uns an, während sie zu Halmoni stürzt: »Was ist los? Was macht ihr hier draußen? Sie darf nicht fahren, das wisst ihr doch! Warum habt ihr nicht gleich angerufen? Sam, ich hab dir gesagt, du sollst mich sofort anrufen, wenn was ist!«

In Wahrheit redet sie gar nicht mit uns, sondern ist ganz auf Halmoni konzentriert. Sie tupft ihre Lippen mit einem Papiertuch ab, klopft ihr den Rücken.

Das hat sie bei Sam und mir auch immer gemacht, wenn uns schlecht war.

Aber da waren wir noch klein. Und Halmoni ist ihre Mom. Die Welt ist auf den Kopf gestellt.

Mom nimmt eine Tablette aus ihrer Handtasche und will sie Halmoni in den Mund stecken. Halmoni dreht unwillig den Kopf weg, aber Mom lässt nicht locker.

Ich schaue zu Sam hinüber, suche nach einer Antwort, aber Sam sieht mich nicht. Sie starrt Halmoni an und kaut an ihren Fingernägeln, so heftig, dass sie sich noch blutig beißt, wenn sie nicht aufhört.

»Ich muss Halmoni ins Krankenhaus bringen«, sagt Mom. »Sam, kannst du Lily nach Hause fahren?«

Sam erstarrt. Sie bringt keinen Ton heraus.

Mom flucht. »Na toll. Super. Also gut, ich fahre euch zuerst nach Hause. Wir sind ja gleich da. Rein mit euch, alle miteinander.«

Sam und ich klettern wortlos auf den Rücksitz von Moms Wagen, und Mom hebt Halmoni auf den Beifahrersitz.

»Ist Halmoni in Ordnung?«, frage ich.

Mom gibt keine Antwort, also starre ich aus dem Fenster. Über uns blinken die ersten Sterne am Abendhimmel, und ich frage sie stumm: Was soll ich nur tun?

Die Sterne tanzen, als wir vorüberfahren, und obwohl sie Lichtjahre entfernt sind, kann ich fast hören, wie sie ihre Geschichten singen.

Was soll ich nur tun? frage ich wieder.

Sie zwinkern mir zu. Bring es in Ordnung.

KAPITEL 14

Mitten in der Nacht wache ich auf. Sam schläft. Sie ist später ins Bett gegangen, hat auf Mom und Halmoni gewartet. Ich weiß nicht, ob sie nach Hause gekommen sind.

Und das ertrage ich nicht. Ertrage die Hilflosigkeit nicht. Als müsste ich das alles in Ordnung bringen, ohne zu wissen, wie.

Leise gehe ich die Treppe hinunter. Mom schläft auf der Couch, und ich öffne vorsichtig Halmonis Tür. Sie liegt auf ihrem Bett, in einem Kokon aus Seidendecken, und mir wird schwindlig vor Erleichterung. Halmoni geht es wieder gut. Ich halte mich an der Wand fest, um nicht umzukippen. Ich will zu ihr gehen, aber das Bild von ihr am Straßenrand brennt wie Feuer in meinem Kopf. Die Angst sitzt mir noch immer in den Knochen.

Fürs Erste genügt es mir, dass sie in Ordnung ist. Leise schließe ich die Tür hinter mir.

Im selben Moment ächzt das Haus, zertrümmert die stille Nacht. Schatten tanzen um mich herum.

Und hinter mir sagt jemand: »Hallo, Lily.« Es ist eine kehlige Frauenstimme, die mir in den Ohren kratzt, als ob jemand mit den Fingernägeln über Reispapier fährt. »Ich habe deine Familie schon so lange gesucht.«

Ich wirble herum, starre in die Richtung, aus der die Stimme gekommen ist.

Aber niemand ist im Zimmer, außer Mom, die immer noch schläft.

»Ach komm. So schrecklich bin ich auch wieder nicht.« Die Stimme kommt von überallher, ja sogar aus meinem Inneren, und hallt in meiner Brust wider.

Die Schatten in der Küche nehmen langsam Gestalt an, verlagern und dehnen sich. Dann fügen sie sich zusammen, verschmelzen zu einer einzigen. Der riesige Schatten tritt hervor ins Sternenlicht und wird zum Tiger – er ist groß wie ein Auto und nimmt den halben Flur ein.

»Du sprichst ja«, flüstere ich. Und dann, ehe ich mich bremsen kann, bricht es aus mir hervor: »Und du bist ein Mädchen.«

Ich presse die Lippen zusammen – wie konnte ich nur so was Dummes sagen?

Die Tigerin schnaubt. »Typisch. Du hörst eine Geschichte von einem männlichen Tiger und denkst, wir sind alle gleich? Menschen sind wirklich das Letzte.«

Sie macht einen Schritt auf mich zu, und ich weiche zurück. Meine Schulterblätter drücken sich in Halmonis Tür.

Vielleicht bin ich in einem verworrenen Traum gefangen – aber ich glaube es nicht. Ich spüre die Kälte in der Luft, die Gänsehaut auf meinen Armen, das vernarbte Holz unter meinen Füßen und das Ziepen in meinen Schultern, die sich in die Tür bohren.

Träume bestehen nicht aus solchen Details. Aber vielleicht Albträume?

Ich schaue zu Mom hinüber, die seelenruhig weiterschnarcht.

»Keine Angst«, sagt die Tigerin. »Deine Mutter stört uns nicht.«

Mein ganzer Körper krampft sich zusammen, aber die Tigerin verdreht die Augen. »Sie hat einen tiefen Schlaf.«

Mir ist ein bisschen schwummrig. »Geh weg«, sage ich zu ihr.

Sie kommt näher, ihr Schwanz peitscht hin und her. Dann legt sie den Kopf schief und zuckt mit einem Ohr. »Warum so feindselig, kleine Eggi? Ich will dich nicht fressen, nur damit du es weißt. Ich mache gerade eine Kimchi-Diät.«

Ich starre sie an. Das also ist das Monster, vor dem Halmoni mich gewarnt hat.

Die Tigerin gibt einen Laut von sich, der halb Schnurren, halb Knurren ist. »Deine Halmoni hat die Sterne gestohlen, und ich bin hier, um sie wieder einzusammeln. Mehr nicht. Hilfst du mir, kleine Schwester?«

Mein Mund ist so trocken, dass ich kaum ein Wort herausbringe, aber ich zwinge mich zu einem Nein.

Sie seufzt. »Ihr Menschen versteht so wenig von der Welt, und deiner Halmoni ist nicht klar, was sie getan hat. Sie sieht nicht, was sie so krank macht. Ich will ihr nur helfen. Vertrau mir.«

Ich schüttle den Kopf, weil Halmoni mir gesagt hat, dass man Tigern nicht trauen darf. Und die Tigerin hat ihr geschadet, so viel steht fest. Die Tigerin war auf der Straße, als sie sich übergeben musste. Die Tigerin hat ihr Angst gemacht.

Aber die große Katze fährt fort: »Geschichtenmagie ist mächtig, so mächtig, dass sie Menschen verändern kann. Und wenn eine Geschichte eingesperrt ist, wird ihre Magie umso stärker. Die Magie verwandelt sich in Gift. Verstehst du das?«

Ich verweigere die Antwort. Ich lasse nicht zu, dass die Tigerin ein Lügennetz um mein Herz herumspinnt.

»Lily Bean, wenn du mir diese Geschichten zurückgibst, wird es deiner Halmoni besser gehen. Bleiben sie eingesperrt, macht sie das noch kränker. Sie werden …« Ihre Zähne blitzen auf. »… sie auffressen.«

»Du lügst«, sage ich, aber meine Stimme bricht.

»Ich biete dir einen Deal an. Du hilfst mir, die Geschichten zu finden, und ich bringe sie wieder an ihren Platz im Himmel, dann brauchst du nie wieder daran zu denken. Ich bekomme meine Sterne zurück, und wir helfen deiner Halmoni. Du musst dir die Geschichten nicht mal anhören. Wir gewinnen alle dabei.« Die Tigerin verlagert ihr Gewicht von der einen Pfote zur anderen, ihr Fell schimmert im Sternenlicht. »Willst du denn keine Heldin sein?«

Und das Unheimlichste von allem ist: Tief in meinem Inneren antwortet eine Stimme, dass ich das sehr wohl will. Ich war nie die Heldin – nicht wie Halmoni –, und ein Teil von mir wäre es gern.

Ich beiße mir auf die Lippe, damit mir bloß kein Ja entschlüpft.

»Du musst wissen …« Ihre Stimme ist so tief, dass sie in mir vibriert. »… das ist deine einzige Chance, deiner Halmoni zu helfen. Ich biete es dir kein zweites Mal an.«

Halmoni hat mich gewarnt, dass ich auf der Hut sein soll, und der bloße Gedanke daran, einen Deal mit der Tigerin zu machen, zerfetzt mir den Magen. Aber es gibt so viel, was Halmoni mir nicht erzählt hat. So viel, was sie geheim gehalten hat – so viel, was ich gern wissen möchte.

Was, wenn die Tigerin recht hat und diese gestohlenen Sterne Halmoni krank machen?

Ich bin wie erstarrt, in meinen eigenen Gedanken gefangen. Das war immer mein Problem. Deshalb bezeichnet Sam mich als BAM. Vor lauter Angst, etwas Falsches zu sagen, sage ich lieber gar nichts.

Ein paar lange Augenblicke wartet die Tigerin. Dann schüttelt sie den Kopf, verschmilzt bereits mit den Schatten. »Ich hatte so gehofft, dass du mich überraschen würdest.«

Ich denke an Halmoni heute Abend, wie hilflos ich war, und wie dringend ich das hier in Ordnung bringen muss.

Aber es ist zu spät. Ihre Streifen verschwinden im Dunkeln, und sie ist fort.

KAPITEL 15

Natürlich kann ich danach nicht mehr einschlafen. Ich sitze im Bett, zerbeiße meine Nägel, starre aus dem Fenster, bis die Sonne heraufkommt, bis ich ein seltsames Geräusch unten höre – wie ein Wispern in den Wänden.

Das Geräusch geht nicht weg, und ich beuge mich vor, spitze die Ohren. Das Haus ist voller Geräusche. Ich schleiche auf Zehenspitzen die Treppe hinunter. Es könnte die Tigerin sein, und wenn ja, muss ich ihr Angebot annehmen. Obwohl ich immer noch Zweifel habe. Und Angst.

Aber da ist kein Tiger.

Als ich hinunterkomme, sitzen Mom und Halmoni in Halmonis Zimmer, halb hinter der leicht geöffneten Tür verborgen, und reden so leise miteinander, dass ihre Worte nur als Wispern und Zischeln zu mir dringen.

Mom sagt: »Bis jetzt habe ich kein Angebot. Ich suche noch. Aber das wird schon. Ich bin sehr zuversichtlich.«

»Ist gut, wenn du Job bekommst«, sagt Halmoni. »Ist sehr gut für dich.«

»Gut für uns, meinst du wohl«, sagt Mom.

»Gut für dich und Mädchen.«

»Sag das nicht«, fleht Mom. Ihre Stimme klingt brüchig, und ich kann sie kaum noch verstehen. »Wir haben noch Zeit. Ich kann uns Aufschub verschaffen.«

»Nein, nein. Du sollst dir nicht Sorgen machen«, antwortet Halmoni. Ich nehme wieder diese Gereiztheit in ihrer Stimme wahr, wie immer, wenn sie mit Mom spricht. Aber ich höre auch etwas anderes heraus. Etwas Weicheres. »Und mach nicht so ein Kummergesicht. Gibt nur Falten.«

»Mom …«

»Du nimmst Creme mit Lichtschutzfaktor? Das hilft gegen Falten.«

»Mom …«

»Und was ist mit Hut? Hut hilft auch.«

»Mom! Ich brauche keinen Hut. Ich brauche dich.« Moms Stimme wird rau. Als sie wieder den Mund öffnet, sind ihre Worte kaum zu verstehen: »Bitte versuch es doch mit den anderen Therapien. Gib nicht auf.«

Therapien. Krankenhaus. Noch Zeit.

Tief in meinem Inneren kristallisiert sich eine Ahnung heraus – etwas, das ich nicht ganz in Worte fassen kann.

Die Weichheit in Halmonis Stimme verfliegt. »Du denkst, ich einfach aufgeben? Nein! Ich will nicht gehen. Ich will euch nicht allein lassen. Ich bin nicht bereit. Aber ich muss nicht entscheiden, ja? Einziges, was ich entscheiden muss, ist, wie ich gut lebe … *jetzt*. Nimm das mir nicht weg.«

Ich habe Halmoni noch nie so wütend erlebt. Sie ist stark und aufbrausend und warmherzig. Aber diesmal ist sie anders. Sie strahlt etwas Wildes, Furchterregendes aus, als würde sich dicht unter ihrer Haut ein Tiger verbergen, der unbedingt herauswill.

Wieder höre ich ein seltsames Geräusch. Es kommt so unerwartet, dass ich es nicht gleich erkenne. Bis mir klar wird, dass Mom weint.

Aber Mom weint nie.

»Joanie«, sagt Halmoni leise. »Du musst stark sein, Mädchen zuliebe.«

Mein Magen zieht sich zusammen. Ich hätte das alles gar nicht hören dürfen. Und ich will es auch nicht hören.

»Ich kann das nicht«, flüstert Mom. »Nicht schon wieder. Nicht nach Andy. Wie soll ich denn schon wieder stark sein?«

»Du kannst das, ich weiß es«, beharrt Halmoni. »Du bist meine Tochter, ja?«

Ich weiche zurück, gehe ein paar Schritte die Treppe hinauf, hülle mich in die Schatten. Halmonis Krankheit muss sehr schlimm sein, wenn Mom weint.

Jetzt wünsche ich mir, dass dort unten wirklich ein Tiger wäre. Denn die Wahrheit ist: Das hier macht mir mehr Angst, als jeder Tiger es könnte.

Als Mom endlich aus dem Schlafzimmer kommt, schalte ich automatisch in den Unsichtbarkeitsmodus. Aber dann überlege ich es mir anders. Ich will nicht allein sein.

Ich verlagere mein Gewicht, sodass die Stufen unter mir knarzen und Mom hochschaut.

»Oh«, sagt sie, als sie mich sieht. »Oh.«

Ganz leise frage ich: »Was ist mit Halmoni? Und mit dir?«

Moms Augen sind noch rot vom Weinen. »Hast du uns gehört?«

Als ich nicht antworte, breitet sie die Arme aus und ich stürze zu ihr hinunter. Sie drückt mich an sich, holt tief Luft, und ich höre das Schaudern in ihrer Lunge. »Sie wird wieder gesund. Hab keine Angst. Alles wird gut.« Dann richtet sie sich auf, gibt sich sichtlich einen

Ruck. »Willst du eine Tasse Tee? Oder Frühstück? Du kannst haben, was du willst.«

»Ich will wissen, was los ist.« Meine Stimme klingt nicht stark, wie ich es gern hätte, sondern ganz klein und niedergeschlagen.

Mom fummelt an ihrer Brille herum. »Halmoni ist krank, Lily. Aber wir geben die Hoffnung nicht auf, ja? Ich suche mir einen neuen Job, damit ich das Geld für eine Spezialbehandlung aufbringen kann. Und selbst wenn wir diese Therapien nicht machen können, sorgen wir dafür … dass es ihr gut geht.«

»Was für eine Krankheit?«, frage ich, obwohl ich schon weiß, dass es etwas Schlimmes sein muss.

Mom zieht eine Grimasse, dann lotst sie mich zur Couch hinüber. Ich plumpse neben sie, sinke tief in die Kissen.

Ausnahmsweise regnet es nicht. Helles Sonnenlicht fällt durch die Fenster, als würde sich das Wetter über uns lustig machen.

Mom sagt: »Halmoni hat einen Gehirntumor.«

Ein paar Sekunden lang wird alles in mir taub. Ich spüre nichts, nur Kälte und ein seltsames Kribbeln.

»Lily, hast du mich gehört?«

Ich bleibe ganz still, als könnte ich mich vor dem Schmerz verstecken. Als wäre die Wahrheit ein Tiger, und wenn ich mich nicht rühre, findet er mich vielleicht nicht.

»Schätzchen?«

Aber leider kann ich mich nicht sehr lange verstecken, denn aus dem seltsamen Kribbeln wird ein scharfer Schmerz wie von zersplitterndem Glas. Ich nicke mit meinem dröhnenden Kopf. Versuche es laut auszusprechen – Gehirntumor –, aber ich kann nicht.

Mom fährt fort: »Daher kommen die Symptome, die dir vielleicht aufgefallen sind – ihre Übelkeit, ihre Paranoia und all das … Verstehst du, manchmal leiden Patienten mit dieser Tumorform auch … ähm … an Halluzinationen.«

»Halluzinationen?«

»Ich weiß, das ist schwer für dich. Und du sollst wissen, dass ich immer für dich da bin.«

»Was für Halluzinationen?«

»Ach Lily.« Moms Blick wird weich, und sie nimmt meine Hand. »Nichts, was dir Angst machen muss. Es sind nur kleine Dinge. Zum Beispiel dass sie Träume mit der Realität verwechselt. Oder dass sie glaubt, der Keller steht unter Wasser – so was in der Art.«

Das erklärt zumindest, warum der Keller so trocken war. Aber alles andere … Ich habe die Tigerin doch auch gesehen. Ich weiß, dass sie echt war.

»Und wenn es vielleicht doch eine Möglichkeit gibt, ihr zu helfen?«, frage ich.

»Oh Lily. Überlass das mir. Und hab keine Angst. Es ist am besten, wenn du einfach die Zeit mit deiner Halmoni genießt und ihr Gesellschaft leistest. Deshalb sind wir zu ihr gezogen. Damit ihr beide mit ihr zusammen sein könnt.«

Mom drückt meine Hand. »Ich habe Sam gestern Abend alles erklärt, als du schon geschlafen hast. Du kannst also mit ihr darüber reden, wenn es dir hilft. Und mit einem Gespräch ist es natürlich nicht getan. Das ist ein langer Prozess, der immer weitergeht, und ich bin da und beantworte dir jede Frage, die du an mich hast.«

In meiner Kehle stauen sich die Fragen, aber ich glaube kaum, dass Mom eine Antwort darauf hat. Mom glaubt nicht an Geschichten – das hat Halmoni selbst gesagt. Ihre Welt ist klein.

Aber ich weiß, dass es einen Weg gibt, Halmoni zu helfen – etwas, das Mom nicht sehen will oder kann.

Die Tigerin kann Halmoni heilen.

Beim ersten Mal war ich nicht mutig genug, um ihrer Magie zu vertrauen. Aber diesmal bin ich gewappnet.

Dieses Mal nehme ich den Deal an. Die Tigerin hat gesagt, dass sie nicht mehr zu mir kommt, also muss ich zu ihr gehen.

Zum Glück kenne ich eine Familie von Tigerjägern.

KAPITEL 16

Beflügelt von meinem neuen Plan renne ich die Treppe hinauf, um mit Sam darüber zu reden. Sie sitzt verschlafen im Bett, ihren Laptop auf den Knien, das Gesicht in den Lichtschein des Bildschirms gehüllt.

Ich stürze zu ihr und klappe ihren Laptop zu – lasse ihn zuschnappen wie ein Tigermaul.

Sam reißt ihre Finger zurück und starrt mich mit aufgerissenen Augen an, aber bevor sie sauer werden kann, sage ich schnell: »Sam, vielleicht gibt es eine Möglichkeit, Halmoni wieder gesund zu machen. In der Geschichte, die sie mir erzählt hat …«

»Nein«, unterbricht Sam mich. Das Wort knallt mir gegen die Brust, schwer und kalt. »Nicht jetzt, bitte. Ich bin gerade nicht in der Stimmung für Geschichten. Geschichten, die einem weismachen wollen, dass Magie etwas Reales ist – und das stimmt nicht.«

»Ja, aber …« Ich habe Angst vor ihrer Reaktion, wenn ich ihr von der Tigerin erzähle, aber ich will dieses Geheimnis nicht länger für mich behalten. »Ich bin mir nicht sicher, ob es nur eine Geschichte ist.«

Sam seufzt. »Lily, wovon redest du?«

»Ich glaube … also … ein Tiger wie der in ihrer Geschichte ist zu mir gekommen. Und hat mit mir gesprochen. Und derselbe Tiger war gestern auf der Straße, als Halmoni … na, du weißt schon …«

Sam schweigt eine Ewigkeit lang – bis ich fast glaube, dass sie die Tigerin auch gesehen hat. Vielleicht dachte sie, sie hat sie als Einzige gesehen, und ist jetzt froh, dass ich es anspreche.

Aber dann sagt sie: »Du musst dich zusammenreißen, Lily. Das war bestimmt eine Schockreaktion oder so, weil es einfach nicht sein kann. Was du sagst, ist unmöglich.«

»Unmöglich ist es nur, wenn du glaubst, dass es unmöglich ist. Der Tiger …«

»Lily!«, faucht sie mich an und zerrt an der weißen Strähne in ihrem Haar. »Hör auf mit dem Tigerquatsch, okay? Wir haben gerade genug echte Probleme – im wahren Leben. Mach es nicht noch schlimmer.«

Wo ist die Sam aus dem Supermarkt? Die Schwester, die meine Geschichten hören wollte?

Ich hätte wissen müssen, dass das nicht lange anhalten würde.

»Ja, du hast recht«, lüge ich. »Wahrscheinlich habe ich es mir nur eingebildet. Bis später dann.«

Ich kehre ihr den Rücken zu, als ich meinen Pyjama ausziehe und in eine Jeans und ein T-Shirt schlüpfe. Ich kann zu Ricky gehen. Ich kann lernen, wie man einen Tiger jagt. Ich brauche Sams Hilfe nicht.

»Ähm«, sagt Sam. »Wo willst du hin?«

»Nirgends.«

»Warte …«, sagt sie, aber ich stelle mich taub und donnere die Treppe wieder hinunter. Ich sage Mom, dass ich weggehe, dass ich nicht mehr darüber reden will. Sie will mich aufhalten, aber ich höre nicht hin.

Ich renne, bis ich vor der schweren Büchereitür stehe, dann hole ich tief Luft, um mich zu beruhigen.

Ich muss das tun. Halmoni braucht mich.

Ich packe den wuchtigen Griff, reiße die Tür auf und husche hinein.

Joe sitzt an seinem Schreibtisch, und ich nehme an, dass er keinen Wert auf Smalltalk legt, aber er hält mich an, als ich vorbeikomme. »Lily.« Er räuspert sich, was halb wie ein Grunzen und halb wie ein Knurren klingt. »Ich wollte dir nur sagen, das war eine gute Idee von dir.«

»Oh«, stoße ich atemlos hervor. Ich habe keine Ahnung, was er meint. Eine Sekunde lang befürchte ich, dass er meinen Tigerplan entdeckt hat, aber das ist unmöglich.

Sein Schnurrbart zuckt. »Jensen sagt, du hast einen Kuchenbasar vorgeschlagen. Ich weiß nicht, ob das wirklich so viel Geld einbringt, aber es ist eine gute Methode, die Gemeinde zu mobilisieren.«

»Oh«, wiederhole ich. Ich wäre nie auf die Idee gekommen, dass Jensen meinen Vorschlag mit den Muffins ernst nehmen könnte. »Das ist gut.«

Joe nickt, als wollte er sagen: Das Gespräch ist hiermit beendet.

»Sind Ricky und Jensen heute da?«, frage ich.

Er deutet nach hinten, und ich gehe durch die Büchergänge zu einer Gruppe von Tischen. Ricky und Jensen sitzen dort, ein offenes Notizbuch, einen Stapel Karteikarten und einen leeren Puddingbecher zwischen sich.

Ricky schaut auf und grinst. Heute trägt er eine Schlauchmütze mit der Aufschrift SCHLAUCH, die er bis zu den Augenbrauen hinuntergezogen hat. Und falls ihm die Szene im Supermarkt peinlich ist, lässt er sich jedenfalls nichts anmerken.

Vielleicht ist *das* seine Superkraft – die peinlichen oder unangenehmen Dinge einfach nicht an sich heranzulassen.

»Lizzie!«, brüllt er.

Ich brauche eine Sekunde, bis mir klar wird, dass er mich meint, und Jensen lächelt mir entschuldigend zu. »Lily«, verbessert sie ihn. »Hi, Lily, wie geht's dir?«

»Ähm, gut.« Meine Worte kommen ein bisschen wacklig heraus. Ich bin nervös, weil die Frage, die ich gleich stellen werde, so absurd ist. Ein Ding der Unmöglichkeit. Ich werde trotzdem fragen.

Aber Jensen kommt mir zuvor: »Ich hätte dir natürlich noch von dem Kuchenbasar erzählt. Nicht dass du denkst, ich will dir deine Idee klauen und als meine eigene ausgeben.«

»Oh, ich …«

»Aber du kannst uns helfen, die Flyer zu machen und alles aufzubauen und so.« Sie lächelt strahlend, und alle ihre Sommersprossen leuchten auf.

»Ich helfe auch mit«, verkündet Ricky. Dann fügt er in übertriebenem Bühnengeflüster hinzu: »Wir kriegen Gratis-Muffins.«

»Ähm, ja, klingt gut«, sage ich.

»Cool.« Jensen strahlt mich an, dann sagt sie: »Ricky und ich müssen jetzt weitermachen …«

Ricky schiebt sein Notizbuch weg und beugt sich vor. »Setz dich doch, Lily. Erzähl uns deine ganze Lebensgeschichte. Wann hast du deine Liebe zu Tigern entdeckt? Was war es für ein Gefühl, über diese Müsli-Packungen zu stürzen?«

»Also …«, fange ich an. Tiger. Er hat von Tigern gesprochen. Das ist immerhin ein Anfang. Wenn ich einfach daran anknüpfe …

»Schluss jetzt, Ricky«, sagt Jensen. Und zu mir: »Hör nicht hin, er will sich nur vor seinen Aufgaben drücken.«

Ricky reißt die Augen auf. »Nein, Jensen. Ich meine es ernst. Ich versuche gerade, Freundschaft mit ihr zu schließen. Adam ist im Camp, und Connor reist durch Italien, und ich dreh durch, wenn ich keine Gesellschaft habe.«

Jensen lacht schnaubend. »Und ich dreh durch, wenn wir jetzt nicht endlich weitermachen.«

Bevor sie mich endgültig abwimmeln kann, falle ich ihr ins Wort und sage einfach, was mir als Erstes in den Kopf kommt: »Kann ich auch einen Pudding haben, Jensen?«

Jensen blinzelt. Das war verdammt unhöflich, okay, aber ich muss eine Sekunde mit Ricky allein sein.

Jensen überspielt ihre Überraschung mit einem Lächeln und steht auf. »Klar, Lily. Ich bring dir einen. Ricky kann vielleicht wirklich eine Pause gebrauchen – eine *kleine*.« Sie wirft Ricky einen strengen Blick zu, dann fragt sie mich, ob ich Vanille oder Schokolade will.

»Vanille. Danke.« Ich würde ihr am liebsten um den Hals fallen vor Erleichterung, aber das wäre doch etwas übertrieben nur wegen eines Puddings.

»Und für mich noch mal Schokolade«, sagt Ricky.

Jensen seufzt und verschwindet nach hinten in Richtung Personalraum.

»Ich muss nicht zur Nachhilfe, weil ich dumm bin«, sagt Ricky, sobald Jensen außer Hörweite ist. »Ich hab nur kein Talent für Sprachen. Deshalb. Oder auch Mathe. Aber ich werde mal Psychologe. Das ist meine Stärke. Intuition. Ein gutes Gespür für die menschliche Psyche«, fügt er hinzu. Es klingt, als ob er etwas zitiert, das er gegoogelt hat. »Ich kann mich gut in andere Leute einfühlen.«

»Oh«, sage ich. »Okay.« Ich muss jetzt schleunigst zur Sache kommen, bevor Jensen wiederauftaucht, aber er redet weiter.

»Deshalb verstehe ich mich auch so gut mit Jensen. Sie will Journalistin werden, und dafür braucht man auch viel Einfühlungsvermögen. Ehrlich gesagt …«

»Du hast gesagt, dein Urgroßvater war Tigerjäger«, platze ich heraus.

Ricky runzelt die Stirn. »Na ja, also so direkt habe ich das nicht gesagt … Ich soll nicht über diese Dinge reden, verstehst du …«

»Wie hat er das gemacht?«

Ricky starrt mich an, ausnahmsweise sprachlos.

»Ich meine, rein hypothetisch. Natürlich nicht in echt. Also mal angenommen, jemand wollte tatsächlich einen Tiger fangen. Wie würde er das machen?«

Ricky nickt, während er zu verstehen versucht, worauf ich hinauswill. »Okay. Du scheinst ja wirklich ganz wild auf Tiger zu sein. Aber Tiger sind majestätische Geschöpfe, die vom Aussterben bedroht sind. Sie dürfen nicht gejagt werden.«

»Ja, klar, weiß ich doch. Ich habe auch nicht vor, einen zu fangen. Ich meine nur, *falls* ich es wollte …« Ich rede so schnell, dass er womöglich noch Angst bekommt. Aber Ricky lässt sich nicht so leicht aus der Fassung bringen.

Er zuckt mit den Schultern. »Na ja, ich weiß natürlich auch nichts Genaues. Ich habe meinen Urgroßvater nie kennengelernt, und meine Familie redet nicht gern über diesen Teil seines Lebens, verstehst du?«

Die Enttäuschung schneidet mir ins Herz. Ricky hat keine Ahnung, das ist offensichtlich. Das war eine dumme Idee. Ich wollte die Heldin sein und Halmoni retten. Aber ich bin keine Heldin. Ich bin nur ich.

Ich versuche, mir vor Ricky nichts anmerken zu lassen, doch plötzlich schießen mir Tränen in die Augen. Hastig dränge ich sie zurück und zwinge mich, ruhig zu atmen.

»Oh nein.« Ricky rutscht auf seinem Stuhl herum und starrt mich entsetzt an. »Moment mal, ich kann dir vielleicht trotzdem helfen! Interessierst du dich fürs Jagen ganz allgemein?«

Ich schüttle den Kopf, atme tief ein, um mich wieder zu fangen. Ich muss irgendwie aus dieser peinlichen Situation herauskommen und dann ab nach Hause und Plan B ausarbeiten! »Nein, nicht wirklich. Ich will nur wissen, wie man einen Tiger fängt, verstehst du? Aber egal, ich war einfach neugierig. Also, ich muss jetzt los.«

»Nein, warte! Geh nicht, du siehst so …« Er hält inne, seine Wangen werden rot.

»Ach, egal«, sage ich, und er meint im selben Moment: »Hey, ich weiß was!« Er greift in seinen Rucksack und zieht eine dünne, bunte Zeitschrift heraus. Nein, keine Zeitschrift. Ein Comic-Heft. Ich beuge mich vor und lese den Titel: *Die Abenteuer von Superman – Schicksalsfalle.*

Ricky grinst. »Wir könnten eine Falle bauen. Eine Grube, in der man Tiger fängt. Das wär doch cool, oder?« Er schlägt den Comic auf einer eselsohrigen Seite auf und zeigt mir die Zeichnung von Superman, der in einer riesigen Metallkiste und einem Netz aus roten Laserstrahlen gefangen ist.

»Ich glaube nicht, dass ich so was hinkriege. Und außerdem …« Ich starre auf die Zeichnung. »Superman ist doch der Gute, oder? Kann er sich nicht aus der Falle befreien?«

Ricky runzelt die Stirn, und diesmal sieht *er* enttäuscht aus. »Ach so, ja. Wahrscheinlich. War wohl keine so gute Idee …« Er senkt den Blick und stopft das Comic-Heft in seinen Rucksack zurück. »Tut mir leid. Ich weiß, das ist nicht das, was du suchst. Mein Dad sagt immer, ich würde mich viel zu sehr in alles reinsteigern, und meine Freunde finden es komisch, wenn ich mit ihnen über Comics rede und so … Also, ist schon okay, wenn du nichts davon wissen willst.«

Jetzt habe *ich* ein schlechtes Gefühl, weil ich uns überhaupt erst in diese Situation gebracht habe. »Nein, nein, ich finde das nicht komisch.

Es ist nur …« Fast hätte ich gesagt: Es ist nur nicht das, was ich brauche, aber ich bremse mich gerade noch.

Weil es nicht stimmt. Genau das brauche ich nämlich: eine Tigerfalle. Natürlich kann ich keine aus Metall und Laserstrahlen bauen. Und es ist idiotisch, Superman als Handbuch für die Konstruktion einer Falle heranzuziehen – aber auch nicht idiotischer, als einem magischen sprechenden Tiger nachzujagen.

Ricky ist jemand, der Ideen sofort umsetzt. Er handelt, ohne groß nachzudenken. Wenn ich einen Tiger fangen will, muss ich mehr sein wie er.

»Ich meine, wo soll ich Stahl oder Laser hernehmen?«, sage ich. »Meinst du, ich könnte so eine Falle auch mit ganz normalen Materialien bauen?«

Rickys Augenbrauen schießen in die Höhe. »Im Ernst? Bauen wir jetzt wirklich eine Tigerfalle?«

Ich räuspere mich. »Na ja, *ich*, nicht wir. Und ich weiß nicht …«

Ricky wird ganz zapplig vor Aufregung. »Wenn du die Tigerfalle hier baust, musst du mich mitmachen lassen.«

Ich schüttle den Kopf. Ich will ihn nicht wieder enttäuschen, aber … »Tut mir leid, ich fürchte, das ist keine gute Idee.«

Er beugt sich so weit vor, dass er fast vom Stuhl kippt. »Lily, bitte, du kannst mich doch nicht einfach außen vor lassen. Das klingt total spannend. Außerdem weiß ich viel mehr als du. Ich lese so viele Comics, und durch meinen Uropa habe ich das Fallenstellen praktisch in den Genen. Ich wäre dir eine große Hilfe!«

Ich beiße mir auf die Lippe. Das Problem ist nicht, dass ich nicht mit ihm befreundet sein will. Aber die meisten Leute würden die magische Seite des sprechenden Tigers nicht verstehen. »Ich weiß nicht, Ricky …«

Er lässt die Schultern sinken. »Oh, okay, ist schon gut. Du musst mich natürlich nicht mitmachen lassen, wenn du nicht willst.«

Ich hoffe inständig, dass Jensen bald zurückkommt, aber sie ist noch im Personalraum, und ich stehe mit meinem schlechten Gewissen da.

Vielleicht sollte ich Ricky doch mit ins Boot holen? Ich muss ihm ja nicht erzählen, wozu ich die Falle wirklich brauche. Und ein bisschen Unterstützung von jemandem, der nicht groß über das Warum der Dinge nachdenkt, wäre vielleicht nicht schlecht.

»Also gut«, sage ich, und sofort straffen sich seine Schultern wieder. Er ist wie elektrisiert.

»Wirklich?«, sagt er aufgeregt. »Das wird MEGA!« Er lässt eine imaginäre Bombe hochgehen, um das MEGA zu unterstreichen. »Mann, bin ich froh, dass du Ja gesagt hast. Jetzt, wo du mir die Idee mit dem Tiger in den Kopf gesetzt hast, geht das nicht mehr so einfach weg.«

»Okay«, sage ich.

»Ich muss nach der Stunde kurz zu mir, Einkäufe machen, aber ich komme zu dir nach Hause, sobald ich kann. Jensen hat gesagt, du wohnst auf der anderen Straßenseite.«

»Ähm … du meinst … heute?«, sage ich. »Musst du nicht erst deinen Dad fragen?«

»Ach, der merkt doch gar nicht, dass ich weg bin.« Ricky reißt ein Blatt aus seinem Notizbuch und kritzelt seine Telefonnummer darauf, aber bevor er mir den Zettel geben kann, kommt Jensen mit dem Pudding zurück.

Ricky versteckt den Zettel in seiner Faust, und ich beschwöre ihn mit einem Blick, den Mund zu halten. Er nickt und fährt sich vielsagend mit dem Finger über die Lippen. Er schafft es nicht, ein ernstes Gesicht zu machen, obwohl er sich alle Mühe gibt, und strahlt förmlich vor Begeisterung.

Jensen runzelt die Stirn. »Was geht denn hier vor?«

»Nichts«, sagen Ricky und ich wie aus einem Mund, was ihr sicher verdächtig vorkommt.

Jensen sieht aus, als wollte sie uns ins Kreuzverhör nehmen, aber dann erstarrt sie plötzlich. Ihr Blick wandert über meine Schulter und ihre Augenbrauen gehen in die Höhe. Ich drehe mich um … und da steht Sam, die Arme vor der Brust verschränkt, und funkelt mich mit ihren schwarz umrandeten Augen an. Meine Schwester ist stocksauer.

KAPITEL 17

Jensen findet als Erste die Sprache wieder. »Hi«, sagt sie. »Ich bin Jensen.« Sie begrüßt Sam mit demselben warmherzigen Lächeln wie mich bei meinem ersten Besuch in der Bücherei, nur mit einem kleinen Extra dazu – etwas Neugieriges, beinahe Erwartungsvolles. Vielleicht weil Sam in ihrem Alter ist. Jensen streicht eine dunkle Locke hinter ihr Ohr, und ihre glückbringenden Sommersprossen glühen.

Ich spüre einen Anflug von Eifersucht, fast als hätte Sam mir meine neue Freundin ausgespannt, ohne es auch nur darauf anzulegen. Aber so ist das nun mal mit Leuten, die an jedem Finger zehn Freunde haben.

»H…hey«, sagt Sam zu Jensen und gerät ein bisschen ins Stottern. »Ich bin … ähm … Sam.« Jensens Herzlichkeit oder was auch immer hat ihr den Wind aus den Segeln genommen. Aber dann dreht sie sich wieder zu mir um, und ihre Augen werden schmal. Sie richtet sich zu ihrer vollen Größe auf, trieft praktisch vor Selbstgerechtigkeit. »Warum haust du einfach mitten im Gespräch ab? Das kannst du nicht machen, Lily!«

Ich schlucke, spüre Jensens und Rickys Blicke auf mir. Ich möchte mich in Luft auflösen, aber mein Unsichtbarkeits-Schalter funktioniert leider nicht. Wie so oft in letzter Zeit.

»Warum sagst du mir nicht einfach, wo du hingehst?«, fährt Sam fort.

»Ähm, also …« Ich weiß nicht, was ich sagen soll. Weil ich dich nicht in meine geheimen Tigerpläne einweihen kann? »Ich musste mal kurz hierher.« Die Worte klatschen auf den Boden, fallen ins Leere.

Eine unbehagliche Stille hängt im Raum, bis Jensen plötzlich ruft: »Hey, ich kenne dich!«

Sams Augen weiten sich, und Jensen grinst. »Keine Angst, nichts Gruseliges oder so. Du kommst mir nur irgendwie bekannt vor. Du warst mal in der Sun Elementary, oder? Ich meine, vor einer Ewigkeit?«

Sam schweigt einen Augenblick. Ihre Wangen werden rot. »Ähm, ja, ein paar Jahre lang. Wir haben mal hier gewohnt, vor einiger Zeit. Oder nein, vor einer Ewigkeit.«

Mir fallen fast die Augen aus dem Kopf. Ich habe noch nie erlebt, dass Sam ins Stottern kommt. Normalerweise ist sie ziemlich selbstsicher. Und ganz schön … biestig, wenn's drauf ankommt. Nicht so wie jetzt, als alle ihre scharfen Kanten weich werden.

Jensen spielt mit ihren Locken. »Wir organisieren einen Kuchenbasar, um Geld für die Bücherei aufzutreiben. Es war Lilys Idee, weißt du? Du kannst natürlich auch mithelfen, wenn du Interesse hast. Ich gebe dir meine Handynummer, damit wir uns abstimmen können.«

»Ja, ich … okay. Ich habe … ja.« Sam rückt ihr T-Shirt zurecht, obwohl es perfekt sitzt.

Ich schaue zu Ricky, der gerade seinen zweiten Pudding verputzt, als wäre das alles völlig normal.

Gib mir deine Nummer, solange sie abgelenkt sind, beschwöre ich ihn mit den Augen.

Statt einer Antwort zeigt er auf seinen Becher und hält den Daumen hoch, als ob ich ihn gefragt hätte, wie der Pudding schmeckt.

Ich hole tief Luft und atme langsam aus, so wie Mom es immer macht, wenn sie sich über Halmoni aufregt.

Jensen strahlt. »Super«, sagt sie, während sie Sams Smartphone nimmt und ihre Nummer eintippt. Wieder packt mich die Eifersucht, weil Sam gerade eine Telefonnummer bekommen hat, einfach so, als wäre es das Einfachste der Welt.

Und langsam werde ich kribbelig. »Also dann«, murmle ich und starre Ricky an, beschwöre ihn stumm: Gib mir endlich deine Nummer, Mr. Superschlau.

»Ach so, ja.« Ricky hält mir den Zettel hin und lässt ihn in meine Hand fallen. Dann senkt er die Stimme, verfällt wieder in sein unüberhörbares Bühnenflüstern: »Für später. Du weißt schon. Für den geheimen Plan.«

Jensen wirft ihm einen überraschten Blick zu. Sam sieht misstrauisch aus.

Ich hole erneut Luft und zwinge mich zu einem unbefangenen Lächeln. »Okay, ich glaube, wir gehen jetzt besser«, sage ich.

»Ja, klar.« Jensen hebt die Schultern. »Tut mir leid, ich wollte euch nicht aufhalten. Außerdem müssen Ricky und ich jetzt wirklich mal in die Gänge kommen.«

Ricky schüttelt den Kopf. »Alles gut, Jensen. Ich meine, ich kann sehen, dass du gerade Kontakte knüpfst, und das geht natürlich vor.«

Jensen lacht, und Sam verabschiedet sich mit einem verlegenen Schulterzucken, dann zerrt sie mich vom Tisch weg.

Ich winke Ricky und Jensen zu, während Sam mich aus der Bücherei bugsiert. Als wir draußen sind, drehe ich mich zu ihr um. »Du musst mich nicht so bloßstellen, okay?«

Sam starrt mich an. »Was? Mehr hast du nicht dazu zu sagen? Du haust mitten im Gespräch einfach ab und lässt mich mit Mom allein, obwohl sie schon gestresst genug ist.«

»Tut mir leid«, murmle ich, und das meine ich ernst. Ich bin immer noch sauer auf Sam, aber in diesem Punkt muss ich ihr recht geben.

»Ich weiß nicht. Ich bin auch ziemlich durch den Wind. Das macht mich alles so wütend. Halmonis Krankheit, aber vor allem, dass Mom es uns nicht früher gesagt hat.« Sam fährt sich mit der Hand über ihr Gesicht. »Ich fühle mich in diesem Haus wie in einem Gefängnis. Manchmal will ich nur noch weglaufen.«

Wenn ich ihr doch klarmachen könnte, dass ich gar nicht weglaufen wollte! Dass ich einen Plan habe. Das alles gut wird. Aber sie glaubt ja nicht an Magie, das hat sie mir deutlich genug gesagt.

Als wir die Treppe hinaufsteigen, starre ich mit zusammengekniffenen Augen auf Halmonis Haus und versuche es so zu sehen, wie Sam es sieht. Ich habe mich immer geborgen darin gefühlt. Ein Ort, an dem wir in Sicherheit sind.

Aber ich glaube, jetzt kann ich beinahe verstehen, was sie meint: der fast schwarze Efeu, der das Haus erwürgt, die Tür, die hallend ins Schloss fällt. Und wie das Haus sich versteckt, wie es sich förmlich unter die Bäume duckt. Ich kann – fast – sehen, dass dieses Haus ein Gefängnis ist.

Oder sogar eine Falle.

KAPITEL 18

Ricky kommt ein paar Stunden später angeradelt, als Mom Halmoni gerade zu einem Kontrolltermin beim Arzt bringt. Sam ist oben, also habe ich das Wohnzimmer für mich, was wahrscheinlich gut ist, weil Ricky ungefähr tausend Meter Seil um seine Taille geschlungen hat und von Kopf bis Fuß in Tarnkleidung steckt – er trägt sogar einen Hut mit Tarnmuster.

»Wow«, sage ich, als er zur Haustür hereinkommt.

Er lüftet seine Kappe zur Begrüßung. »Der Meistertigerjäger zu deinen Diensten.«

Ich blinzle. »Was?«

»Ja, okay. An dem Namen muss ich noch arbeiten.« Er geht an mir vorbei, nimmt das Seil ab und lässt es auf den Wohnzimmerboden fallen. Als er mein verwirrtes Gesicht sieht, erklärt er: »An meinem Superhelden-Namen natürlich.«

»Ja, genau«, sage ich sarkastisch und habe sofort ein schlechtes Gewissen, weil ich weiß, wie toll er das alles findet. Er soll nicht denken, dass ich mich über ihn lustig mache. Aber andererseits – das hier ist kein Spiel. Es ist wichtig. Sehr sogar. »Ich glaub nicht, dass wir Tarnkleidung brauchen.«

Ricky grinst. »Nein, klar. Aber es ist cool. Hast du auch schon einen Superhelden-Namen?«

»Ich bin keine Superheldin.« Ich nehme das Seil hoch und wechsle das Thema. »Was sollen wir damit?«

Er blinzelt mich an. »Also gut, aber zieh wenigstens das hier an.« Er nimmt den Tarnhut von seinem Kopf und drückt ihn auf meinen. Dann nickt er zufrieden. »Viel besser so.« Der Hut ist ein bisschen schwitzig und auch ein bisschen zu groß. »Warum hast du einen Hut mit Tarnmuster?«

Ricky legt den Kopf zur Seite. »Wieso? Wie meinst du das?«

Ich blinzle. Weil ich ihn schon ein paar Tage kenne, weiß ich, dass er jede Menge verrückte Hüte hat. Aber vielleicht findet er die Hüte gar nicht verrückt. Für ihn ist so ein Tarnhut völlig normal.

»Na ja, der Hut ist irgendwie …« Ich will schon sagen »komisch«, aber dann denke ich an die Szene im Supermarkt und bremse mich. »Ähm … ungewöhnlich«, sage ich schließlich lahm, und bevor wir uns noch tiefer in diese Hutdiskussion verwickeln, konzentriere ich mich auf meinen Plan. »Ich dachte, wir könnten die Falle dort drüben aufbauen. Hier lang.«

Ich führe ihn zur Kellertür.

»Das Haus ist irre«, sagt Ricky, während er die vielen Kräuterbüschel, Amulette und die kleinen Figuren ins Auge fasst – und natürlich die Kisten und Kartons, die noch immer die Kellertür blockieren.

»Nein, es ist nicht irre.« Ich bin allmählich genervt. Vielleicht hätte ich bei seinem Hut nicht so nett sein sollen. »Das ist mein Zuhause.«

Ricky wird rot. »’tschuldigung. Aber mir gefällt es. Das ist wie in einem Secondhandladen oder einem ungruseligen Spukhaus.«

Bevor ich antworten kann, knarzen Schritte die Treppe herunter und Sam steht vor uns. »Also entschuldige mal«, sagt sie zu mir, die

Arme verschränkt, eine Augenbraue hochgezogen. »Was macht *er* hier, und was hast du da auf dem Kopf?«

»Oh«, sage ich. »Das ist ein Hut.« Viel mehr gibt es sowieso nicht darüber zu sagen. »Und Ricky ist hier, um zu lesen …«

Sam runzelt die Stirn, schaut auf das Seil, auf Rickys Tarnkleidung und dann wieder zu mir. »Weiß Mom, dass du jemanden zu uns eingeladen hast?«

Ricky schaut zwischen ihr und mir hin und her, dann räuspert er sich und lächelt Sam an. »Hi, ich bin Ricky. Ich bin Lilys Freund aus der Bücherei.«

Sam verdreht die Augen. »Ja, ich weiß. Hab dich schließlich erst heute Morgen gesehen.«

Dann zieht sie mich in Halmonis leeres Schlafzimmer, um unter vier Augen mit mir zu sprechen. »Du fragst mich noch nicht mal, ob du einen Freund mit nach Hause bringen darfst«, sagt sie in einem Ton, der an Verzweiflung grenzt.

Ich zucke die Schultern. »Mom hat nichts dagegen. Sie will, dass ich hier Freunde finde.«

»Ja, aber du kannst nicht einfach machen, was du willst. Du musst fragen. Oder hast du vergessen, worüber wir gerade gesprochen haben?«

»Tut mir leid. Er ist einfach hier aufgetaucht. Er hat sich selber eingeladen.« Was ja eigentlich auch stimmt.

»Du brauchst nicht so schnippisch zu sein. Ich bin ja nicht blöd. Ich weiß, dass du einen geheimen Plan hast. Warum trägst du diesen Hut, und was willst du mit dem Seil?« Ihre Augen werden schmal. »Das hat doch sicher was mit deiner verrückten Tigertheorie zu tun, oder?«

»Nein«, lüge ich nicht sehr überzeugend.

Sam runzelt die Stirn. »Tut mir leid, aber ich glaube, das muss ich Mom sagen.«

Sie greift nach ihrem Smartphone, und ich kann gerade noch ihre Hand festhalten. »Bitte nicht, Sam. Schwestern verpetzen sich nicht.«

Wir starren uns gegenseitig nieder, bis sie schließlich den Kopf schüttelt. »Also gut. Mach, was du willst. Aber lass mich da raus, okay?«

»Oh.« Genau das wollte ich doch, oder? Trotzdem versetzt es mir einen Stich. Sie soll mich nicht von meinem Plan abhalten, aber sie soll mich auch nicht ignorieren. Ich will nicht, dass ich ihr egal bin.

Ich spüre einen scharfen Schmerz in meiner Brust, denn eigentlich müsste ich die Tigerfalle mit Sam zusammen aufbauen. Es ist die Geschichte von zwei Schwestern. *Wir* sollten das machen.

Aber Sam windet ihre Hand aus meiner, dann geht sie aus Halmonis Schlafzimmer und stampft wieder die Treppe hinauf.

»Deine Schwester ist …« Ricky schluckt. »Nett?«

Ich übergehe seine Bemerkung. »Wir müssen die Falle unten aufbauen.«

Er runzelt die Stirn. »Ähm, normalerweise werden Tigerfallen im Freien aufgestellt – ich hab's gegoogelt. Wie soll man sonst eine Grube ausheben?«

Ich stoße die Kellertür auf und knipse den Lichtschalter an, der heute zum Glück funktioniert. Es flackert einmal, zweimal, dann bleibt das Licht an und gibt ein leises Summen von sich. »Ja, gut, aber ein Keller *ist* doch praktisch schon eine Grube.«

Ricky windet sich. »Also … ähm … nicht wirklich.«

»Ich will nicht, dass es reinregnet«, behaupte ich. Den wahren Grund verrate ich ihm natürlich nicht – dass der Tiger hier im Haus aufgetaucht ist. Oder vielmehr die Tigerin, die glaubt, dass die gestohlenen Geschichtensterne irgendwo hier drin sein müssen. Und der Keller ist der einzige Ort, an dem so eine riesige Falle unbemerkt bleiben kann. Hoffe ich jedenfalls.

Ricky gibt sich mit meiner Ausrede zufrieden, und wir gehen die Treppe hinunter, um unseren Arbeitsplatz zu begutachten.

»Ist dir klar«, fängt Ricky wieder an, »dass du im Prinzip einen Tiger in dein Haus lockst? Und dann auch noch in den Keller? Ich weiß nicht, ob das so eine gute Idee ist.«

»Ist doch nur hypothetisch«, erinnere ich ihn und verdränge schnell den Gedanken, dass er vielleicht recht hat.

»Also gut.« Er nickt. Dann fasst er den Raum ins Auge und knackt mit den Fingerknöcheln. »Wir müssen da irgendwie eine Grube hinkriegen.«

»Okay …« Ich denke nach. »Vielleicht können wir ein paar von den Kisten oben nehmen? Und sie hier unten aufstapeln? Und dann sichern wir sie mit deinem Seil, damit der Tiger nicht alles umwerfen kann. Der imaginäre Tiger natürlich.«

Halmoni sagt, es ist gefährlich, die Kisten an einem ungünstigen Tag umzuräumen. Aber woher soll ich wissen, ob heute ein ungünstiger Tag ist?

»Eine Kistenmauer. Ja, klar. Super Idee«, sagt Ricky.

Ich wäge meine Optionen ab. Da ich keine andere Möglichkeit sehe, als eine Falle aufzubauen, bringe ich jetzt entweder die Kisten herunter, oder ich gebe meinen Plan auf, den Tiger zu fangen.

»Aber pass auf, dass du nichts zerbrichst«, warne ich Ricky. Wenn etwas zu Bruch geht, ist die Katastrophe perfekt, sagt Halmoni, also müssen wir wenigstens das verhindern.

Wir gehen an die Arbeit, schieben die koreanischen Kisten weg, ziehen sie über den Dielenboden und räumen einen Weg für die leichteren Kartons frei.

Dann tragen wir Halmonis Kartons die Treppe hinunter und stapeln sie im Keller auf. Einige sind leicht genug, dass wir sie allein tragen können, aber die größeren müssen wir zusammen hinunterschleppen. Langsam und vorsichtig bewegen wir uns die Treppe hinunter, Ricky hält das vordere Ende, ich das hintere.

Als wir ungefähr die Hälfte der Kartons geschafft haben und gerade einen besonders schweren die Treppe hinunterhieven, sagt Ricky: »Meine Mom mag auch Hüte.«

Ich halte inne, starre ihn über den großen Karton hinweg an. »Was?«

Er zuckt mit den Schultern, verlagert das Gewicht zwischen uns. »Also nur, weil du mich nach dem Hut gefragt hast.«

»Ja, aber das war vor einer halben Stunde!«

»Tut mir leid, ich kann einfach kein peinliches Schweigen ertragen.«

»Oh«, sage ich. Ricky starrt mich an, als ob er auf mehr wartet. »Für mich ist es kein peinliches Schweigen. Eher ein geschäftiges Schweigen.«

Er lacht. »Geschäftiges Schweigen. So was hab ich noch nie gehört.«

Wir machen noch ein paar Schritte, und er fängt wieder an: »Mom und ich haben immer Hüte zusammen gekauft. Das war irgendwie unser Ding. Man braucht einen guten Hut für jeden Anlass, dann fühlt man sich als was Besonderes. Deshalb tragen Superhelden auch Capes.«

Ich nicke, aber meine Gedanken bleiben an dem Wörtchen *haben* hängen. Und dass er im Supermarkt von den süßen Brötchen gesprochen hat, die seine Mom immer gemacht *hat*. Sie *mag* Hüte, im Präsens, aber sie *hat* immer Hüte *gekauft*.

Außerdem klingt seine Stimme irgendwie komisch, wenn er von seiner Mom spricht, und ich frage mich, was das zu bedeuten hat. Sind seine Eltern vielleicht geschieden, und er sieht seine Mom deshalb nicht mehr oft?

Aber ich hake nicht nach. Ich mag es auch nicht, wenn andere Leute mich nach meinem Dad fragen, und will Ricky nicht in Verlegenheit bringen.

»Hm, klingt überzeugend«, sage ich stattdessen.

Wir sind endlich an der Treppe unten angekommen und watscheln mit dem schweren Karton zu den anderen hinüber, die dort schon liegen.

»Ich habe eine Zeitungsjungenmütze und einen limettengrünen Fedora-Hut und …«

Er verstummt abrupt, als ihm der Karton aus den Händen rutscht. Ich stolpere vorwärts, versuche ihn aufzufangen, aber er ist zu schwer. Und zum zweiten Mal falle ich Ricky direkt vor die Füße.

Der Tarnhut fliegt mir vom Kopf, und der Karton trifft mit einem hässlichen Klappern am Boden auf, gefolgt von einem lauten *Plumps!*, als ich obendrauf stürze, den Karton komplett zerquetsche und seinen Inhalt zertrümmere.

Das Scheppern darin …

Die Stimme des Unheils …

Ich erstarre, als könnte ich das Missgeschick ungeschehen machen, indem ich mich nicht bewege. Ich warte darauf, dass Sam heruntergestürzt kommt, aber nichts passiert und wir bleiben allein – Ricky und ich und was immer wir kaputt gemacht haben.

Rickys Augen sind schreckgeweitet. »Alles okay? Tut mir leid, ehrlich! Ich dachte, ich hätte ihn, aber …«

»Ich bin okay«, sage ich und rapple mich auf. »Muss nur nachsehen, ob wir was zerbrochen haben.« Ich drehe den Karton mit der richtigen Seite nach oben und fange an, das Klebeband abzuschälen, um einen Blick hineinzuwerfen. Aber meine Finger zittern so heftig, dass ich nicht richtig zupacken kann. Ricky muss mich für komplett hysterisch halten. Für verrückt. Eine Irre.

Kleinlaut streicht er sich die Haare aus den Augen. »Kriegst du Ärger, wenn was kaputtgegangen ist?«

»Nein, nein«, sage ich schnell, obwohl Halmoni vielleicht wirklich wütend wäre. Wenn ich denke, wie sie sich aufgeregt hat, als Mom die Kisten wegräumen wollte …

»Warte, ich helfe dir.« Ricky beugt sich vor, öffnet den Karton, und ich spähe hinein.

Unter einer Schicht aus Luftpolsterfolie kommt ein Stapel Töpfe und Pfannen zum Vorschein.

Alles sieht intakt aus.

Das Scheppern muss von dem aneinanderstoßenden Kochgeschirr gekommen sein. Und das Knallen war ich selbst oder vielmehr die Blasenfolie, die ich beim Aufprall zerquetscht habe.

Ich atme erleichtert aus. »Alles gut«, sage ich mehr zu mir selbst als zu Ricky.

Ich räume das Geschirr wieder ein, aber dann fällt mir im größten Topf etwas ins Auge.

Ich greife hinein und ziehe drei in Knallpolster verpackte Gegenstände heraus. Unter dem Plastik glitzert etwas, funkelt im Licht.

»Wow.« Ricky schnappt nach Luft und beugt sich über meine Schulter. »Wir. Haben. Einen. Schatz. Gefunden.«

Nur ist es kein Schatz. Es sind … Gläser.

KAPITEL 19

»Sternengläser«, hauche ich.

Vorsichtig wickle ich eines der Päckchen aus. Das Glas, das darin zum Vorschein kommt, ist klein und rund und dunkelblau, mit einem silbernen Pfropfen als Verschluss.

Schnell öffne ich die anderen beiden, suche nach Sprüngen, aber zum Glück sind sie auch heil geblieben. Eins ist hoch, schmal und durchsichtig, mit einem schwarzen Verschluss. Das andere ist dunkelgrün und rechteckig.

Ricky tritt einen Schritt näher. »Was ist ein Sternenglas?«

»Ähm, nichts.« Was natürlich gelogen ist. In Wahrheit könnte es alles sein.

Halmoni hat gesagt, sie hat die Sternengeschichten genommen und in Gläser gesperrt. Der Tiger glaubt, dass die Gläser irgendwo im Haus versteckt sein müssen. Und Halmoni hat uns extra ermahnt, vorsichtig mit den Kartons umzugehen.

Das ist es. Das sind die kostbaren Gläser. Die gefährlichen Geschichten. Ja, ganz sicher.

Das, was der Tiger von Halmoni will.

Ich blinzle die Gläser an, und vielleicht ist es nur eine optische Täuschung, aber ich kann beinahe sehen, wie die Geschichten sich darin bewegen – ein bisschen wie Rauch. Oder Magie.

Einen Augenblick halte ich den Atem an, möchte am liebsten diese Glasgefäße entkorken und an mein Ohr halten wie Seemuscheln, damit ich die Magie darin hören kann, die donnernde Brandung eines Ozeans.

Ich würde so gern die Geschichten hören.

»Die gehören meiner Großmutter«, sage ich und versuche so beiläufig wie möglich zu klingen. »Wir nehmen sie einfach raus, und ich gebe sie ihr dann später.«

Ricky zuckt die Schultern, als wäre das keine große Sache, was es für ihn natürlich auch nicht ist. Es sind nur Gläser. Ganz normale Glasgefäße. Nichts Besonderes. Ich nage an meinen Fingernägeln und starre darauf.

Ricky bricht schließlich das Schweigen. »Was würdest du denn mit dem Tiger machen, wenn du ihn gefangen hättest?« Und dann, als hätte er Angst, dass ich nicht antworte, fügt er schnell hinzu: »In *Superman – die Schicksalsfalle* will Lex Luthor ihn foltern, um ihm die Geheimnisse von Krypton und dem ganzen Universum zu entlocken …«

»So ist das nicht«, falle ich ihm ins Wort, weil ich in dieser Version die Böse wäre. »Das hier ist das wahre Leben. Nicht wie in deinen Comic-Heften.«

Im selben Moment tut es mir schon wieder leid, dass ich ihn angefaucht habe. Ricky hat mir geholfen, und das ist nett von ihm. Er kann ja nichts dafür, dass er die größeren Zusammenhänge nicht kennt. Und wenn er gern über Comics oder Hüte reden will, sollte ich ihn lassen. Etwas leiser füge ich hinzu: »Es ist einfach anders.«

Er schweigt, konzentriert sich darauf, seine Tarnhose zurechtzuziehen. »Ich gehe nicht zur Nachhilfe, weil ich dumm bin. Ich meine, ich bin nicht dumm.«

Ich fummle an meinen Zöpfen herum. »Ja, ich weiß. Das hast du schon gesagt, in der Bücherei, und ich halte dich auch nicht für dumm. Viele Leute nehmen Nachhilfe.«

»Ich meine nur, falls du so was denkst. Oder irgendwelche Sachen über mich hörst.« Er hebt eine Schulter, als wäre es ihm egal, obwohl das definitiv nicht stimmt.

Ich setze mich auf einen der Kartons. »Was für Sachen? Und von wem soll ich die hören?« Ich muss ihm ja wohl nicht extra erklären, was doch ganz offensichtlich ist: dass ich hier keine Freunde habe.

»Ja, richtig«, sagt er und setzt sich neben mich auf die Kiste. »Ich bin letztes Jahr in Englisch durchgefallen.«

»Oh«, sage ich.

In meiner alten Schule in Kalifornien war es praktisch unmöglich, in einem Fach durchzufallen. Die Lehrer ließen jeden durchkommen, auch wenn er noch so schlecht war, Hauptsache, er zeigte seinen guten Willen und strengte sich wenigstens ein kleines bisschen an.

Vielleicht ist die Schule hier strenger, denn Ricky ist kein Typ, der sich nicht reinhängt. Ich meine, wenn sich jemand von Kopf bis Fuß in Tarnkleidung wirft, nur um einen imaginären Tiger zu jagen, gehört er garantiert nicht zu den Faulen.

Ricky trommelt mit den Fingern auf den Karton und sagt: »Aber es ist nicht meine Schuld. Die Lehrerin war gegen mich. Sie hasst mich.«

»Okay«, sage ich. »Das macht Sinn.«

Er schaut überrascht zu mir auf. »Echt jetzt? Glaubst du mir?«

Ich nicke. Er sieht so hoffnungsvoll aus, aber ich habe auch keinen Grund, ihm nicht zu glauben. Und ehrlich gesagt, ist es mir egal, ob er gut in Englisch ist oder nicht. Noten sind nicht wichtig für eine Freundschaft.

Ricky seufzt erleichtert. »Das ist gut. Ich will nicht, dass du schlecht von mir denkst. Es war wirklich nicht meine Schuld. Aber jedenfalls muss ich deshalb in diesem Sommer Nachhilfe nehmen. In ein paar Wochen habe ich einen Test, und wenn ich den nicht bestehe, muss ich die Sechste wiederholen.«

Ich versuche, meine Überraschung zu verbergen, weil das nun wirklich eine große Sache ist. Und natürlich sage ich auch nicht, was mir dabei durch den Kopf schießt: Wenn das stimmt, nimmst du deine Nachhilfe aber ganz schön locker. Fast so, als ob du es darauf anlegst, so wenig wie möglich zu lernen.

Natürlich geht mich das alles nichts an, aber aus unerfindlichen Gründen scheint er eine Bestätigung von mir zu brauchen. »Du schaffst das schon«, sage ich.

Er nickt. »Ja. Klar. Alles gut.«

Verlegenes Schweigen breitet sich zwischen uns aus, dann sagt er: »Und warum machst du das hier wirklich? Ich meine, ich finde es mega, eine Falle für einen imaginären Tiger zu bauen, aber es muss doch einen Grund dafür geben?«

Ich zucke die Schultern, weiche seinem Blick aus. »Lass uns jetzt weitermachen.«

»Na komm, sag schon.«

Ich zögere, suche nach einer überzeugenden Lüge. Ich trage so viele Geheimnisse mit mir herum. Und Geheimnisse sind anstrengend.

Aber eigentlich möchte ich ihm gern die Wahrheit sagen. »Meine Halmoni ist krank«, fange ich an, und als er mich verwirrt anschaut, füge ich schnell hinzu: »Meine Großmutter.«

Ricky stößt die Luft aus. »Oh. Tut mir leid. Das ist schrecklich.«

»Sie hat Angst vor Tigern, und deshalb möchte ich ihr das Gefühl geben, dass sie in Sicherheit ist.« Das ist zwar nicht die ganze Wahrheit, kommt ihr aber schon ziemlich nahe. Meine Schultern entspannen sich, und ich atme erleichtert auf.

Es tut gut, mit jemandem zu sprechen.

»Das muss schlimm für sie sein«, sagt Ricky. »Auch wenn es nur in ihrem Kopf ist.«

Ich schlucke meine Antwort hinunter: Du hast ja keine Ahnung. Stattdessen nicke ich. »Genau.«

»Ich finde es toll, dass du das machst«, fügt Ricky hinzu. »Du bist so cool – das coolste Mädchen, mit dem ich jemals befreundet war.«

»Oh.« Ich wusste nicht, dass wir in seinen Augen Freunde sind, aber es ist irgendwie schön, das zu hören.

Fast gibt es mir das Gefühl, dass er ein richtiger Freund sein könnte – einer, der bleibt.

»Also.« Er steht auf und bürstet seine Hose ab. »Hast du rohes Fleisch da?«

»Was?«

»Laut Internet ist das Wichtigste an einer Tigerfalle der Köder. Die meisten Tigerjäger haben rohes Fleisch genommen, zum Beispiel Rind oder …«

»Ja, aber es ist ein imaginärer Tiger. Das können wir uns also sparen«, sage ich.

Er nickt. »Ja, okay. Du hast recht.«

»Lass uns einfach die Falle fertig bauen.«

Er beugt sich vor, schnappt den Hut vom Boden und gibt ihn mir zurück. »Ja, machen wir.«

Ich lächle, als wir wieder an die Arbeit gehen. Wir passen jetzt besser auf, bringen jeden Karton Schritt für Schritt hinunter – ganz vorsichtig und langsam – und lassen nur die schwersten Kisten und die koreanischen Truhen oben. Als wir genug Kartons hinuntergebracht haben, stapeln wir die leichteren auf die schwereren.

Das Ganze ist wie ein Riesenpuzzle, und obwohl es so wichtig ist – wirklich, wirklich wichtig –, haben wir auch Spaß dabei.

Als wir fertig sind, wickeln wir das Seil um die Kartons, auch wenn wir nicht wissen, ob das einen Sinn hat. Ich mache fünf Knoten, nur zur Sicherheit.

Endlich treten wir zurück und bewundern unser Werk.

»Gut gemacht, Meistertigerjäger«, sage ich.

Ricky strahlt über sein ganzes Gesicht. »Danke, gleichfalls, Supertigermädchen.«

»Ich bin keine Superheldin«, wehre ich automatisch ab. Obwohl *Supertigermädchen* viel cooler klingt als *unsichtbares Mädchen*. Und irgendwie ist es ein gutes Gefühl, super zu sein.

Bevor er geht, nehme ich den Tarnhut ab und gebe ihn Ricky zurück. Wahrscheinlich habe ich jetzt Huthaare, an den Kopf geklatscht und mit ein paar verschwitzten Strähnen in der Stirn, während andere senkrecht hochstehen. »Den darfst du nicht vergessen«, sage ich.

Er zuckt die Schultern. »Kannst ihn erst mal behalten. Falls du – natürlich rein hypothetisch – einen Tiger fängst. Ich nehme ihn mit, wenn wir uns das nächste Mal treffen.«

»Treffen? Wozu?« Keine Ahnung, was er noch vorhat, aber für mich war's das. Die Falle ist fertig.

Ricky starrt mich an, als wäre ich irgendwie schwer von Begriff. »Wir sind doch jetzt Freunde. Und Freunde treffen sich.«

Ich blinzle. »Ähm, okay. Ja.«

Dann lächle ich. Weil ich ihn wirklich gern treffen möchte. Mit Ricky macht es Spaß, einen Tiger zu fangen.

Ich verabschiede mich von ihm, und sobald er weg ist, bringe ich die Sternengläser ins Dachzimmer hinauf und verstecke sie unter meinem Bett. Sam ist zum Glück unter der Dusche und stört mich nicht. Ich lege mich bäuchlings auf den Boden und starre die Gläser an.

Sie sehen wie ganz normale Gläser aus. Fast. Aber selbst hier unter meinem Bett scheinen sie zu glühen.

Rohes Fleisch wird in diesem Fall nichts bringen, weil magische Tiger anderen Gesetzen folgen. Aber während ich am Boden liege und die Gläser anstarre, wird mir klar, dass ich meinen Köder gefunden habe.

KAPITEL 20

»Was machst du da?« Hinter mir knarzen die Dielen, und als ich mich umdrehe, steht Sam im Pyjama da.

»Nichts«, sage ich und springe auf.

Ich platze fast vor Aufregung, bin total hippelig. Unter meinem Bett warten die Sternengläser.

Aber dann sehe ich auf die Uhr. Erst früher Abend. Es wird noch Stunden dauern, bis alle schlafen gehen und ich eines der Gläser mit nach unten nehmen kann, um die Tigerin anzulocken.

Sams Augen werden schmal. Sie holt Luft, als wollte sie mich etwas fragen, aber dann schüttelt sie nur den Kopf.

Normalerweise ist sie nicht so zurückhaltend, und ich weiß nicht, ob ich froh darüber sein soll oder traurig.

Als sie wieder spricht, scheint sie es sich anders überlegt zu haben. Jedenfalls wechselt sie das Thema: »Was ist mit diesem Jungen?«

»Er hilft mir bei … was Bestimmtem.« Ich lächle unwillkürlich, als ich hinzufüge: »Er ist mein Freund.«

Sam zieht eine Augenbraue hoch, und ihre Lippen kräuseln sich zu einem herablassenden Grinsen, als wüsste sie etwas, das ich nicht weiß. »Dein Freund?«

Mein Gesicht wird ganz heiß, als mir klar wird, wie sie es auffasst. »Also natürlich nicht so …«

»Nicht so …?«, zieht sie mich auf.

»Nicht so, wie du anscheinend denkst.«

Sam lacht. Sie weidet sich an meiner Verlegenheit.

Dann wird ihr Blick weicher, und sie zeigt auf den Boden vor dem Spiegel. »Setz dich. Wenn du verknallt bist, musst du lernen, dir die Haare zu machen.«

»Die sind in Ordnung«, sage ich. »Und ich bin nicht verknallt.« Ich weiß nicht, wie ich das einordnen soll. Einmal hasst Sam mich, und im nächsten Moment spielt sie wieder die große Schwester.

Und vor allem habe ich momentan keine Zeit für Haarprobleme. Ich bin auf einer lebensrettenden Mission.

Aber Sam zeigt noch immer auf den Boden, als hätte ich nicht gerade Nein gesagt. Und da ich sowieso noch stundenlang warten muss …

Ich gebe nach, setze mich vor den Spiegel, und Sam kniet sich hinter mich. Sie löst meine Zöpfe, zwirbelt die Strähnen zusammen und flicht sie auf eine andere Art.

Während sie an mir arbeitet, verfliegt meine Hippeligkeit und weicht einem ruhigeren, tieferen Gefühl. Ich würde ihr gern von dem Tiger erzählen und von den Sternengläsern und der Falle.

Aber ich fürchte ihre scharfe Zunge. Ich will nicht, dass sie mich für verrückt erklärt, und halte die Luft an, bis diese Regung wieder verschwindet.

Nach ein paar Minuten fragt Sam: »Wann hast du Jensen kennengelernt?«

Sie sagt das ganz beiläufig, und es ist nichts, worüber ich gerade reden möchte, aber immer noch besser, als wenn sie wieder von Ricky anfängt.

»In der Bücherei, direkt nachdem wir hergekommen sind«, sage ich. »Sie ist wahnsinnig nett. Hat mir einen Muffin geschenkt. Und die Bücherei ist überhaupt kein gruseliges Hexenhaus mehr.« Ich beiße mir auf die Lippen. Was erzähle ich da? Das muss ihr ja wirklich komisch vorkommen. Schnell wechsle ich das Thema. »Erinnerst du dich noch an sie? Aus der Grundschule?«

Sam zuckt die Schultern und zieht ein bisschen an meinem Haar. »Also ja, schon, die Schule war ziemlich klein. Aber Jensen ist ein Jahr älter – ich hätte nicht gedacht, dass sie mich überhaupt wahrgenommen hat.« Sie hält inne, dann fügt sie hinzu: »Hat sie wahrscheinlich auch nicht. Also einfach ja.«

»Ja«, sage ich und bin auf einmal verlegen, ohne wirklich zu wissen, warum. Ich spüre, dass sie mir etwas sagen will, aber ich habe keine Ahnung, was.

Sam flicht meine Haare fertig, zieht ein paar Klammern aus ihrer eigenen Frisur und steckt die Zöpfe an meinem Kopf fest. Dann lehnt sie sich zurück und betrachtet mich im Spiegel.

Statt der zwei Zöpfe, die sonst immer mein Gesicht einrahmen, hat sie mein Haar zu einem Flechtkrönchen hochgesteckt, mit ein paar losen Strähnen dazwischen, die mir in die Stirn fallen.

Mit meiner neuen Frisur und Halmonis Anhänger um den Hals sehe ich aus wie eine Prinzessin. Oder nein – eine Kriegerprinzessin.

Es ist ein merkwürdiges Gefühl, mich so zu sehen. »Jetzt gleiche ich dem Mädchen in der Tigergeschichte«, flüstere ich mehr zu mir selbst als zu Sam.

Sam sieht schon lange nicht mehr wie das Mädchen in dieser Geschichte aus – sie trägt ihre Haare schulterlang, mit der weißen Strähne darin. Aber ich hatte immer Zöpfe. Ich bin die kleine Eggi geblieben.

Sam stöhnt. »Verschone mich mit deiner Tigergeschichte, Lily. Das ist die schlimmste von allen.«

Ich weiß nicht, was sie damit meint. Wir waren beide immer ganz wild auf die Schwesterngeschichte. Abend für Abend sind wir zu Halmoni ins Zimmer gelaufen. Erzähl uns die Geschichte von der Sonne und vom Mond!

»Warum sagst du das?«, frage ich.

»Also erstens«, fängt Sam an, »sind die beiden Schwestern dumm. Ein Tiger kratzt an ihrer Tür. Ist doch klar, dass das nicht ihre Halmoni sein kann. Warum verstehen sie das nicht?«

»Weil er sich als Halmoni verkleidet hat …«

»Und die ältere Schwester redet dauernd davon, dass sie die jüngere beschützen muss, aber was macht sie dann? Geht hin und öffnet das Fenster für den Tiger.«

Ich lehne mich zurück. »Die ältere Schwester öffnet nur das Fenster. Die *jüngere* macht ihm die Tür auf.«

Sam schüttelt den Kopf. »Nein, das stimmt nicht.«

»Doch. So geht die Geschichte.« In der Geschichte wählt der Tiger die kleine Schwester aus. Er ruft *sie*, nicht die größere. Sie ist die Besondere.

Wie kann Sam das nur verwechseln? »Eggi macht die Tür auf«, sage ich, »der Tiger jagt sie, und als sie dann eine Geschichte erzählen, rettet der Himmelsgott alle beide.«

»Nein.« Etwas in Sams Stimme macht mir Angst. Eine Schärfe, die vorher nicht da war. »Die beiden Schwestern retten sich an die entgegengesetzten Enden des Himmels und können nicht einmal mehr miteinander reden. Sie sehen sich täglich, aber nur, um einander aus der Ferne zuzuwinken. Sie bleiben allein.«

Ich ziehe meine Knie an die Brust. »Das ist nicht traurig. Es ist ein glückliches Ende. Die Schwestern entkommen dem Tiger. Sie sind für immer in Sicherheit.«

Obwohl ich da mittlerweile meine Zweifel habe.

»Aber genau darum geht es doch: Es ist eine traurige Geschichte, Lily. Alle alten Märchen sind nur dazu da, den Kindern Angst einzujagen. Es soll eine Lektion sein. Du weißt jetzt, dass du nie einem Fremden aufmachen darfst. Und dass du vor der Gefahr davonlaufen musst.«

Bleiernes Schweigen breitet sich im Zimmer aus, füllt jede Ritze in dem knarzenden Holz. Ich räuspere mich und bringe mit letzter Kraft hervor: »Und wenn die Schwestern gar nicht weggelaufen sind?«

Sam seufzt. »Wie meinst du das?«

»Wenn es deine Geschichte wäre – wenn ein Tiger dich jagen würde, würdest du dann weglaufen oder … würdest du dich ihm stellen?«

Sam zögert. »Erzähl mir jetzt bloß nicht, dass du diese Geschichten für wahr hältst, Lily. Weil …«

»Nein, nein«, sage ich schnell. »Das war nur eine Stressreaktion. Ich meine es rein hypothetisch.«

Schweigen, bis Sam schließlich in Lachen ausbricht. Es kommt so unerwartet, dass ich vor Schreck mitlache. Eine Sekunde lang lässt meine Angst nach, und ihr Lachen ist wie ein heller Fleck in der Dunkelheit.

»Spinnst du, Lily? Natürlich würde ich weglaufen! Tiger fressen Menschen, schon vergessen?«

»Ja«, sage ich. Sam hat recht. Das ist die Wirklichkeit, der ich mich stellen muss, und ich kann ihr nichts davon erzählen.

Sam steht auf, lässt sich wieder auf ihr Bett fallen, und damit ist das Gespräch wohl beendet. Das macht sie neuerdings immer so – führt Gespräche nicht zu Ende, sondern klinkt sich einfach aus.

Aber nach einer Weile sagt sie noch: »Wenn *ich* das in der Geschichte wäre – keine Ahnung. Ich weiß nicht, ob ich weglaufen würde. Natürlich wäre ich gern mutig. Das Problem ist nur, dass man in diesem Fall nicht wirklich sagen kann, was eigentlich mutiger ist.«

KAPITEL 21

Behutsam ziehe ich das rechteckige grüne Sternenglas unter meinem Bett hervor. Sam schläft. Das ganze Haus schläft. Und ich bin bereit.

So leise wie möglich öffne ich die Schublade, in der ich Halmonis Wermutkraut versteckt habe. Ich breche ein Stück ab und stecke es in meine Tasche. Ich greife nach Halmonis Perle an meinem Hals. Und schließlich nehme ich Rickys Hut von meiner Kommode und setze ihn auf.

Wer weiß, vielleicht hilft es. Vielleicht macht es mich besonders. Vielleicht verwandelt es mich in eine Heldin.

Mit dem Glas in der Hand und meinen ganzen Glücksbringern am Körper schleiche ich auf Zehenspitzen die Treppe hinunter. Ich beschwöre meine Unsichtbarkeitskräfte herauf und hülle mich in Schatten. Das Geräusch des Regens übertönt meine Schritte.

Alle schlafen weiter, als ich an Halmonis Zimmer vorbeihusche, dann an Mom auf der Couch vorbei und zum Keller hinüber.

»Habe ich mich richtig entschieden?«, flüstere ich in das verschlossene Glas.

Keine Antwort. Selbst das Haus ist still heute Nacht, als ob es auf den nächsten Schachzug wartet.

Ich drücke die Klinke hinunter, die Kellertür schwingt auf und lässt mich durch.

Diesmal werde ich keine Angst haben. Halmoni hat dem Tiger die Stirn geboten, und das mache ich jetzt auch.

Ich bin Lily und ich bin tapfer. Ich bin die Enkelin meiner Halmoni.

Ich werde nicht von Tigern gejagt.

Ich bin die Jägerin.

Und kein Tiger kann es mit mir aufnehmen.

Ich halte das Glas – den Köder – in meinen Händen, setze mich auf die Treppe, mit dem Rücken zur Tür, und schaue auf die Kartons hinunter.

Dann warte ich.

Obwohl ich unbedingt wach bleiben wollte, muss ich eingeschlafen sein, weil ich plötzlich von einem Rascheln geweckt werde.

Ich springe auf die Füße, und als ich meine Falle sehe, erstarre ich vor Aufregung und Angst – ich habe es geschafft. Aber das bedeutet auch, dass jetzt ein Tiger in meinem Keller ist. Gefangen.

Mit einer Hand umklammere ich das Sternenglas, mit der anderen kneife ich mir ins Bein, um sicherzugehen, dass ich nicht träume. Aber das hier ist kein Traum und auch keine Halluzination.

In einem Ring aus Kartons sitzt die Tigerin auf ihren Hinterbeinen, nur der Schwanz peitscht hin und her. Das Mondlicht flutet durch die Fensterluke herein und lässt ihre Streifen beinahe silbrig schimmern. Sie ist noch größer, als ich sie in Erinnerung hatte – fast zu groß für meine Falle.

»Wie originell«, bemerkt sie trocken. Sie sieht verärgert aus, aber nicht im Mindesten gestresst.

Ich halte Abstand, bleibe, wo ich bin, auf der Mitte der Treppe, und schaue auf sie hinunter. Mir schießt etwas durch den Kopf, das ich in dem Tigerbuch gelesen habe: Ein Tigerzahn ist scharf genug, um Knochen zu zerbeißen!

Und gleich noch etwas: Wenn du einem Tiger in die Augen blickst, bringt er dich vielleicht nicht um.

Ich zwinge mich, in diese glühenden gelben Augen zu sehen, diese Pupillen, die wie pechschwarze Seen sind. Ich richte mich zu meiner vollen Größe auf, gebe mich mutiger, als ich bin. »Du hast meine Falle gefunden«, sage ich mit tiefer Stimme, damit ich älter wirke.

Die Lippen der Tigerin kräuseln sich zu einem Lächeln. »Ich gebe zu, das habe ich nicht erwartet.«

Ich räuspere mich. »Du hast gesagt, du kannst meine Halmoni heilen. Und jetzt, wo du in der Falle sitzt, verlange ich von dir, dass du ihr hilfst.«

»Interessant. Das hätte ich dir gar nicht zugetraut. Aber ich muss dich enttäuschen – ich bin nicht gefangen. Ich teste dich nur.« Sie pult getrocknete Kräuter aus ihren scharfen Zähnen. »Guter Wermut übrigens.«

Ich taste nach dem Wermutkraut in meiner Tasche, aber es ist weg – und in einem Wirbel aus Orange und Schwarz verschwindet jetzt auch die Tigerin. Meine Falle ist leer.

»Tiger lassen sich zu nichts zwingen …« Ihre Stimme kommt von hinten, und als ich herumwirble, steht sie oben auf dem Treppenabsatz in der Tür.

Sie ist so viel größer als ich – mit einem Schritt vorwärts treibt sie mich eine Stufe weiter hinunter. Dann noch eine und noch eine, bis ich unten im Keller stehe, an meine eigene Kartonmauer gedrückt. Wie dumm von mir, einen Tiger überlisten zu wollen. Dummes, dummes kleines Mädchen, und jetzt …

»Aber wir bieten manchmal einen Deal an.« Ihre Stimme klingt eher neugierig als drohend, halb Knurren, halb Flüstern. »Ich habe dir gesagt, dass ich mein Angebot nur einmal mache, aber bei dir, Supertigermädchen, könnte ich vielleicht eine Ausnahme in Erwägung ziehen. Vielleicht biete ich dir einen neuen Deal an, der ein bisschen mehr Spaß bringt.«

Das Sternenglas fühlt sich glitschig in meinen feuchten Handflächen an, und ich umklammere es noch fester. »Und was hast du anzubieten?«

»Du gibst die Geschichten zurück, und deiner Halmoni geht es besser. Aber jetzt kommt der spannende Teil: Um die Geschichten in den Himmel zurückzubringen, muss ich sie erzählen.« Die Tigerin lässt ihre Zähne aufblitzen. »Und was wären Geschichten ohne Zuhörer?«

Ich hole tief Luft. Einerseits möchte ich die Geschichten natürlich hören. Aber Halmoni hat gesagt, sie seien schlecht und würden die Menschen böse machen, weil jeder, der sie hört, im Kummer versinkt. »Die Geschichten sind gefährlich«, wende ich ein.

»Sie sind mächtig.«

»Du hast gesagt, sie besäßen die Macht, etwas zu verändern.« Ich schaudere, denke unwillkürlich an Halmoni, wie sie sich im Badezimmer übergeben musste. Und wie sie in meiner Vorstellung einen Augenblick lang zu einem Monster wurde.

Die Tigeraugen glitzern im Dunkeln. »Das ist mein Angebot. Überleg's dir gut.«

Ich fühle mich, als würden zwanzig Schichten Angst auf meinem Herzen lasten. Ich habe Angst, etwas Falsches zu sagen, das Falsche zu tun. Angst, Halmoni zu verletzen. Angst, Halmoni nicht retten zu können. Angst vor einer magischen sprechenden Tigerin.

Aber wenn ich alle diese Angstschichten abschäle, ist da noch etwas anderes, das tief in mir brennt. Eine wilde Entschlossenheit, die Tigerin zu jagen, und ich stelle mir vor, wie ich dieses Gefühl packe und zudrücke, bis es wehtut.

Ich bin klein, aber ich bin keine leichte Beute.

Ich räuspere mir die Kehle frei, und als ich den Mund öffne, ist meine Stimme klar und stark. »Geht es Halmoni wirklich besser, wenn ich diese Sternengeschichten freilasse?«

»Ja, natürlich.« Das listige Funkeln in den Augen der Tigerin verrät mir, dass ihre Versprechen nichts zu bedeuten haben. »Öffne die Gläser, lausche den Geschichten, heile deine Halmoni. Schmerzlich, aber vernünftig.«

Das Glas fühlt sich heiß in meinen Händen an. Oben hat es bereits schwach geglüht, aber jetzt leuchtet es wie eine Laterne. Vielleicht trifft das Licht von der kleinen Kellerluke im exakt richtigen Winkel auf, oder vielleicht ist es nur eine optische Täuschung. Oder es ist die Magie im Glas, die jetzt erwacht, nachdem sie so lange darin geschlummert hat. Was ich als Stäubchen betrachtet hatte, erscheint mir jetzt wie Myriaden Sterne – eine ganze Mini-Galaxie, gefangen in einem Glas.

»Ich traue dir nicht.« Ich sage das nur, damit es klar ist. Den Deal werde ich trotzdem annehmen.

Ich will nicht mehr das BAM sein, das sich nichts traut. Ich will endlich die Heldenrolle spielen.

»Also«, schnurrt die Tigerin. »Was sagst du? Schlägst du ein?«

Ich packe das Glas noch fester und wappne mich. »Ja.«

Die scharfen Tigerzähne blitzen.

Und ich öffne das Glas.

KAPITEL 22

Der Pfropfen flutscht mit einem satten *Plopp* aus dem Glas. Dann folgt ein weicheres Geräusch, wie ein Zischen.

Das Sternenlicht in dem Glas quillt heraus, eine ganze Milchstraße, die über den Rand schwappt, und die Tigerin kommt näher. Sie schließt die Augen, drückt ihre Schnurrhaare an den Rand – und trinkt die Sterne.

Der Keller tanzt vor Farben – Tiefblau, Orangerot und Violett –, und eine Sekunde lang kann ich beinahe das Brüllen des Ozeans hören und spüre den herben Salzgeruch in der Nase.

Je mehr die Tigerin trinkt, desto leichter wird das Glas, bis es sich anfühlt wie leere Luft. Als sie fertig ist, tritt sie einen Schritt zurück und schmatzt mit den Lippen.

»Ah«, sagt sie. »Wie habe ich die vermisst!«

Dann beginnt sie zu erzählen:

Vor langer, langer Zeit, als Menschen noch wie Tiger gingen, als die Nächte schwarz wie Tinte waren, lange vor Sonne, Mond und selbst den Sternen, wurde ein Mädchen aus zwei Welten geboren. Sie besaß zwei Gestalten, die sie wechseln konnte, wie es ihr passte – von Tiger zu Mensch und von Mensch zu Tiger.

Sie liebte ihre Magie, und sie liebte beide Welten gleichermaßen. Schlimm war nur, dass sie es geheim halten musste. Die Welt um sie herum war zweigeteilt – die Menschen trauten den Tigern nicht und die Tiger nicht den Menschen. Und wer will schon einen Verräter in seiner Höhle schlafen lassen?

Das Mädchen aus zwei Welten musste also ein Doppelleben führen. Am Tag war sie menschlich und nachts eine Tigerin. Aber das, fürchte ich, ist auf Dauer sehr anstrengend.

Tiger sind wild, ungezähmt. Sie sprechen die Wahrheit und verschlingen die Welt. Sie wollen immer mehr. Aber Menschenmädchen, so wurde ihr eingetrichtert, seien nicht dazu geschaffen, etwas zu wollen. Ihre Natur sei es, zu helfen. Brav zu sein.

Manchmal aber brachte das Tigermädchen die beiden Leben durcheinander und hatte die falschen Gefühle zur falschen Zeit. Zu viel Wildheit als Mensch, zu viel Angst als Tiger. Es wäre einfacher gewesen, nur in einer Welt zu leben.

Das Schlimmste war jedoch, dass ihr Geheimnis sie einsam machte. Sie hatte Freunde und Verwandte in beiden Welten, doch niemand kannte ihr wahres Herz.

Es war ein schreckliches Leben, aber sie lebte es dennoch weiter. Sie bewahrte ihr Geheimnis, hielt es tief in ihrem Inneren verborgen, bis ihr Körper sich eines Tages auf eine ganz neue Art verwandelte: Sie bekam ein Baby.

Ein Baby aus zwei Welten. Mit derselben Magie geboren, demselben Fluch.

Das Tigermädchen, das jetzt eine Tigermutter war, wusste, was sie zu tun hatte. Sie würde nicht zulassen, dass ihr Kind ein zweigeteiltes Leben führen musste. Daher bat das Tigermädchen ihre Menschenmutter, auf ihr Baby aufzupassen, und stieg auf den höchsten Berg, immer höher und höher hinauf, bis sie den Himmelsgott erreichte.

»Ich habe mich nie beklagt«, sagte sie zu ihm. »Kein einziges Mal. Aber jetzt muss ich es für meine Tochter tun. Ich verlange von dir, dass du sie verschonst.

Nimm die Magie von ihr. Verwandle uns beide in Menschen und sperre ihre Tigerseite weg.«

Der Himmelsgott war nicht erfreut. Er gewährt normalerweise keine Bitten. Aber die Tigermutter bettelte und flehte, bis der Himmelsgott endlich Ja sagte. »Ja, ich werde dir deinen Wunsch erfüllen. Ich kann deine Magie wegnehmen und die deines Babys, aber zuerst ... hmmm ... muss dein Baby hundert Tage allein in einer Höhle leben, ohne einen Sonnenstrahl. Oh, und es darf nur Wermutkraut essen.«

Die Tigermutter war entsetzt. Sie konnte doch ihr Baby nicht in eine Höhle einsperren! Gab es denn keinen anderen Weg? »Bitte, bitte, bitte.« Sie bettelte und flehte noch ein bisschen mehr.

Der Himmelsgott wurde ärgerlich. Was war das für eine schwierige Person! Aber er wusste, dass er in gewisser Weise selbst an dieser Misere schuld war. Er hatte ihr versehentlich eine zweite Gestalt gegeben. Also sagte er: »Gut, ja. Es gibt einen anderen Weg. Ich werde die Magie deiner Tochter wegnehmen, wenn du mir dafür zur Hand gehst. Ich werde nämlich alt, musst du wissen. (Obwohl ich natürlich noch immer klug und stark und sehr gut aussehend bin.) Aber eines Tages werde ich einen Nachfolger brauchen.

Komm und lebe bei mir als Himmelsprinzessin in meinem Himmelsschloss und lerne meine Magie. Im Gegenzug erfülle ich dir deinen Wunsch.«

Das Tigermädchen stimmte zu, und der Himmelsgott gewährte ihr, großmütig wie er war, einen letzten Tag mit ihrer Tochter.

Das Tigermädchen war traurig, dass sie ihr Baby verlassen musste, aber sie wusste ihr Kind in Sicherheit. Ihre Tochter würde niemals einsam und verloren mit ihrem Geheimnis leben müssen.

Bevor sie ging, umarmte sie ihr Baby zum Abschied und weinte und weinte, und als die letzte Träne aus ihrem Auge fiel, verwandelte sie sich in eine Perle – ein letztes Lebewohl, ein Anhänger, den ihre Tochter direkt über ihrem Herzknochen tragen sollte.

»Leb wohl«, flüsterte sie, »und sei behütet.«

Dann musste sie gehen. Der Himmelsgott ließ ein Seil herunter (oder eine Strickleiter – je nachdem, wen man fragt), und sie kletterte hinauf, höher und immer höher bis in ihr Schloss.

Das Leben im Himmelskönigreich ist sehr teuer, sodass das Tigermädchen sich eine Arbeit suchen musste. Und da die Nacht stockdunkel war, wurde jemand gebraucht, der ein Licht anzündete.

Als die Tigerin zu Ende geredet hat, erscheint mir die Nacht ein bisschen heller, als wäre ein Stern mehr am Himmel.

Sie leckt sich die Lippen, schlabbert ein paar letzte winzige Sternenstäubchen auf. Ihre Augen schließen sich, als würde sie es in vollen Zügen auskosten.

Ich kann nicht genau erklären, wie sich die Geschichte in meinem Herzen eingenistet hat. Auch ich trage ein Tigergeheimnis mit mir herum, ohne meiner Familie etwas davon erzählen zu können, weil sie sich fürchten würde. Und es ist, als hätte die Geschichte eine Seite von mir zum Leuchten gebracht – etwas, wovon ich dachte, dass es gut verborgen wäre.

Ich weiß nicht, was ich von alldem halten soll, ich weiß nur eins: Es ist schrecklich, dass das Tigermädchen ihr Baby verlassen hat. »Aber vielleicht hätte das Baby seine Mutter gebraucht? Sie hätte doch eine andere Möglichkeit finden können. Sie hätte nicht weggehen müssen.«

»Du bist wütend«, stellt die große Katze leise fest.

»Nein, bin ich nicht … ich …« Ich komme mir plötzlich dumm vor, weil es ja nur eine Geschichte ist, die ich mir nicht zu Herzen nehmen sollte. Und ich verstehe auch nicht, warum es mich so trifft. Vielleicht hat Halmoni deshalb von »schlechten Geschichten« gesprochen.

»Das ist schon in Ordnung«, sagt die Tigerin. »Man kann auch mal die Beherrschung verlieren.«

»Warum wollte Halmoni diese Geschichte verstecken?« Meine Finger tasten nach dem Anhänger an meinem Hals, und ich kneife ihn fest zusammen. »Ist diese Perle … hat das etwas mit ihr zu tun? War das ihre Geschichte?«

»Das ist eine alte Geschichte, mein Kind. Zerbrich dir also nicht den Kopf, wem sie einst gehört haben mag. Sie gehört jetzt dem Himmel – damit alle sie sehen können.« In ihrer Stimme schwingt ein Anflug von Traurigkeit, von Verlorenheit mit. Etwas, das mir verrät, dass mehr an dieser Geschichte ist, als sie zugeben will. Ich versuche, in ihrem Gesicht zu lesen, aber sie neigt den Kopf, und ihre Augen versinken im Dunkeln. Jetzt sind sie undurchdringlich wie eine Nacht ohne Sterne.

Ich zwirble die Halskette zwischen meinen Fingerkuppen, in dem Gefühl, dass ich etwas übersehen habe. »Und was ist jetzt?«, frage ich. »Wird es Halmoni besser gehen?«

»Mit der Zeit«, sagt sie. »Aber jetzt noch nicht. Wir haben gerade erst angefangen, und es bleibt nicht ohne Konsequenzen, wenn man die Wahrheit erzählt.«

Ich halte inne. »Aber du hast doch gesagt, es hilft ihr?«

»Die Wahrheit ist immer schmerzlich, besonders wenn sie so lange verborgen war. Unerwartete Komplikationen bleiben da nicht aus.« Sie zuckt mit den Schultern, setzt ein beiläufiges Gesicht auf, aber ihre Muskeln sind angespannt, zucken unter ihrem Fell. »Wie auch immer, bring mir morgen den nächsten Stern, um zwei Uhr nachts, dann erzähle ich dir eine andere Geschichte. Oh, und bring mir auch ein paar Reiskuchen mit. Das ist das Mindeste, was du tun kannst, wenn wir uns schon in diesem muffigen Keller treffen müssen.«

»Warte mal«, sage ich. »Was für Konsequenzen? Und was ist, wenn mir das nicht passt? Was ist, wenn ich es mir anders überlege?« Erst jetzt wird mir bewusst, dass ich mich mit etwas einverstanden erklärt habe, das ich nicht überblicken kann.

Die Tigerin leckt sich wieder die Lippen. »Ich fürchte, du hast keine Wahl. Du hast schon eine Geschichte freigesetzt. Du hast den Anfang gehört, aber deine Halmoni kann erst gesund werden, wenn wir das Ende erreichen.«

Sie wendet sich ab und geht die Treppe hinauf. Die Stufen knarzen nicht unter ihren Tritten – als bestünde sie aus Luft. »Es wird schlimmer werden, bevor es besser wird, kleine Eggi«, sagt sie, ohne sich nach mir umzublicken. »Aber wenn du machst, was ich dir sage, *wird* es besser. Vertrau mir.«

KAPITEL 23

Am nächsten Nachmittag verkünde ich: »Ich mache Reiskuchen«, als ich herunterkomme.

Mom und Halmoni sitzen zusammen am Esstisch, und ich leiste ihnen Gesellschaft, lasse mich auf einen Stuhl plumpsen. Ich setze ein Lächeln auf, so nach dem Motto: Haha, alles normal. Keine Tiger hier.

»Oh ja«, sagt Halmoni. »Das klingt gut, meine Kleine. Wir machen später.«

»Oder … ähm … jetzt gleich? Warum nicht gleich?«

Sam liegt auf der Couch, ihr Smartphone vor dem Gesicht, aber sie schaut mit hochgezogener Augenbraue zu mir herüber. Ich ignoriere sie.

Mom holt Luft und klebt ein Lächeln in ihr Gesicht. »Ehrlich gesagt würde ich heute gerne etwas mit euch allen zusammen unternehmen. Es wäre doch schön, wenn wir mal aus dem Haus kommen. Die ganze Familie.«

»Wir könnten auch Reiskuchen zusammen backen«, sage ich. »Halmoni kann uns zeigen, wie es geht.«

Moms künstliches Lächeln wird noch künstlicher. »Das ist eine tolle Idee, Lily. Aber das können wir hinterher machen.«

Sam nimmt ihr Smartphone herunter. »Mom hält es zu Hause nicht mehr aus, weil Halmoni sie dauernd mit ihren Kisten nervt.«

Mom räuspert sich. »Das ist nicht …«

Aber Halmoni sagt zu mir: »Deine Mom hat Kisten gestern weggeräumt. Ich sage ihr, das nicht gut. Ich sage ihr, Geister mögen das nicht. Aber natürlich sie hört nicht auf mich.«

Ich bohre mir die Nägel in die Handflächen und nicke, obwohl ich das Gefühl habe, dass über meinem Kopf ein riesiges Schild aufblinkt: DAS WAR ICH!

»Wie auch immer«, sagt Mom mit zusammengebissenen Zähnen, »das ist nicht der Grund. Ich will nur etwas mit euch unternehmen, weil Halmoni sagt, sie fühlt sich heute richtig gut.«

Erst als sie es sagt, fällt mir auf, dass Halmoni tatsächlich besser aussieht. Ihre Haare sind frisch eingedreht, und sie hat einen knallpinken Lippenstift aufgetragen, was schon länger nicht mehr vorgekommen ist.

Umso dringender ist es, die Reiskuchen sofort zu machen, bevor sie wieder müde wird.

Sam zuckt mit den Schultern. »Können wir in diesem Asia-Restaurant an der Ecke von *Willow und Vine* essen gehen?«

Ich drehe mich zu Sam um und werfe ihr einen bösen Blick zu. Das ist wieder mal typisch – Familienausflüge sind normalerweise komplett unter ihrer Würde, aber jetzt, wo ich andere Pläne habe, muss sie sich natürlich dafür starkmachen.

Mom runzelt die Stirn. »Ähm, wirklich? Warum?«

»Weil mir danach ist«, sagt Sam.

»Dieses Restaurant ist ein bisschen …« Mom zieht eine Grimasse, als würde ihr ein unangenehmer Geruch in die Nase steigen, aber sie will nicht unhöflich sein. »Na ja, nicht gerade authentisch.«

»Ja, genau«, stimme ich zu. »Dann können wir also …«

Sam fällt mir ins Wort. »Ich meine ja nur, Mom. War nur ein Vorschlag. Ein Versuch, etwas mit euch allen zu machen.«

Mom seufzt. »Also gut. Wenn Halmoni einverstanden ist.«

Ich platze fast vor Ungeduld, möchte am liebsten losschreien, aber Halmoni klatscht in die Hände und lächelt. »Ja, gut. Die haben beste Süßsauer-Gerichte. Ist mein Lieblingsessen.«

Ich bin also überstimmt, und wir machen uns zum Ausgehen fertig.

Aber als wir uns ins Auto quetschen, dreht Halmoni sich zu mir um: »Später zeige ich dir Reiskuchen«, flüstert sie mir verschwörerisch zu. »Versprochen.«

DRAGON THYME steht in verschnörkelten roten Buchstaben auf dem Schild des Restaurants, und zwei Steinlöwen sitzen an der Tür und bewachen den Eingang.

»Hier war ich schon ewig nicht mehr«, sagt Mom, während sie uns hineinscheucht.

»Sie haben gutes Süßsauer«, erinnert Halmoni sie, und Mom seufzt.

Der Raum ist mit Shoji-Wandschirmen ausstaffiert, alle mit rosaroten Kirschblüten bemalt. Rote Papierlaternen hängen an der Decke, und eine vergoldete Katzenfigur sitzt in der Ecke und winkt Hallo-hallo.

Aber ich habe nur Augen für das Bild direkt über dem Empfangstisch – ein klassisches koreanisches Gemälde von einem Tiger, dessen Augen so groß und rund wie Reiskuchen sind. Es sieht aus, als ob er lacht.

Plötzlich komme ich ins Schwitzen. Es ist viel zu heiß hier drin.

»Sam«, zischt Mom. »Was machst du da?«

Ich schaue zu meiner Schwester, die sich nervös im ganzen Restaurant umblickt. Sie wirkt flattrig und angespannt, als würde sie etwas suchen – nur kann ich nicht sagen, mit welchen Gefühlen. Hofft sie, dass dieses Etwas da ist, oder fürchtet sie sich davor?

»Nichts«, faucht Sam und wird so rot wie die Laternen.

Eine Sekunde lang frage ich mich, ob sie nach dem Tiger Ausschau hält, aber nein. Das ist nur Wunschdenken.

Ein Mädchen, wahrscheinlich in Sams Alter, kommt zu uns herüber. Ihr blondes Haar ist mit Stäbchen hochgesteckt und sie hat große, runde schokoladenbraune Augen. »Hi! Ich bin Olivia und werde heute für Sie da sein. Darf ich Sie an Ihren Tisch begleiten?«

Während sie uns durch das Restaurant führt, fange ich etwas wie Enttäuschung in Sams Gesicht auf, aber nur ganz flüchtig.

Olivia komplimentiert uns an unsere Plätze und teilt die Speisekarten aus, und Halmoni bestellt süßsaures Schweinefleisch, süßsaure Shrimps und süßsaures Rindfleisch. Nur als Vorspeise.

Sobald Olivia außer Hörweite ist, sagt Sam: »Einfach zum Kotzen, dieser ganze Asia-Kitsch, der hier überall verteilt ist.«

Dann schaut sie Halmoni an. Und schluckt. Studiert angestrengt ihre Speisekarte.

Ich sehe Halmoni vor mir, wie sie sich auf der Straße übergeben hat, und vertiefe mich ebenfalls in meine Speisekarte, obwohl ich gar nichts von den verschiedenen Sashimi-Varianten mitbekomme.

»Ich glaube, ich war seit den Neunzigern nicht mehr hier und es ist nicht besser geworden«, sagt Mom. »Aber Junge, das weckt vielleicht Erinnerungen …«

Ich frage: Bist du froh, dass du von hier weggegangen bist? Oder bereust du es? Oder bereust du, dass du zurückgekommen bist?

Aber natürlich frage ich nicht laut.

Halmoni lacht und droht Mom mit dem Finger. »Oh, du sehr wilde Mutter in den Neunzigern!«

Mom starrt Halmoni mit hochgezogener Augenbraue an. »Wie bitte?«

Halmoni kichert. »Du so viel Ärger damals.«

Mom verdreht die Augen, lächelt aber schließlich. »Okay, wenn du meinst …«

Ich schaue zwischen den beiden hin und her. Halmoni hat das neulich schon mal gesagt, aber ich kann es mir einfach nicht vorstellen. Mom liebt Ordnung. Und Regeln. »Warum? Was hat sie denn gemacht?«, frage ich. »Was meinst du mit Ärger, Halmoni?«

Mom lacht. »Deine Großmutter übertreibt, wie üblich.«

Ich wechsle einen verstohlenen Blick mit meiner Schwester – ein Moment, in dem alles auf der Kippe steht. Sind wir auf derselben Seite oder nicht?

Sam beugt sich vor. »Ach komm, Halmoni, erzähl uns ein paar Mom-Geschichten.« Dann wirft sie mir ein flüchtiges Lächeln zu, und mir wird ganz warm ums Herz.

Die Tigerin hatte unrecht mit den Konsequenzen, denn so harmonisch haben wir nicht zusammengesessen, seit wir hierhergezogen sind.

Halmoni flüstert Sam und mir zu: »So viele Jungs!«

»Was? Mom hatte dauernd neue Freunde?«, frage ich.

Mom schnaubt. »Das stimmt nicht.«

Halmoni schnalzt mit der Zunge. »Oh doch. So viele. Und immer schleicht sie raus zu ihnen.«

Sam tut so, als müsste sie würgen, und plötzlich frage ich mich, ob sie vielleicht auch schon mit Jungs ausgeht. Daran habe ich noch nie gedacht.

Mom räuspert sich. »Also erstens ist das nicht wahr, und zweitens hat Halmoni für Ärger gesorgt und nicht ich. Sie hat euren Dad gezwungen, Erde zu essen. Könnt ihr euch das vorstellen?«

»Was?«, fragt Sam. Normalerweise macht sie sofort dicht, wenn von Dad die Rede ist, aber jetzt sieht sie nur überrascht aus. Und neugierig. Als wären Geschichten über Dad etwas Schönes und nichts, was schreckliche Erinnerungen in ihr weckt.

»Erde gut für ihn«, sagt Halmoni. Ihr Blick ist glücklich und traurig zugleich, so wie wenn man an jemanden denkt, den man sehr vermisst. »Er redet immer so viel – so viel reden und nicht denken. Aii-yah. Erde hilft ihn erden – erst denken, dann reden.«

Mom schnaubt. »Es war grässlich.«

»Ich mache Milchshake für ihn«, verteidigt sich Halmoni. »Milchshake mit wiiinziges bisschen Erde. Aber er nimmt eure Mom weg. *Das* ist schlecht. Biiisschen Erde? Nicht so schlimm.«

Sam schaut mich mit hochgezogener Augenbraue an: Wahnsinn, oder? Und ich antworte mit gerunzelter Stirn: Halmoni ist verrückt.

»Und was ist dann passiert?«, frage ich. »Hat er es gemerkt? Wusste er es?«

Ohne auf meine Frage einzugehen, sagt Mom zu Halmoni: »Er hat mich nicht weggenommen. Ich bin ans College gegangen.«

Halmoni beugt sich vor und flüstert laut, um die Schwere der Schuld hervorzuheben: »Ich denke, sie kommt hinterher zurück, aber er nimmt sie weg. Sie hat arme kleine Halmoni wegen weißem Mann allein gelassen. Aber eure Mom zu klein, um besser zu wissen.«

Moms Kiefer mahlen. »Niemand hat mich weggenommen«, wiederholt sie. »Ich bin freiwillig gegangen. Ich *wollte* gehen.« Kaum ist ihr das herausgerutscht, schluckt sie, als würde sie ihre Worte gern zurücknehmen. Aber das geht nicht. Es gibt kein Zurück.

Der glückliche Familienmoment verfliegt. Ich schaue Sam an, aber sie reibt verbissen ihre Essstäbchen aneinander, als wollte sie Feuer machen und alles abfackeln.

Olivia kommt mit unseren Süßsauer-Gerichten. »Hier sind Ihre Vorspeisen«, zwitschert sie. »Möchten Sie jetzt die Hauptgänge bestellen?«

»Wir brauchen noch eine Minute«, sagt Mom mit ihrem üblichen künstlichen Lächeln.

Olivia nickt, dass ihre Stäbchen wackeln, und verschwindet.

Wir starren lange auf das Essen, bis Mom schließlich sagt: »Dann lasst uns mal anfangen.« Sie beugt sich vor, schöpft ein paar Shrimps aus der Schale, um uns zu bedienen.

»Nein, nein!«, sagt Halmoni. Viel zu laut. Das Paar am Nebentisch schaut kurz zu uns herüber, dann schnell wieder weg.

Halmoni legt ihre Hand auf Moms und zwingt sie, den Servierlöffel wegzulegen. »Wir warten auf Geister.«

Moms Lächeln wird noch angestrengter. »Nicht hier, okay? Wir sind in einem Restaurant.«

»Du hören«, sagt Halmoni zu Mom. Und dann zu mir: »Lily, du deckst Tisch.«

Meine Handflächen werden feucht. Es ist wirklich heiß hier drin. »Wie meinst du das?«

»Wir müssen Zesa fertig machen. Wo ist Andy? Er soll kommen und helfen.«

Sam kaut an ihrem Fingernagel. »Dad ist nicht …«, fängt sie an, aber Mom unterbricht sie.

»Er ist bei der Arbeit. Er kommt bald nach Hause«, sagt sie schnell.

Halmoni blickt sich um, ohne wirklich etwas zu sehen. Ihre Augen glänzen wie Glas. Sie sagt etwas auf Koreanisch, das niemand von uns versteht.

»Mom«, flüstere ich. »Was ist mit ihr?«

»Wir haben darüber gesprochen, erinnerst du dich?«, sagt Mom leise. »Manchmal verirrt sich Halmoni an einen falschen Ort oder in eine falsche Zeit.«

Wenn Halmoni Dinge sieht, die nicht da sind – wenn *sie* nicht da ist –, dann kommt es mir vor, als wäre sie gar nicht mehr Halmoni.

Sie steht auf, geht zum Nebentisch und nimmt den Teller des Gasts dort weg, während sie ein koreanisches Wiegenlied vor sich hin singt. Der Mann legt seine Essstäbchen auf den Tisch, gibt einen erschrockenen Laut von sich.

Mom springt auf. »Mom, nein, nein. Das machen wir hier nicht.« Sie nimmt Halmoni den Teller aus der Hand, gibt ihn dem Mann zurück und entschuldigt sich.

»Ist schon gut«, sagt er, einen mitfühlenden Ausdruck in den Augen. »Wir kennen Ae-Cha. Wenn wir irgendwie helfen können …«

Aber es gibt nichts, was sie tun könnten, denn Halmoni geht um den Tisch herum, nimmt den Teller der Frau und stellt ihn auf unseren Tisch. »Gefahr kommt, also machen wir, dass Gefahr weggeht«, erklärt sie. »Zesa.«

Nur ist es kein Zesa. Sondern die Konsequenzen.

»Halmoni …«, murmelt Sam, die ihre Angst sonst tief in sich vergräbt, um nur ja kein BAM zu sein. Aber jetzt *hat* sie Angst. Und ist still.

Was alles noch schlimmer macht.

Am anderen Ende des Raums weint ein Baby, schreit sich die Seele aus dem Leib. Und ich weiß, dass ich in dem Alter auch so geschrien haben muss, obwohl ich mir nicht vorstellen kann, dass ich meine Gefühle jemals so ungebremst geäußert habe, dass ich so laut geschrien habe, wenn meine Welt nicht in Ordnung war.

»Mom«, flüstere ich, als Halmoni einen weiteren Teller an sich zu nehmen versucht. »Wir sollten jetzt gehen.«

Abgesehen von dem Baby herrscht im ganzen Restaurant Totenstille. Die Leute schauen, tun so, als wäre nichts, als wäre das hier nicht die schrecklichste Szene aller Zeiten. Als wäre alles in bester Ordnung.

Halmoni lässt den Teller fallen, den sie gerade genommen hat. Er zerspringt am Boden und ein Schwall Sojasauce und etwas Schleimiges spritzen über ihre Schuhe. Einer der Abräumer stürzt herüber und will helfen, weiß aber nicht wirklich, was zu tun ist. Niemand weiß das.

Und dann packt uns Mom – meine Mom, die immer so beherrscht ist, die sich nie etwas anmerken lässt –, schubst Halmoni zur Tür hinaus, scheucht uns alle vor sich her, während sie unablässig »Los-los-los« zischt. Und die ganze Zeit schreit Halmoni etwas von Geistern und Zesa und Gefahr, und die goldene Katze winkt Tschüs-tschüs, und Sam hält den Kopf gesenkt, während ich dieses schwitzig-heiße Gefühl zu ignorieren versuche, das in mir hochschießt, ein Gefühl, als würde ich jeden Moment in Ohnmacht fallen.

Dann sind wir draußen.

Auf dem Parkplatz fummelt Mom am Türgriff ihres Wagens herum und stößt dabei mit dem Kopf ans Fenster. »Ich habe meine Handtasche drinnen gelassen«, murmelt sie. »Würdet ihr beide sie für mich holen? Und ein paar Zwanziger als Bezahlung auf dem Tisch lassen?«

Sam rührt sich nicht, aber ich nicke.

Ich schlucke und gehe in das Restaurant zurück, weil ich muss. Obwohl es viel zu heiß in dem Raum ist und alle mich anstarren und ich mich weit, weit wegwünsche.

Ich halte den Kopf gesenkt, während ich schnell an den anderen Gästen vorbeigehe, mir Moms Handtasche schnappe und Geld auf den Tisch werfe.

Ich gehe zurück, an dem Tigerbild vorbei, und bin schon fast draußen, als die Bedienung mir nachruft: »Warte mal! Entschuldige bitte! Warte einen Moment!«

Ich weiß nicht, ob ich vielleicht nicht genug bezahlt habe oder ob sie sauer wegen des Essens ist, das Halmoni aus der Hand gefallen ist. Oder ob sie mir Lokalverbot bis in alle Ewigkeit erteilen will.

»Hier ist euer Essen«, sagt sie stattdessen und hält mir eine Tüte voller Mitnehm-Behälter mit unseren süßsauren Gerichten hin.

Ich murmle »Danke«, und sie steckt mir mit ihrer anderen Hand etwas zu. Es sind Bonbons, die fruchtigen, die man in den Restaurants immer geschenkt bekommt.

»Oh«, sage ich und starre darauf. Ich spüre, dass alle Gäste im Restaurant nicht zu uns rüberzustarren versuchen. Dass sie betont weghören. »Okay.«

»Ich weiß, wie das ist«, sagt sie leise. »Mein Grandpa hatte Alzheimer. Ich weiß, wie schwer das ist. Er hat ständig vergessen, wo er war und wer wir waren und … Es tut mir einfach so leid, dass ihr das jetzt auch durchmachen müsst.«

Ich würde ihr gern sagen, dass es bei Halmoni anders ist. Halmoni würde uns nie vergessen. Weil das alles nur von der Sternengeschichte kommt, aber bald wird es ihr besser gehen, also ist es nicht dasselbe wie bei dem Großvater der Kellnerin.

Trotzdem ist es nett von ihr, dass sie Anteilnahme zeigt. »Danke«, sage ich noch einmal und drücke die Bonbons an meine Brust, bis es ein bisschen weniger wehtut.

KAPITEL 24

»Danke für eure Hilfe, Mädchen«, sagt Mom, als wir vom Restaurant nach Hause fahren.

Sam kauert auf dem Beifahrersitz, und Halmoni sitzt hinten neben mir. Sie schläft, den Kopf auf meiner Schulter.

Ich sitze stocksteif da, um sie nicht aufzuwecken.

Mom holt Luft. »Die Prognose bei Halmonis letztem Arzttermin war nicht gut. Sie hat vielleicht noch ein paar Monate, vielleicht aber auch nur eine Woche. Und deshalb will ich, dass wir ihre guten Tage so schön wie möglich verbringen. Wir wissen nicht, wie lange wir sie noch haben.«

Moms Worte hängen ein paar Sekunden in der Luft, saugen allen Sauerstoff auf.

Und dann explodiert Sam. »Soll das ein Witz sein? Wie unfair ist das denn? Wir kommen den ganzen Weg hierher und jetzt *stirbt* sie?«

Halmoni rührt sich neben mir, wacht aber nicht auf. »Still, Sam«, sage ich. Aber es klingt nicht sehr überzeugend. Ich kann nicht klar denken.

»Wir sind hier, um bei ihr zu sein«, sagt Mom. »Um das Beste aus der Zeit zu machen, die uns noch bleibt.«

»Und wenn es einen anderen Weg gibt?«, frage ich und halte meine Stimme sorgfältig im Zaum. »Wenn es etwas gibt, das wir tun können?«

Mom versteht natürlich nicht, was ich meine. »Es gibt ein paar Therapien«, erklärt sie. »Aber die haben so viele Nebenwirkungen und die Chancen sind gering. Halmoni will das auch gar nicht.«

Nebenwirkungen. Konsequenzen. Warum hat Hoffnung immer ihren Preis?

Sam sagt: »Aber wenn sie dann länger lebt, ist es doch einen Versuch wert? Kannst du sie nicht dazu überreden?«

Mom packt das Lenkrad noch fester. »Wir müssen Halmonis Willen respektieren. Das ist ihre Entscheidung, nicht unsere.«

»Ja, aber wenn es etwas gibt, das wir tun können, und du machst nichts, bringst du sie doch praktisch um.«

Sams Worte schneiden mir ins Herz, aber ich gebe keinen Laut von mir.

Mom sagt: »So ist es nicht.«

Sam schnaubt entrüstet.

»Sie ist jetzt in Gottes Hand«, sagt Mom, obwohl ihre Stimme am Ende hochgeht, als wäre es eine Frage.

Draußen wird die Welt grün, grau, grün, grau, und ich halte nach dem Tiger Ausschau, aber er ist nicht da.

Ausnahmsweise ist Sams Stimme ganz weich. »Und wenn ich nicht an Gott glaube?«

Die Stille dröhnt in meinen Ohren, dann sagt Mom etwas, das Mütter niemals sagen dürften: »Ich weiß es nicht.«

Ich schmiege mich enger an Halmoni und schlinge meine Finger in ihre. Sie schläft fest, aber ich stelle mir vor, wie sie meine Lebenslinie mit ihrem Daumen nachfährt. Wie sie zu mir sagt: Es ist nicht alles gut, aber es wird gut werden.

Weil ich dafür sorge, dass es gut wird. Mom sieht keinen anderen Weg. Und Sam glaubt an nichts.

Aber ich schon.

Und wenn sie Halmoni nicht helfen können, muss ich es eben tun.

Als wir zu Hause sind und Halmoni die Außentreppe hinauf und in ihr Zimmer gebracht haben, als Sam in ihre Kopfhörer und ihr Smartphone geflüchtet ist, sage ich zu Mom: »Ich muss jetzt Reiskuchen backen.«

Mom streicht mir über die Haare und küsst mich auf die Stirn. »Nicht heute, Schatz. Es tut mir leid. Morgen vielleicht.«

Ich schüttle den Kopf. »Es muss heute sein. Ich kann nicht warten. Ich muss das jetzt machen.«

Mom weicht zurück, weiß nicht, wie sie auf meine ungewohnte Heftigkeit reagieren soll. »Morgen, okay? Ich verspreche es dir. Ich will nur, dass wir nichts Lautes machen oder etwas, das Halmoni aufregt. Wir müssen heute ganz still sein, wir dürfen sie nicht noch mehr durcheinanderbringen.«

Ich weiß nicht, warum Halmoni sich aufregen soll, wenn wir Reiskuchen backen, aber Mom bleibt hart.

Also rufe ich Ricky an, sobald sie aus dem Zimmer gegangen ist, um nach Halmoni zu sehen.

»Hey«, sage ich, als er sich meldet. »Kann ich zu dir rüberkommen?«

KAPITEL 25

Mom lässt sich leicht überzeugen.

Als ich ihr sage, dass ich einen Freund besuchen will, ist sie sofort bereit, mich am Abend hinzufahren. Hauptsache, sie kriegt mich aus dem Haus. Hauptsache, wir sind irgendwie abgelenkt.

Nachdem sie sich mit Rickys Dad verständigt hat, sagt sie zu mir: »Ich bin sehr froh, wenn du Kontakt zu Gleichaltrigen bekommst.« Was wieder mal so ein typischer Mom-Satz ist. In weniger hochtrabende Worte übersetzt heißt es einfach: Gut, dass du Freunde hast.

Als wir in Rickys Viertel kommen, verändert sich das Ortsbild. Die Häuser sind größer, die Farben frischer. Diese Seite von Sunbeam scheint sich kräftig auszudehnen – und Halmonis Seite ist die geschrumpfte, vergessene Hälfte.

»Ricky Everett«, murmelt Mom und prüft die Adresse auf ihrem Smartphone. »Ich kenne die Familie.«

»Du kennst seinen Dad?« Ich frage mich, ob er immer so streng und Furcht einflößend war, wie ich ihn im Supermarkt erlebt habe, oder erst später so geworden ist, aber ich weiß nicht, wie ich das ausdrücken soll.

»Ja, vom Sehen. Er ist ein paar Jahre jünger als ich, wir waren also zur selben Zeit an der Highschool, aber wir waren nicht wirklich befreundet. Seiner Familie gehört die Papierfabrik, in der die meisten Leute hier beschäftigt sind. Das heißt, ihn kennen natürlich alle.«

Ich weiß, das sollte keine Rolle spielen, aber ich muss mich trotzdem erst an den Gedanken gewöhnen, dass Ricky aus einer reichen Familie kommt. Ich kann nicht sagen, ob das meine Einstellung ihm gegenüber verändert, aber vielleicht doch irgendwie, zumindest ein kleines bisschen.

Unser Wagen tuckert in eine lange Einfahrt, zwischen Hecken hindurch, die wie Tiere – Katzen und Kaninchen – geformt sind. So etwas habe ich noch nie gesehen, und ich bin total fasziniert. Diese Leute gestalten einfach die Natur nach ihrem Willen um!

»Das ist … stark«, murmelt Mom. »Oder?«

Ich nicke und schaue zu dem Haus auf, das eher einem Anwesen gleicht. Zwei gewundene Steinsäulen flankieren den Eingang, und die riesigen Fenster sind von schweren Samtvorhängen verdunkelt.

Wenn Halmonis Haus wie eine Hexe auf dem Hügel kauert, dann ist das hier eine steife alte Dame, die in einem protzigen Museum arbeitet und ständig *Pst!* und *Nicht anfassen!* und *Zurückbleiben!* zischt.

Ricky in diesem Haus – das kann ich mir nur schwer vorstellen.

Mom stellt das Auto ab und fasst mich an den Händen, bevor ich aussteigen kann. »Ruf mich sofort an, wenn du nach Hause willst. Wenn du traurig wirst oder so. Und du musst kein schlechtes Gewissen haben, wenn du fröhlich bist, aber du musst auch nicht so tun, als wärst du's, obwohl dir nicht danach ist.«

Meine Kehle schnürt sich zusammen, also nicke ich nur. Wir gehen zur Haustür und betätigen die Türglocke, die uns mit klassischer Musik empfängt.

»Ich wusste nicht, dass es so was gibt«, flüstere ich Mom zu.

Sie unterdrückt ein Lächeln. »Ich glaube, das ist Bach.«

Rickys Dad öffnet die Tür. Er trägt ein Hemd und eine Khaki-Hose und ist sehr korrekt angezogen für einen Freitagnachmittag.

Ich würde am liebsten auf meine Schuhe starren und mich im nächsten Mauseloch verkriechen wegen der peinlichen Szene im Supermarkt, aber ich zwinge mich, tapfer zu sein, und schaue ihn an.

Er lächelt. Eigentlich sieht er ganz nett aus, aber vielleicht ist das nur Tarnung. »Du musst Lily sein. Freut mich, dich diesmal ganz offiziell kennenzulernen. Ich bin Rick.«

Ich blinzle. Ich weiß, dass viele Dads ihre Söhne nach sich selbst nennen, aber es ist trotzdem komisch.

Mom stößt mich an, und ich räuspere mich. »Danke, ich freue mich auch, Sie kennenzulernen«, sage ich so höflich wie möglich.

»Und Joan Ku!« Er öffnet die Tür noch weiter, lässt uns eintreten. »Lange nicht gesehen!«

»Ich heiße jetzt Reeves«, sagt Mom. Sie lächelt gezwungen und zieht die Schultern hoch, was ich irgendwie peinlich finde. Hier ist sie auf einmal ganz klein.

Wir gehen hinein, und das Wohnzimmer – na klar doch! – ist genauso prunkvoll wie die Fassade außen. Es ist ganz in Rot gehalten, rote Kissen auf einer roten Couch, rote Samtvorhänge und ein roter Orientteppich.

»Das ist ein sehr schönes Haus«, sagt Mom, ihre Worte klingen seltsam gestelzt und steif.

Rickys Dad zuckt beinahe verlegen mit den Schultern. »Meine Großeltern haben es gebaut.«

Ich schnappe nach Luft, weil das Haus auf einmal viel interessanter für mich wird. »Dieselben Großeltern, die …« Zu spät fällt mir ein, dass Ricky nicht über den Tigerjäger sprechen darf, und ich schlucke den Rest schnell hinunter. »… die Rickys Urgroßeltern sind«, beende ich kleinlaut meinen Satz. Jetzt möchte ich wirklich nur noch im Erdboden versinken.

Rickys Dad wirft mir einen seltsamen, aber nicht unfreundlichen Blick zu. Eher so ein kopfschüttelnder Nein-diese-Kinder-Blick, wie man ihn manchmal von Erwachsenen erntet.

Mom reibt mir den Rücken, vermutlich denkt sie, ich bin noch völlig durcheinander nach allem, was beim Mittagessen passiert ist. Womit sie natürlich nicht ganz unrecht hat.

Dann stolziert Ricky ins Zimmer, eine schwarze Wollmütze mit Katzenohren auf dem Kopf. »Lily! Kommst du?«, sagt er und macht mir ein Zeichen, dass ich ihm folgen soll.

»Und du rufst an, wenn du nach Hause willst, ja?« Mom streckt ihren Arm aus, als wollte sie mich festhalten und nie wieder loslassen.

Ich winke ihr kurz zu, dann überlasse ich die Erwachsenen ihrem Smalltalk: Wie lange bist du schon hier? – Gerade erst zurückgekommen, ich sehe mich nach einer Arbeit um. Und so weiter.

Ich würde gern die Großartigkeit dieser Räume in mich aufnehmen, aber Ricky läuft im Eiltempo vor mir her, aus dem Wohnzimmer hinaus und an einer Reihe von anderen … Wohnzimmern vorbei.

In einem dieser Wohnzimmer steht ein riesiger Flachbild-Fernseher, in einem anderen ein Billardtisch, dann kommt ein blaues Wohnzimmer und ein gelbes. Ich spähe neugierig in alle hinein, hoffe auf Spuren des Tigerjägers, aber ich sehe nur vornehme Möbel und Kunstwerke.

»Tut mir leid – das Haus, meine ich«, sagt Ricky.

»Du musst dich nicht entschuldigen. Es ist schön. Wie ein Museum.«

Ricky verzieht sein Gesicht, sodass es mir sofort leidtut. Ich denke daran, was er über Halmonis Haus gesagt hat, und ich will ihn nicht kränken.

Im Nachhinein frage ich mich, was ihn mehr überrascht hat – die Fremdartigkeit von Halmonis Einrichtung oder das Gemütliche daran. Bei ihr ist alles warm und kuschelig, man fühlt sich sofort zu Hause. Bei Ricky hingegen hat man Angst, angebrüllt zu werden, wenn man etwas anfasst oder durcheinanderbringt.

»Tut mir leid. War nicht so gemeint«, sage ich schnell, als er mich in die Küche führt.

»Ich finde es cool, dass du dich so reinhängst«, sagt er. »Hilfst du mir morgen auch bei den Postern?«

Ich starre ihn an. »Was?«

»Na, für den Kuchenbasar«, erklärt er. »Deshalb willst du doch mit mir backen, oder?«

»Ähm.« Ich öffne den Mund, klappe ihn wieder zu. Ich habe ihm gesagt, dass ich etwas backen will, und er hat es natürlich auf den Kuchenbasar bezogen. »Ja, genau. Das heißt … ja.«

Er lacht. »Du bist komisch.«

»Oh.«

»Aber nicht unangenehm komisch.« Er räuspert sich und schaut mich an, als wüsste er nicht, was er noch sagen soll. »Sondern interessant.«

»Danke«, sage ich, obwohl ich mir nicht sicher bin, ob das die richtige Antwort ist. Sam sagt immer in-te-res-sant, wenn sie etwas total bescheuert findet. Aber aus Rickys Mund klingt es nicht negativ. Und er hat ja recht.

Ich spreche mit Tigern. Ich baue magische Fallen auf. Vielleicht bin ich wirklich interessant.

Er reißt eine Speisekammer auf, die größer ist als unser Badezimmer. Alles darin ist nach Farben sortiert und beschriftet. »Ich weiß nicht genau, was wir dahaben«, sagt er. »Unser Koch verwendet dieses ganze Zeug und ich bin nicht oft in der Küche.«

Ich versuche mir meinen Schock nicht anmerken zu lassen – »unser Koch« klingt aber auch wirklich abgehoben. »Ich weiß nicht, wie man Reiskuchen macht«, sage ich, weil mir jetzt erst bewusst wird, dass ich komplett unvorbereitet bin.

Ricky grinst. »Ich auch nicht – ich kann gar nichts.«

Ich google ein Rezept auf meinem Smartphone, und wir fangen an, die Zutaten zusammenzuwerfen – Mochi-Mehl, braunen Zucker und Kokosmilch. Aber der Teig sieht irgendwie verkehrt aus. Er ist gleichzeitig zu klumpig und zu flüssig und riecht nicht wie Halmonis Teig.

Zu allem Übel hat Ricky keine Adzukibohnenpaste für die Füllung, also improvisieren wir mit Traubengelee, und bis die Reiskuchen endlich ofenfertig sind, sehen sie komplett falsch aus.

Was dazu führt, dass ich mich selbst auch komplett falsch fühle.

Plötzlich steigt wieder dieses Hitzegefühl in mir auf, und mein Hals schwillt zu und … »Wir müssen die hier wegwerfen. Die sind schlecht«, stoße ich hervor.

Ricky runzelt die Stirn. »Aber … ich will sie essen …«

Ich reiße das Tablett hoch, wirble in der Küche herum und halte nach dem Mülleimer Ausschau. »Tut mir leid. Die können wir nicht essen. Die Reiskuchen müssen perfekt sein. Nicht wie die hier. Sie sind überhaupt nicht wie bei Halmoni, und Halmoni kann gerade keine machen, und ich weiß nicht, wie es geht. Ich kann's einfach nicht.«

»Also gut.« Ricky nimmt mir das Tablett aus den Händen, ganz langsam, als würde er sich einem wilden Tier nähern.

Ich starre auf das Tablett. Er starrt mich an.

»Alles okay?«, fragt er mich.

Die Augen immer noch auf dem Tablett, sage ich: »Meine Halmoni hat sich so komisch benommen. Ich weiß nicht.«

»Oh.«

»Ja.«

Er bleibt stumm, weil er wahrscheinlich weiß: Manchmal, wenn etwas wirklich Schlimmes passiert, will man nicht darüber reden. Es genügt, wenn der andere davon weiß.

Nach einem vielleicht zu langen Schweigen sagt er: »Meine Mom hat nie nach Rezept gekocht. Bei ihr wurde es jedes Mal anders. Wir können die hier trotzdem probieren, wenn du willst. Es muss nicht alles perfekt sein, Hauptsache, es ist gut.«

Ich hole Luft. Und nicke.

Während die Reiskuchen backen, lenkt Ricky mich ab, indem er mir seine zwanzig absoluten Lieblingsgerichte aufzählt (Vanille- und Schokoladenpudding nicht eingerechnet), bis ich hervorstoße: »Du musst mehr für deinen Englischtest lernen.«

Mir wird erst klar, wie kränkend das für ihn sein muss, als Rickys Lächeln erlischt. Aber so war es doch nicht gemeint! »Ich sage das, weil ich weiß, dass du es schaffen kannst«, füge ich schnell hinzu. »Du bist intelligent, das kann ich sehen. Und du gehst in die Siebte, oder? Also wenn du durchkommst, sind wir in derselben Klasse. Und wir können zusammen in die Mittelschule gehen.«

Noch während ich rede, merke ich, wie wichtig mir das ist.

Ricky schaut auf. »Wenn wir in derselben Klasse wären, könnten wir viel zusammen machen, zum Beispiel jede Menge Tigerfallen bauen.«

»Na ja, vielleicht nicht gerade Tigerfallen, aber andere Sachen.«

Er hält inne, dann fragt er, einen hoffnungsvollen Ausdruck in den Augen: »Meinst du das ernst? Dass ich intelligent bin?«

Ich nicke, jetzt wieder verlegen. »Ja, klar – ich meine, du hast mir gerade deine zwanzig Lieblingsgerichte aufgezählt, du hast mir geholfen, eine Tigerfalle aufzubauen, und du hast mich überzeugt, dass die Reiskuchen gut sind.«

Er grinst, dann legt er den Kopf zur Seite. »Erst mal abwarten, wie sie wirklich schmecken.«

Wir warten und probieren. Und die Reiskuchen sind anders. Nicht wie Halmonis.

Aber gut sind sie trotzdem.

Gut genug für einen Tiger, hoffe ich.

KAPITEL 26

Sobald er mich wachpiepst, knalle ich meinen Handywecker aus und schlüpfe aus dem Bett. Ich kann es kaum erwarten, die Tigerin zu treffen. Ich schnappe mir das hohe, schmale Glas und den Teller mit den Reiskuchen und husche zur Treppe hinüber – aber ein Rascheln in der Ecke des Raums lässt mich erstarren.

Ich wirble herum und da steht Sam beim Fenster und fummelt an etwas herum. »Ist dein Wecker gerade losgegangen – um zwei Uhr nachts?«, fragt sie. Als ich von Ricky zurückgekommen bin, hat sie kein Wort zu mir gesagt. Eigentlich hat sie seit dem schrecklichen Mittagessen nicht mehr mit mir gesprochen.

»Nein«, lüge ich.

»Okaaaay«, sagt sie gedehnt, dann wendet sie sich wieder ihrer Beschäftigung zu, was immer sie da tun mag. Sie ist noch sauer auf mich, das kann ich sehen, obwohl ich nicht weiß, warum. Das alles war ja schließlich nicht meine Schuld.

Ich halte inne, warte darauf, dass sie mich weiter ausfragt, aber nein, sie ist zu sehr mit ihrem eigenen Kram beschäftigt. Ich stelle den Teller und das Glas ab.

»Was machst du da?«, frage ich.

Sam schaut kurz her, dann wendet sie sich wieder ab. »Nichts.« Ihre Stimme klingt seltsam, irgendwie wacklig und unsicher.

Ich gehe zu ihr hinüber, und als ich nahe genug bin, sehe ich, dass sie ein Seil an ihrem Bettgestell festbindet.

Und kein x-beliebiges Seil – es ist das Seil, das Ricky und ich für die Tigerfalle genommen haben. »Wo hast du das her?« Ich will es ihr aus den Händen reißen, aber sie lässt nicht los, zerrt mit aller Kraft zurück. Das Seil verbrennt mir die Handflächen und ich reibe sie an meiner Pyjamahose.

»Du hast es neben meinem Bett liegen lassen«, sagt sie. »Ich dachte, du brauchst es nicht mehr.«

»Ich hab nicht …« Ricky und ich haben das Seil um die Kartons für die Tigerfalle gebunden. Aber wenn ich es mir jetzt überlege, kann ich mich nicht erinnern, das Seil gesehen zu haben, als der Tiger letzte Nacht da war – nur die Kartons.

Sam zuckt die Schultern und wirft das Seil aus dem Fenster. Es zurrt sich am Bettgestell fest, und ich beuge mich hinaus. Das Seil baumelt dicht über dem Boden. »Im Ernst jetzt? Was hast du vor?«, frage ich.

Sam funkelt mich an. »Sei still.«

»Was machst du?«, flüstere ich.

Sam zuckt die Schultern. »Rausschleichen«, sagt sie, als wäre das offensichtlich. »Ich ersticke noch in diesem Haus.«

Ich starre sie an. »Was? Du läufst weg?« Halmoni ist aus Korea weggelaufen. Mom ist vor Halmoni weggelaufen. Und jetzt läuft Sam vor uns allen weg. Vielleicht kann sie nichts dafür. Vielleicht liegt es in ihren Genen. Vielleicht ist das die Superkraft der Familie.

»Nein, Lily. Natürlich nicht. Ich bin vor morgen früh wieder zurück.« Sie packt ihren Rucksack und hievt sich hoch, bis sie auf dem

Fenstersims sitzt, mit dem Rücken nach draußen. Mein Magen krampft sich zusammen bei diesem Anblick – sie braucht sich nur ein bisschen zurückzulehnen, dann purzelt sie aus dem Fenster.

Ich spüre ein Ziehen in meiner Brust. Die Tigerin ist unten. Ich merke es. Sie wartet. Ist ungeduldig. Und hungrig.

Aber ich will Sam nicht allein lassen, und ich will auch nicht, dass sie mich allein lässt. »Wo gehst du hin?«, frage ich sie.

»Und du?«, schießt sie zurück. »Ich hab dich die Treppe runterschleichen sehen.«

Wir starren einander an, jede will in das Geheimnis der anderen eingeweiht werden, aber keine will ihr eigenes preisgeben.

Sam schüttelt den Kopf. »Wir versprechen uns einfach, dass wir Mom nichts sagen. Okay?«

Ich zögere. »Schwörst du, dass du keine Dummheiten machst?«

»Ja. Ich bin rechtzeitig zurück.« Ihr Blick wird weicher. »Und du auch?«

Ich strecke meinen kleinen Finger aus. Der Kleine-Finger-Schwur.

Vor langer, langer Zeit weinte die kleine Schwester. »Ich fürchte mich im Dunkeln«, sagte sie.

Und die ältere Schwester sagte zu ihr: »Ich bin dein Mond. Ich werde dich beschützen, und du musst dich nie wieder fürchten.«

Sam schlingt ihren kleinen Finger um meinen, und wir drücken beide zu. Dann packt sie das Seil und klettert aus dem Fenster, steigt hinunter ins Unbekannte – während ich die Treppe nehme.

Vor langer, langer Zeit jagte ein Tiger zwei Schwestern durch die ganze Welt. Und gerade als sie das Ende erreichten und der Tiger sich auf sie stürzen wollte, um sie zu verschlingen, fiel ein magisches Seil vom einen Ende des Himmels herunter und eine magische Leiter vom anderen.

In der Geschichte bringen sich die Schwestern jedes Mal in Sicherheit, indem sie hinaufklettern. Was aber würde passieren, wenn sie auf die Erde zurückkehren – nicht zusammen, sondern getrennt? Wenn sie merken, dass unten die Tiger auf sie warten?

KAPITEL 27

Die Tigerin läuft hin und her, ihre Muskeln spielen unter dem Fell, als sie die Falle umkreist, die sie nicht gefangen halten konnte. Sie überquert das schmale Lichtband, das durch die Fensterluke fällt, und ihr Fell glüht geradezu, als würde der Mond ihre Streifen in Brand setzen.

Ich schnappe bei dem Anblick nach Luft, aber ich stelle fest, dass ich nicht mehr so viel Angst habe.

»Einen Tiger darf man nicht warten lassen.« Die Tigerin plumpst auf ihre Hinterbeine und setzt sich, als ich an der Treppe unten ankomme. »Weißt du das nicht?«

»Tut mir leid«, sage ich, obwohl ich innerlich die Augen verdrehe. Warum entschuldige ich mich bei ihr? Ich muss mehr Selbstbewusstsein ausstrahlen.

Sie gibt einen Laut von sich, der verdächtig nach Halmonis missbilligendem Zungenschnalzen klingt. »Und? Wo sind meine Reiskuchen?«

»Sag: ›Bitte‹.« Es soll selbstsicher und gebieterisch klingen, aber sie wirft mir einen Blick zu, so scharf wie ihre Zähne.

»Ach, egal«, murmle ich und halte ihr den Teller hin.

Sie verschlingt die Kuchen mit einem Happs, leckt sich die Lippen und legt den Kopf zur Seite. »Hm, ungewohnt«, sagt sie. »Nicht, wie ich sie mache. Aber annehmbar. Und jetzt die Geschichte.«

Ich atme aus und tue, was sie verlangt – ich öffne das Sternenglas und verschütte den Himmel.

Vor langer, langer Zeit, als Menschen noch brüllten wie Tiger, zehntausend Tage und zehntausend Nächte nachdem ein Gestaltwandler in den Himmel hinaufgeklettert war und die Sterne erschaffen hatte, lebte ein junges Mädchen mit ihrer Halmoni in einem kleinen Haus am Meer. Sie lebten dort allein, nur sie beide, und führten ein ruhiges Leben.

Jeden Abend wollte die Halmoni dem Mädchen die Geschichte ihrer Familie erzählen. Aber das Mädchen hatte Angst. Die Geschichten waren so dunkel – wie die Dunkelheit, die unter ihrem Bett und hinter den Sternen lauerte. »Nein, Halmoni«, sagte das Mädchen. »Erzähl sie mir später. Sing mir lieber was vor.«

Seufzend legte die Halmoni ihre Geschichten weg und sang:

Gute Nacht, Sterne,
gute Nacht, Luft,
gute Nacht, Geräusche des Tages ...

Während sie sang, machte die Enkelin sich eine Tasse Abendtee und starrte in den Himmel hinauf. Und manchmal, wenn sie so dasaß und die Sterne betrachtete, kam es ihr vor, als wären diese Lichter extra für sie dort oben aufgehängt – obwohl sie nicht sagen konnte, warum.

Solange der Tee zog, träumte das Mädchen von den Sternen und fingerte an ihrem Anhänger herum, einem Erbstück ihrer Mutter, die sie nie gekannt hatte.

Und eines Nachts, als die Enkelin den Tee einschenkte, rutschte ihr die Tasse aus der Hand. Sie zerbrach, und die bernsteinfarbene Flüssigkeit ergoss sich über den Tisch. »Halmoni, mir geht es nicht gut.«

»Komm näher«, sagte die Halmoni.

Die Enkelin rückte näher, beugte sich über den Tisch, und die Halmoni packte ihr Handgelenk.

Es war viel heißer als sonst. Und obwohl die Haut des Mädchens wie immer aussah, fühlte sie sich rau an wie verfilztes Fell.

»Aii-yah, es ist zu spät. Ich hätte sie dir früher erzählen müssen, die Geschichten, die du kennen musst.«

Die Enkelin wand sich in ihrem Griff, und als sie sich schließlich losriss, fiel das Mondlicht auf ihr glänzendes schwarzes Haar und hob eine blendend weiße Strähne darin hervor.

Vor den Augen der Großmutter verwandelte sich das Mädchen – es wurde halb Mensch, halb Tiger.

Dunkle Magie. Ihre Enkelin war verflucht, so wie schon ihre Tochter vor ihr.

»Du musst dagegen ankämpfen«, beschwor die Halmoni sie.

Aber es nützte nichts, und das Mädchen verwandelte sich immer weiter und weiter.

Sie fühlte sich in ihrer eigenen Haut gefangen und wollte heraus. Ihr Tigerherz tobte. Ein wildes Geschöpf war die Enkelin jetzt, rollte mit ihren schrecklichen Augen und knirschte mit ihren schrecklichen Zähnen.

Das Meer weckte ihre Tigerseite, und sie lechzte danach, die Freiheit und das Salz auf ihrer Zunge zu schmecken. Sie träumte davon, in einen endlosen Horizont zu schauen, die Sterne zu stehlen, die ganze Welt zu verschlingen.

Irgendwo im tiefsten Inneren wusste das Mädchen: Das hier war die Magie ihrer Mutter. Ihre Mutter hätte die Wildheit verstanden, die in ihr geweckt worden war.

Die Halmoni wusste nicht, was sie tun sollte. Also sperrte sie ihre Enkelin ein.

Vergebens.

Eines Nachts lief das Tigermädchen weg und folgte der Geruchsspur, die die Geschichten ihrer Mutter hinterlassen hatten.

Sie lief zum Meer, das Wasser teilte sich vor ihr und sie durchquerte den Ozean, bis zum anderen Ende der Welt.

Das geteilte Meer schlug wieder zusammen, bevor die Halmoni ihr folgen konnte, was ihr das Herz brach. Teils weil ihre Enkelin fort war, teils weil sie ihr nicht helfen konnte.

Am allermeisten aber quälte sie die Angst, dass ihre Enkelin nie erfahren würde, wie sehr ihre Halmoni sie liebte.

Ja, ihr Herz war gebrochen, aber sie gab nicht auf.

Sie liebte das Mädchen noch immer. Und sie wollte, dass es nach Hause kam. Tiger hin oder her.

Und so nahm sie in jeder Vollmondnacht ein Einmachglas vom Regal und flüsterte ihr Herz hinein. Sie füllte die Gläser mit Liebe. Eine neue Art von Magie.

Sie wusste nicht, wohin das Mädchen gegangen war, aber in jeder Vollmondnacht setzte sie ein Glas ins Wasser, in der Hoffnung, dass der Ozean es durch die Welt tragen würde.

Monat für Monat schickte sie ein neues, bis ihr eines Tages die Gläser ausgingen. Dennoch verlor sie nicht die Hoffnung. Die Hoffnung ist ein seltsames, beharrliches Ding.

Die Halmoni glaubte fest daran, dass ihre Liebe auf irgendeine Weise den Weg zu ihrer Enkelin finden würde.

Und dann würde ihre Enkelin den Weg nach Hause finden.

Als die Geschichte zu Ende ist, frage ich die Tigerin: »Wenn das Mädchen diesen Perlenanhänger hatte, war sie dann die Tochter des Tigermädchens aus der ersten Geschichte?«

Die Tigerin starrt aus dem kleinen Fenster. In dem Licht sieht sie verloren, ja beinahe traurig aus, aber als sie sich zu mir umdreht, glühen ihre Augen im Dunkeln. »Vielleicht. Es sieht ganz danach aus.«

»Aber wenn es so ist, hätte sie doch nicht verflucht werden dürfen! Der Himmelsgott hat gesagt, er würde sie heilen. Er hat gelogen!« Ich fühle mich betrogen. Eine Geschichte braucht ein Happy End.

Die Tigerin seufzt. »Leider sind die Himmelsgötter nicht so zuverlässig. Vielleicht hatte er eine andere Vorstellung von ›geheilt‹. Vielleicht hat er einen Fehler gemacht. Oder er war nicht so mächtig, wie er behauptete – vielleicht konnte er ihr Herz nicht beeinflussen.«

Ich starre die Tigerin an. »Aber was ist am Ende mit der Enkelin passiert?«

Sie senkt den Kopf. »Die ist fortgegangen.«

»Und hat sie je nach Hause zurückgefunden?«

Als die große Katze den Mund öffnet, liegt eine neue Schärfe in ihren Worten: »Die Geschichte ist zu Ende.«

»Aber die Halmoni hätte sich noch mehr anstrengen können, oder? Sie hätte herausfinden müssen, wie man den Tigerfluch brechen und alles wieder in Ordnung bringen kann?«

Ein Knurren rollt durch den Körper der Tigerin. »Tigerblut ist nicht das Problem. Oder glaubst du das immer noch?«

»Ja, natürlich.« Ich sehe Sam vor mir, wie sie aus dem Fenster klettert, und ich frage mich, ob ich eines Tages auch weglaufen werde. Ob diese Wildheit auch in mir lebt – und vielleicht ist es so. Manchmal spüre ich es, spüre, wie es in mir brodelt, und ich bin wütend auf die Geschichte, weil sie das erkannt hat. »Das Tigerblut hat sie zu wild gemacht, deshalb ist sie von ihrer Halmoni weggelaufen und dann waren beide traurig. Was, in aller Welt, ist das für eine Geschichte?«

»Eine gefährliche.«

Ihre Worte dröhnen mir in den Ohren. »Wie soll diese Geschichte meine Halmoni heilen?«

»Bei einer Heilung geht es nicht um das, was wir wollen, sondern um das, was wir brauchen. Das gilt auch für Geschichten.«

Ich habe so ein seltsames Gefühl, bis zum Bersten angefüllt zu sein. Als würde ich jeden Moment explodieren. Aber ich sage nur: »Ich möchte, dass es Halmoni besser geht.«

Ich kann die Augen der Tigerin nicht lesen. Ein beinahe zärtlicher, beinahe wütender Ausdruck liegt darin – und noch etwas anderes. »Ich komme morgen wieder. Und spar dir die Mühe, noch einmal solche missglückten Reiskuchen mitzubringen.«

Die Tigerin tritt näher, sodass ich ihren Atem auf meiner Haut spüre – ich rieche ihn, ein bisschen fischig, mit einem Hauch von Traubengelee. »Bring mir das letzte Sternenglas. Und sei pünktlich. Dir läuft die Zeit davon.«

KAPITEL 28

Im Wohnzimmer ist es still außer dem Ticken der alten Standuhr. Ich schleiche auf Zehenspitzen an Mom vorbei und achte sorgfältig darauf, die knarzenden Dielenbretter zu umgehen.

Das Glas trage ich in der einen Hand, den leeren Reiskuchenteller in der anderen. Ich gehe zur Spüle und stelle den Teller hinein. Ganz behutsam, ganz leise.

Es klirrt, als ich den Teller absetze, und ich halte den Atem an, aber Mom wacht nicht auf. Jetzt müsste ich so schnell wie möglich die Treppe hinaufgehen, doch ich zögere einen Augenblick und halte das Sternenglas ans Fenster.

Das Glas fühlt sich jetzt anders an. Nicht mehr so schwer. Und ich spüre, wie es das Mondlicht einfängt und bündelt, um es direkt in mich hineinzujagen.

»Lily?«

Ich lasse beinahe das Glas fallen, als ich zu Mom herumwirble, die auf der Couch liegt und sich den Schlaf aus den Augen reibt. »Warum bist du auf?«, fragt sie.

»Ich wollte nur … ich hab Hunger.« Mit zitternden Händen stelle ich das Glas auf die Theke.

Ich warte darauf, dass Mom mich nach dem Glas fragt, dass sie mir einen Vortrag hält, wie spät es ist und wie wichtig ein regelmäßiger Schlaf, besonders in so stressigen Zeiten. Aber sie gähnt nur und steht auf.

Dann setzt sie ihre Brille auf, streckt ihren Rücken durch, geht direkt am Sternenglas vorbei und reißt die Kühlschranktür auf. »Was willst du essen?«

»Ähm …«, stottere ich.

Mom durchsucht den Kühlschrank, während sie sich wachblinzelt, und schließlich zieht sie Halmonis Plastikdose mit dem Kimchi heraus. »Wie wär's damit?«, fragt sie und hält die Dose hoch.

Ich nicke, weil ich meiner eigenen Stimme nicht traue. Ich werfe einen verstohlenen Blick auf das Sternenglas, aber Mom ist zu sehr von ihrem Kimchi abgelenkt, um es zu bemerken.

Sie setzt sich auf die Theke und klopft einladend auf den Platz neben sich.

Ich zögere, weil dieses Verhalten so untypisch für Mom ist. Aber dann hüpfe ich zu ihr hinauf, obwohl ich insgeheim darauf warte, dass sie mich ausschimpft.

Aber nichts. Mom schraubt einfach den Deckel ab und fischt mit den Fingern ein Kimchi-Stück heraus. Dann lässt sie es direkt in ihren Mund fallen und schmatzt mit den Lippen.

Als sie mir die Dose hinhält, starre ich meine Mutter entgeistert an. Wahrscheinlich wird sie jeden Moment aufwachen und merken, dass sie schlafwandelt. Und schlaf-isst. Und eiserne Schlafregeln bricht.

Mom lacht. »Lily. Du starrst mich an, als ob ich ein dreiköpfiges Monster wäre.«

»Es ist nur …«

Sie hält die Kimchi-Dose näher zu mir. »Iss.«

Ich nehme ein Stück und kaue es, lasse den würzig-sauer-salzigen Geschmack in meinen Magen sinken.

Vielleicht ist mitten in der Nacht nichts unmöglich. In solchen Momenten zwischen Wachen und Träumen könnten sich Geister hereinstehlen – aber auch Liebe.

Mom schlingt ihren Arm um mich und zieht mich an sich. »Es tut mir leid, Lily«, flüstert sie mir ins Ohr. »Ich würde die Welt fernhalten, wenn ich könnte. Ich würde all deinen Kummer von dir nehmen. Aber du hast schon so viel Schlimmes durchgemacht. Es tut mir leid, dass ich dich nicht davor beschützen konnte.«

Ich beiße mir in die Wange. Obwohl es ungerecht ist, würde ich ihr am liebsten sagen: »Und warum nicht? Warum konntest du es nicht?«

Aber ich denke an das Tigermädchen, das ihr Baby zurücklassen musste, um es zu beschützen. Und an die Halmoni, die ihrer Enkelin sagte, dass sie sich verstecken und kämpfen soll.

Dieser Schutz hat nichts geholfen. Am Ende wurde dadurch alles nur noch schlimmer.

Mom schaut mich an, und ihre Augenbrauen gehen ein bisschen in die Höhe, als ob sie etwas Erstaunliches an mir bemerken würde – etwas Neues.

Sie will etwas sagen, da fällt ihr Blick auf das Sternenglas. »Wo hast du das her?«, fragt sie.

Mein Herz gerät ins Stolpern. »Ähm … das war in Halmonis alten Sachen …«

»Wow. Kommt mir irgendwie bekannt vor.« Mom runzelt die Stirn, ganz leicht. Ich habe das Gefühl, dass in ihrem Gesicht etwas aufschimmert – etwas wie Verstehen –, aber es ist sofort wieder weg. »Na ja, wahrscheinlich habe ich es irgendwo herumliegen sehen, als ich noch klein war.«

Sie rutscht von der Theke herunter und schraubt den Deckel wieder auf die Kimchi-Dose. »Geh wieder ins Bett, Lily. Und sieh zu, dass du noch ein bisschen Schlaf kriegst«, sagt sie zu mir. Ihre Stimme ist ganz weich. »Morgens ist immer alles leichter.«

KAPITEL 29

Am nächsten Tag wache ich spät auf, weil ich den ganzen Schlaf nachholen muss, den ich wegen der Tigerin versäumt habe. Sam ist nicht da, aber das Fenster ist geschlossen, und das Seil liegt zusammengerollt unter ihrem Bett, was ein gutes Zeichen ist.

Ich ziehe mich an und flechte meine Zöpfe, dann sehe ich nach den Gläsern unter meinem Bett. Das große habe ich gestern Nacht mit hochgenommen, und jetzt sind wieder alle zusammen, in einer Reihe aneinandergeschmiegt wie eine kleine Familie.

Ich gehe die Treppe hinunter, doch nach ein paar Schritten bohrt sich etwas Scharfes in meine nackten Füße. Ich hebe einen Fuß hoch und sehe, dass es Reis ist – ungekochte Körner, über die Treppe verstreut. Das ist seltsam, aber ich kann nicht weiter darüber nachdenken, denn als ich hinunterkomme, sehe ich, dass Halmoni genug koreanisches Essen gekocht hat, um die ganze Küche damit zu füllen.

Sam hilft ihr, summt vor sich hin, während sie die fertigen Gerichte zum Tisch trägt, und mich durchströmt Erleichterung, als ich meine Schwester vor mir sehe. Sie stellt Mandu auf den Tisch, und ich ertappe sie beinahe bei einem Lächeln. Aber es verschwindet genauso schnell, wie es gekommen ist, und sie schüttelt den Kopf.

Wenn ich nur wüsste, was sie denkt. Dann könnte ich vielleicht die Hand ausstrecken und ihr Lächeln auffangen, bevor es auf den Boden fällt und zerbricht.

Mom macht die Küche sauber, weil sie das immer macht, aber selbst sie wirkt glücklich. Sie wiegt sich im Rhythmus der Musik, die aus Sams Handy ertönt – einer der Songs, die Sam so gut findet: Rock-Cover mit Saiteninstrumenten.

Halmoni sieht glücklich und gesund aus. Sie trägt einen rosa-violetten Schal über ihrem Haar und würzt lächelnd die Naengmyeon, meine Lieblingsnudeln. Wenn Halmoni kocht, dehnt sich das Haus förmlich aus, als würde es tief Luft holen, um die Aromen des Essens in sich einzusaugen.

Die Decke wirkt höher, die Wände scheinen weiter, und die Dielen rumpeln wie ein leerer Magen, als ich in die Küche komme.

»Macht ihr Zesa?«, frage ich.

Sam schüttelt den Kopf. »Nö. Einfach Mittagessen, nur für uns. Die Geister werden es verkraften.«

Halmoni lächelt mich an. »Du hungrig?«, fragt sie. Ohne auf eine Antwort zu warten, nimmt sie ein Stück Kimchi zwischen zwei Finger und hält es mir hin. »Schnell essen, damit Geister nicht sehen«, flüstert sie mir zu.

In diesem Moment ist sie meiner Mutter so ähnlich, dass ich zur Spüle hinüberschaue, wo Mom eine Schüssel blank rubbelt. Mom sieht die Ähnlichkeit offenbar auch, denn sie zwinkert mir zu.

Mir wird warm ums Herz, weil die vergangene Nacht ein Geheimnis zwischen uns ist. Und das ist schön, denn Mom und ich haben nie Geheimnisse miteinander.

Ich esse das Kimchi und Mom sagt: »Ich warte schon die ganze Zeit darauf, dass du aufwachst, Lily. Ich habe heute Morgen mit Rickys Dad gesprochen und …«

»Jetzt du, Joanie«, fällt Halmoni ihr ins Wort, packt ein Stück Kalbi und versucht, Mom das Rindfleisch in den Mund zu stecken.

Mom protestiert, duckt ihren Kopf vor dem Fleisch weg, aber Halmoni lässt nicht locker, will es ihr partout in den Mund schieben.

»Das ist absurd«, sagt Mom. Sie läuft zur anderen Seite des Wohnzimmers, so erschrocken, dass sie auflacht.

Halmoni jagt sie, bewegt sich erstaunlich schnell. An ihren Fingerspitzen baumelt das Kalbi. »Du isst jetzt! Du isst!«

Ich schaue zu Sam hinüber, die unwillkürlich grinst. »Wenn sie weiter so viel Lärm machen, locken sie noch alle Geister aus der Nachbarschaft an«, sagt sie und ich lache.

Endlich gibt Mom sich geschlagen und öffnet den Mund. »Um Himmels willen, Mutter«, sagt sie, den Mund voller Kalbi.

»Du hörst jetzt«, sagt Halmoni zu Mom. »Geister sagen, du brauchst Ruhe. Du musst aufhören, Sorgen machen.«

Moms Augenbrauen ziehen sich zusammen. Noch ist kein Sturm im Anzug, aber die Atmosphäre hat sich verändert. »Du weißt, warum ich mir solche Sorgen mache.«

Halmoni hebt abwehrend ihre Hände hoch. »Ich sage das nicht. Geister sagen das.«

Als Mom die Augen verdreht, wechseln Sam und ich einen Blick. Sam nickt in Richtung Dachzimmer. Lass uns hochgehen, formt sie mit den Lippen.

Aber ich will nicht hochgehen. Ich will hierbleiben und den glücklichen Moment zurückholen.

»Halmoni«, sage ich, um sie abzulenken. »Was sollen wir sonst noch für das Essen vorbereiten?«

Halmoni dreht sich um, schlurft durch den Raum und packt mich an den Handgelenken. »Lily, Geister sagen dir, du musst vorsichtig sein. Pass auf! Pass auf! Das sagen sie zu mir.«

Ich schlucke und lüge: »Mach ich doch.« Ich spüre, wie Sam neben mir mich anstarrt, drehe mich aber nicht zu ihr um.

Halmoni beugt sich zu mir vor, und ihr Blick fällt auf meinen Hals, auf den Perlenanhänger, der direkt über meinem Herzen liegt. »Wo hast du Perle her?«

Ich will zurückweichen, aber sie hält mich an den Handgelenken fest. »Wieso?«, verteidige ich mich. »Was soll das? Du hast mir die Kette doch selber gegeben.«

»Nein, das meine. Jemand gibt mir vor langer, langer Zeit. Jaja, ich erinnere mich.« Sie schüttelt den Kopf. »Aber ich gebe es dir nicht. Warum sagst du das?«

Ich weiß nicht, was ich darauf antworten soll, aber dann springt Sam für mich ein. »Doch, Halmoni, du hast sie ihr gegeben. Weißt du nicht mehr?«

Halmoni dreht sich um, geht zu Sam und lässt ihre Finger über Sams weiße Strähne gleiten. »Das hier wie ich, als ich zu Hause. So lange her. So lange. Ich versuche zu vergessen.«

Mir läuft es kalt über den Rücken. Der Anhänger. Die weiße Strähne. Beides kam in der Geschichte vor.

Das ist also eine weitere Konsequenz. Wie viele kann ich noch verkraften? Wie viele kann Halmoni verkraften?

Mom greift ein, zieht Halmoni von Sam weg. »Mach ihnen keine Angst«, flüstert sie. »Lass uns jetzt essen.«

Halmoni schaut verwirrt zwischen Sam und mir hin und her. Ihre Augen fokussieren nicht richtig, als würde sie in eine andere Welt schauen.

Aber als Halmoni meinem Blick begegnet, schreckt sie zurück. »Ein Tiger«, zischt sie.

Ich weiche auch zurück. »Was? Nein, Halmoni. Ich bin's doch nur.«

Das Blut rauscht mir in den Ohren. Die Welt steht kopf. Ich würde am liebsten vor ihr weglaufen.

Halmoni schwankt ein bisschen. Taumelig. Unsicher.

Ich warte darauf, dass sie mich erkennt. Mich sieht. Ich bin doch ihre kleine Eggi. Ihre Lily Bean.

Aber sie runzelt die Stirn. »Du bist ...«

Ich warte darauf, dass sie ihren Satz beendet – warte und warte –, aber es kommt nichts mehr.

Und plötzlich merke ich, dass sie sich nicht erinnern kann.

Und nicht nur das – ich nehme etwas noch Schlimmeres wahr. Einen Anflug von Panik in ihren Augen. Das Problem ist nicht, dass sie sich nicht an meinen Namen erinnert. Sie erinnert sich nicht an *mich*.

Sie kennt mich nicht.

Sieht mich nicht.

Mir zieht es den Boden unter den Füßen weg, weil das nicht mehr Halmoni ist. Es ist eine Fremde in Halmonis Körper.

Halmoni ohne ihre Erinnerungen, wer ist das?

Und wer bin ich ohne Halmoni?

Mit brüchiger Stimme flüstere ich: »Ich bin's doch, Lily Bean.«

Halmoni setzt ein künstliches Mom-Lächeln auf. »Ja, meine Lily Bean. Ich ... ähm ... ich gehe jetzt ausruhen.« Sie küsst mich auf die Stirn, und ich zucke zusammen.

»Komm, Mama«, sagt Mom, führt sie in ihr Schlafzimmer und schließt die Tür hinter sich. Sperrt uns aus.

»Ist schon okay.« Sam holt zittrig Luft. »Das ist nur vorübergehend. Sie ist bald wieder normal.«

Ich nicke, aber ich bringe keinen Ton heraus.

»Die Bücherei!«, ruft Sam plötzlich aus heiterem Himmel.

Ich blinzle sie an, brauche eine Weile, um in die Wirklichkeit zurückzukehren.

»Jensen macht heute Schilder und so.« Sam packt ihre Regenjacke und schlüpft hinein. »Komm schon.«

Richtig. Ich erinnere mich dunkel, dass Ricky davon gesprochen hat. Aber ich weiß nicht, woher Sam das weiß. »Willst du das wirklich machen?«

Sam sieht einen Augenblick verwirrt aus, als würde sie immer an solchen Gemeinschaftsprojekten teilnehmen und könne meine Frage gar nicht verstehen. »Ja, klar. Jensen und ich haben … geredet. Und ja, ich helfe gern mit.« Sie schaut mich an, einen hilflosen Ausdruck in den Augen. »Und ich will jetzt nicht hier sein.«

Noch bevor ich antworten kann, ist sie zur Tür hinaus, und mir bleibt nur eine winzige Sekunde, um mich zu entscheiden. Bleiben oder mitkommen?

Ich bin nicht in der Stimmung, Smalltalk mit anderen Leuten zu machen und so zu tun, als ob alles in Ordnung wäre. Aber ein Blick auf Halmonis geschlossene Tür erleichtert mir die Entscheidung.

Ich kann hier auch nicht bleiben.

KAPITEL 30

Als Sam und ich zur Bücherei kommen und die Tür öffnen, schallt uns laute Musik entgegen. Und Gelächter.

Die veränderte Atmosphäre verwirrt mich.

Auf der einen Seite des Raums steht Jensen mit einem Mädchen und einem Jungen in ihrem Alter um einen Laptop herum. Und auf der anderen sitzt Ricky, den Rücken zu mir, mit zwei anderen Jungen an einem Tisch. Ich bin völlig überfordert und will sofort kehrtmachen, aber Joe hält mich auf.

»Lily!«, ruft er – beinahe lächelnd – über die laute Popmusik hinweg.

Ich gehe zu ihm und mache ihn mit Sam bekannt, die ihm die Hand gibt und ihn anlächelt, als wäre alles bestens und wir hätten keine einzige Sorge auf der Welt.

Joe holt einen Muffin unter seinem Schreibtisch hervor und gibt ihn mir. Ich nehme ihn, ohne zu wissen, was ich damit anfangen soll.

»Hab gerade ein paar Testmuffins gebacken«, erklärt er. Sein Schnurrbart zuckt leicht über seinem Lächeln. »Bin gespannt auf dein Urteil.«

Er meint es gut, aber ich glaube nicht, dass ich den Muffin hinunterbekomme. Ich bin einfach zu aufgewühlt. Und ich habe das ungute

Gefühl, dass auf meiner Stirn in Großbuchstaben KRANKE GRANDMA geschrieben steht. Und so will ich der Welt nicht entgegentreten.

Aber Jensen hat uns bereits entdeckt und tanzt zu uns herüber, wippt im Rhythmus der Musik mit den Hüften. »Sam!« Ihr Lächeln ist so breit, dass sich in ihren Wangen doppelte Klammern bilden. »Und Lily! Mann, bin ich froh, dass ihr da seid.«

Sie schaut Sam zwei Herzschläge lang an, dann sagt sie: »Kennst du dich mit Computern aus? Wir entwerfen gerade einen E-Mail-Newsletter für die Bibliothek und jagen Joe eine Höllenangst mit dieser ganzen neumodischen Technik ein.«

Sam lacht, und wenn ihre Schultern nicht so verkrampft wären, könnte man meinen, dass sie alles vergessen hat, was gerade passiert ist.

Jensen zerrt sie weg, und ich stehe allein vor Joes Schreibtisch.

Genau das ist der Grund, warum ich Sam nicht hierhaben wollte. Wo sie auftaucht, ist kein Platz für mich. Mist. Zu Hause halte ich es nicht aus. Aber hier auch nicht. Ich bin verloren.

»Lily.« Joe räuspert sich. Er sieht besorgt und irgendwie verlegen aus. »Was ist denn?«

»Nichts. Ich muss weg«, sage ich, obwohl ich nicht wirklich nach Hause will.

Joe runzelt die Stirn. »Willst du nicht zu diesem Krachmacher und seinen beiden Freunden dort drüben gehen?«

Ich schaue zu Ricky und seiner Gruppe hinüber und schüttle den Kopf.

Joe seufzt, und dann, als würde er es im selben Moment schon bereuen, schlägt er vor: »Du kannst mit mir reden.«

Was ich nicht will, aber es ist, als hätte er ein Zauberwort gesagt, und plötzlich bricht alles aus mir hervor: »Meine Halmoni hat uns immer Geschichten erzählt, als ich noch klein war. Schöne Geschichten. Aber jetzt habe ich diese neuen Geschichten gehört, und die sind ganz anders. Unheimlich. Ich glaube, sie sind sogar … gefährlich, weil sie die Dinge auf eine Weise verändern, die nicht gut ist. Es ist auch alles noch schlimmer geworden, und das nur, weil ich nicht auf Halmoni gehört und mich auf diese neuen Geschichten eingelassen habe …«

Ich merke, dass ich wirres Zeug rede, hole tief Luft und füge hinzu: »Ich möchte einfach, dass es wieder wie früher ist. Ich will nicht, dass sich alles verändert.«

Dann klappe ich erschrocken den Mund zu, weil ich so viel von mir preisgegeben habe. Obwohl es guttut, sich zu öffnen. Ich schaue zu Sam und Jensen und Ricky und den anderen zurück – aber die sind beschäftigt und hören mich sowieso nicht bei der lauten Musik.

Joe nickt langsam. »Wenn man älter wird, sammelt man mehr Wissen an und sieht die Dinge in einem anderen Licht. Dadurch können sich die Geschichten, die du dir erzählst, natürlich auch manchmal … verändern.«

Ich ringe meine Hände. »Aber was, wenn diese Geschichten nicht so sind, wie man es möchte?«

Joes Blick wird weich. »Weißt du, warum ich Bibliothekar geworden bin?«

Ich warte darauf, dass er es mir erzählt, weil ich es natürlich nicht wissen kann.

»Dewey«, sagt er. »Der mit dem Dezimalsystem.«

Ich weiß nicht, ob das ein Witz sein soll, aber er fährt fort: »Ich liebe Ordnung. Organisation. Die Vorstellung, dass alles Wissen der Welt gut geordnet ist – katalogisiert –, dass alles seinen Platz hat. Das gefällt mir.«

Er räuspert sich. »Aber ich mache diese Arbeit nun schon sehr lange. Und eins habe ich dabei gelernt: In einer Geschichte geht es nicht um Ordnung oder Überschaubarkeit. Da geht es um Gefühle. Und Gefühle folgen keiner Logik. Geschichten sind wie …« Er hält inne, runzelt die Stirn, dann nickt er, weil er offenbar den richtigen Vergleich gefunden hat. »Wie Wasser. Wie Regen. Wir können sie nicht festhalten, weil sie uns unter den Fingern zerrinnen.«

Ich versuche mir nicht anmerken zu lassen, wie verblüfft ich bin. Joe wirkt sonst nicht gerade wie der romantische Typ.

Seine Augenbrauen ziehen sich zusammen wie zwei Raupen. »Das kann Angst machen. Aber Wasser bedeutet Leben, verstehst du? Es verbindet Kontinente miteinander. Und Menschen. Und in ruhigen Momenten, wenn das Wasser still ist, können wir unser eigenes Spiegelbild darin sehen. Verstehst du, was ich damit sagen will?«

»Ja, schon«, sage ich, obwohl ich mir nicht sicher bin.

Joes Augen schimmern jetzt beinahe feucht, und ich frage mich, was ihm wohl gerade zwischen den Fingern zerrinnt. Bisher war er nichts als ein knurriger alter Bibliothekar für mich, und jetzt sehe ich, dass ich nur eine Seite von ihm erfasst habe. Seine Geschichte ist so viel größer. Er hat schon ein ganzes Leben hinter sich, ein Leben, über das ich vielleicht nie etwas erfahren werde.

»Danke, Joe«, sage ich.

Er schaut über meine Schulter. »Tja, der Krachmacher da drüben wedelt schon wie verrückt mit den Armen.«

Hinter mir ertönt Rickys Stimme: »Lily!«

Ich drehe mich zu Ricky und den beiden anderen Jungen um. »Hallo«, ruft er grinsend. »Das sind meine Freunde, und jetzt natürlich auch deine.«

Er stellt sie mir vor – Connor, ein blasser Junge mit einer grünen Plastikbrille, und Adam, sommersprossig mit lockigem rotem Haar.

Das Trio passt gut zusammen. Alles Jungs, derselbe Hautton, dieselbe Größe, dieselbe überschäumende Energie.

Und jetzt ich? Das ist, als würde man eine Karotte in einen Obstsalat schmuggeln, in der Hoffnung, dass niemand den Unterschied merkt.

Ich versuche, normal zu sein. Mich nicht unsichtbar zu machen. So zu tun, als ob bei mir zu Hause alles in Ordnung wäre.

Aber ich bin so verkrampft, dass ich vergesse, den Mund aufzumachen. »Hi«, murmle ich schließlich und zwinge mich zu einem Lächeln.

Connor und Adam stehen um Ricky herum – mit ihm als Mittelpunkt. Ich habe ihn offenbar richtig eingeschätzt: Er ist einer der Glückspilze, an denen Freunde kleben bleiben.

»Hey, wie hast du es geschafft, Joe einen Muffin aus den Rippen zu leiern?«, sagt er.

Ich schaue auf meine Hand hinunter. Den Muffin hatte ich ganz vergessen und biete ihn jetzt Ricky an.

»Du bist die Beste«, sagt er, nimmt den Muffin und beißt hinein. »Die sind sooo gut. Aber ich brauche trotzdem noch einen Pudding.«

Connor, der mit der Brille, schnaubt: »Pudding, Ricky? Echt jetzt? Pudding ist krass.«

Ricky schüttelt beleidigt den Kopf. »Schokoladenpudding ist das Viertleckerste, was es gibt. Das weiß doch jeder.« Er schaut zu Jensens Tisch hinüber. »Ich frag Jensen, ob sie noch welchen dahat.«

Adam, der mit den Sommersprossen, schüttelt den Kopf. »Oh Mann, chill mal.« Er dreht sich zu mir um und lächelt, sodass sich winzige Knitterfältchen um seine Augen herum bilden. Er sieht irgendwie vertraut aus, obwohl ich nicht sagen kann, warum. »Und wo kommst du her, Lily?«

Eine Sekunde lang ist mein Kopf vollkommen leer. Dann sage ich: »Von der anderen Straßenseite.«

Aus irgendeinem Grund habe ich das Gefühl, dass das nicht die Antwort auf seine Frage ist, aber er nickt mir halb zu, so ein flüchtiges Kinnzucken. »Du meinst das Haus auf dem Hügel oben? Mit dieser Frau?«

»Das ist meine Oma.«

Connors Augenbrauen gehen in die Höhe. »Was? Die verrückte alte Frau ist deine Oma?«

Ich will ihm sagen, wie respektlos das gegenüber meiner Halmoni ist – *verrückt*. Aber mein Mund ist ganz trocken.

Connor redet weiter: »Wow, das ist cool. Ich hab gehört, dass sie zaubert und die Leute verflucht. Hat sie dir gezeigt, wie das geht? Kannst du andere mit einem Fluch belegen?«

Ich schaue Ricky an, warte darauf, dass er Halmoni verteidigt, dass er *mich* verteidigt. Aber er mampft seinen Muffin und nickt die ganze Zeit zustimmend.

Adam sagt: »Nein, es stimmt nicht, dass sie die Leute verflucht. Sie heilt sie. Meine Mom schwört auf Lilys Oma, weil sie ihr Asthma weggekriegt hat. Aber Mom glaubt auch an die Wahrsagerinnen im Fernsehen, also …« Und plötzlich fällt mir ein, warum er mir so vertraut vorkommt – ich habe seine Mom im Supermarkt gesehen. Sie haben die gleichen roten Haare und Sommersprossen. Sie ist eine von Halmonis Freundinnen.

Connor zuckt mit den Schultern. »Ich weiß nicht. Diese Hexenfrau ist echt unheimlich.«

Ich greife an meinen Hals, taste nach dem Anhänger – aber ich lasse ihn schnell wieder fallen. Er ist jetzt kein Schutz mehr.

Eine winzige Sekunde lang will ich Halmoni gar nicht verteidigen. Wünsche mir stattdessen, dass sie eine normale Oma wäre, die Brownies macht statt Kimchi. Die Schals strickt, statt gruselige koreanische Kräuter zu mischen.

Endlich greift Ricky ein, den Mund noch voller Muffinkrümel. »Lilys Oma ist nicht unheimlich, okay? Sie kann nichts dafür, dass sie so ist. Sie ist krank, sie leidet unter Halluzinationen, deshalb benimmt sie sich so komisch. Also, dass sie Angst vor Geistern und Tigern hat und so. Stimmt doch, Lily, oder?«

Der Boden klafft unter mir auf, wird ein großes schwarzes Loch – ein Tigermaul, weit aufgerissen –, und ich stürze hinein, werde mit Haut und Haar verschlungen.

Wie konnte er das verraten?

Was aber noch nicht mal das Schlimmste ist.

Das Schlimmste ist, dass er so redet, als wäre die Krankheit alles, was Halmoni ausmacht. Als wäre die Krankheit der Grund dafür, dass sie so ist, wie sie ist.

Aber Halmoni ist nicht so, weil sie krank ist. Sie ist so, weil sie Halmoni ist. Weil sie magisch ist.

So war sie immer.

Und was soll daran nicht in Ordnung sein? Aber Rickys Worte geben mir das Gefühl, dass etwas nicht stimmt mit ihr.

Halmoni kauft Reis und Pinienkerne und Kräuter, um Magie zu wirken, sie füttert die Geister, sie glaubt an all diese Dinge, die man nicht sehen kann. Sie lebt in einem Haus oben auf dem Hang, ein Haus, von wildem Wein überwuchert und mit Fenstern, die einen ansehen wie Augen, die nie blinzeln.

Sie ist eine Hexe, die über der Stadt lauert, wie eine Gestalt aus einem Märchen.

Sie ist nicht normal.

Ich bin nicht normal.

Und dabei dachte ich, Ricky wäre auf meiner Seite, aber das stimmt nicht. Er ist genauso grässlich wie die anderen beiden Jungen, und es war dumm von mir, zu glauben, dass wir Freunde werden könnten.

Ich fühle mich wie von grellem Scheinwerferlicht angestrahlt, und meine Augen fangen an zu brennen. Ich starre auf den Boden, flehe mich selbst an, nur ja nicht in Tränen auszubrechen.

Connor sieht verlegen aus, seine Augen schnellen zwischen Ricky und mir hin und her. »Pudding!«, stößt er hervor. »Ricky, du wolltest doch Jensen fragen, ob sie noch einen Pudding für dich hat …?«

»Ich hol dir einen«, sage ich, dankbar für diesen unverhofften Ausweg.

Dann gehe ich schnell weg. Ricky ruft mir etwas hinterher, aber ich ignoriere ihn – ich muss weg, nur weg von diesen Jungen. Ich gehe durch den Mittelgang an Sam und Jensen, ihren beiden Freunden und an endlosen Bücherreihen vorbei bis zum Personalraum ganz hinten in der Bücherei.

Hier ist es still, und das Schweigen fühlt sich an wie ein tiefes Aufatmen. Das Katzenposter lädt mich zum Bleiben ein.

Ich hole Luft und öffne den Kühlschrank, um einen Schokoladenpudding herauszunehmen.

Und plötzlich halte ich inne.

Bin ich bescheuert, oder was? Ricky hat mich beleidigt, und ich habe weder Halmoni noch mich selbst verteidigt. Und jetzt bringe ich ihm auch noch seinen verdammten Pudding!

Lächerlich. Typisches BAM-Verhalten.

Plötzlich schießt mir ein Gedanke durch den Kopf – ein Gedanke, der gar nicht zu mir passt, als käme er von ganz woandersher. Und während ich noch dastehe und auf den Pudding starre, nistet der Gedanke sich in meinem Magen ein, dick und schwer wie Erde.

KAPITEL 31

Bevor ich es mir anders überlegen kann, packe ich den Schokoladenpudding, mache mich unsichtbar und husche durch die Hintertür des Personalraums in den Regen hinaus.

Der Boden ist weich und schlammig und bei näherer Betrachtung sieht er nicht viel anders als Pudding aus.

Ich ziehe den Foliendeckel ab, sorgfältig und nur ganz wenig, damit man nicht merkt, dass der Becher schon geöffnet wurde, sofern man nicht ganz genau hinschaut. Dann lasse ich etwas Pudding auf den Boden fallen und schaufle Erde hinein.

Halmoni hat Dad mit Erde gefüttert, weil er zu viel geredet und zu wenig nachgedacht hat. Und wenn Ricky einen Fluch will, kriegt er einen. Ich halte meine Hände über den Pudding und konzentriere mich mit aller Kraft darauf. Ich komme mir lächerlich dabei vor, aber auch mächtig.

Ich bin nicht schwach, ich bin kein braves Mädchen. Ich werde meine Halmoni verteidigen. Ich bin mutig, und ich habe einen starken Glauben.

Ich starre beschwörend auf den Pudding: Sei nett, Ricky. Denk nach, bevor du redest. Und dann, um das Maß vollzumachen, füge ich hinzu: Und ich wünsche dir, dass du Bauchschmerzen bekommst.

Mein Herz schreit wild in meinen Ohren, ich warte geradezu darauf, dass Jensen oder Joe mich erwischen, aber niemand außer mir ist hier draußen. Niemand außer …

Als ich aufschaue, sitzt die Tigerin vor mir, ihr Schwanz tanzt im Regen.

»Was machst du hier?«, frage ich und wische mir die Regentropfen aus den Augen.

»Was? Warum soll ein Tiger nicht in die Bücherei gehen dürfen? Zufällig ist das mein Lieblingsplatz.«

Ich starre sie an. »Was willst du?«

Wortlos hebt sie eine Schulter, und ihre Streifen kräuseln sich wie Wellen. »Ich beobachte nur. So wie ihr Menschen uns im Zoo beobachtet.«

Ich lasse den Pudding sinken, sodass mir der Regen in den Mund läuft, und sage: »Halmoni hat heute das mit dem Anhänger und Sams weißer Strähne vergessen.«

»Vergessen oder erinnert?«

Ich funkle sie an. Ich habe langsam genug von ihren Rätseln.

»Du musst das Ende erreichen …«

»Und dann? Ist Halmoni dann geheilt? Und sind die Geschichten dann nicht mehr so unheimlich? Sag mir, was passiert.«

Die Tigerin antwortet nicht.

»Warum glauben immer alle, sie müssten die Dinge vor mir verheimlichen? Ich hasse das. Genauso wie ich es hasse, wenn die Leute so tun, als ob ich gar nicht da wäre oder nicht zähle oder zu nichts zu gebrauchen bin oder was auch immer.«

Der Pudding zittert in meinen Händen. »Ich bin kein unsichtbares kleines Mädchen. Ich bin kein BAM.« Ich wirble herum und gehe zur Hintertür zurück.

»Ich habe mich in dir getäuscht«, sagt die Tigerin.

Ich halte inne, drehe mich aber nicht um. Mein Nacken kribbelt.

»Anscheinend hast du doch eine Tigerseite.«

Ich wirble zu ihr herum, und da sitzt sie und beobachtet mich, während ihr Schwanz hin und her peitscht.

Eine Sekunde lang fühlen sich ihre Worte beinahe wahr an. Ich bin wild und stark. Niemand kann mich aufhalten, es ist, als könnten meine Zähne sich in scharfe Klingen und meine Nägel in Klauen verwandeln. Als könnte ich für mich selbst eintreten, sodass mich niemand übersehen kann.

Aber ich bin nicht wie sie, denn sie ist die Böse und ich bin die Heldin. Ich bringe etwas in Ordnung, sei es nun Rickys Respektlosigkeit oder Halmonis Krankheit. Ich mache die Dinge besser, und ich trickse andere Leute nicht aus, indem ich sie *auf das Ende* warten lasse, während schlimme Dinge passieren.

»Ich bin kein Monster«, sage ich zu ihr. »Lass mich in Ruhe.«

Sie schnalzt mit der Zunge, die mit einem scharfen Laut gegen ihre Zähne schrappt. »Wie du meinst.«

Und dann, blitzartig, ist sie fort. Ich bin wieder allein im Regen, allein mit dem Pudding, den ich an meine Brust drücke.

Ich schüttle mir die Tigerin aus dem Kopf und husche wieder hinein, dann lehne ich mich mit klopfendem Herzen an die Tür.

Ich lasse mir nicht von ihr dazwischenfunken. Ich werde das hier durchziehen.

Ich wringe meine Haare aus, schüttle die Regentropfen von meiner Jacke und wische mir das Gesicht mit einem Papiertuch ab. Dann nehme ich ein zweites Papiertuch, um den Puddingbecher trocken zu wischen, und streiche den Deckel glatt. Ich bin stolz auf mein Werk: Man sieht kaum, dass ich daran herumgefummelt habe.

Ich schnappe mir einen Plastiklöffel aus einer der Schubladen und gehe zu Ricky und seinen Kumpeln zurück. Jetzt, wo der Tiger fort ist und ich den Schoko-Erde-Pudding in der Hand halte, fühle ich mich viel besser als vorhin.

»Du bist ja ganz nass«, bemerkt Ricky, als ich ihm den Becher und den Löffel gebe.

Adam runzelt die Stirn. »Alles okay mit dir?«

»Hab nur mal frische Luft geschnappt«, sage ich.

Ricky merkt nicht, wie nervös ich bin.

Er vertraut mir.

Er hält den Löffel hoch, zieht die Folie ab, ohne Verdacht zu schöpfen.

Zu spät kommen mir Zweifel, ob meine Aktion richtig war. Vielleicht hätte ich wenigstens das mit dem Bauchweh weglassen müssen.

Aber ich halte ihn nicht davon ab, den Pudding zu essen. Ich stehe da und schaue zu, wie er einen Löffel nimmt, ihn an den Mund führt und hinunterschluckt.

Ein Moment, der sich endlos ausdehnt.

Dann rümpft er die Nase. »Mit dem Pudding stimmt was nicht.«

»Wirf ihn weg, wenn er komisch schmeckt«, sagt Adam.

»Moment mal.« Ricky probiert einen zweiten Löffel und nickt bestätigend. »Ja, der schmeckt wirklich komisch.«

Mir ist ein bisschen schwindlig. Ich muss gehen, aber ich kann jetzt nicht weg, ohne mich verdächtig zu machen.

»Ich glaube, da ist was drin.« Ricky probiert noch mal und schüttelt den Kopf. »Aber ich weiß nicht, was.«

Connor nimmt ihm den Pudding aus der Hand und probiert selbst. »Komisch«, sagt er. »Definitiv.«

Adam starrt stirnrunzelnd auf den Becher. »Wenn ihr findet, dass es komisch schmeckt, dürft ihr es nicht essen. Irgendwie ist die Konsistenz merkwürdig. Könnte Kacke sein.«

Ricky fallen fast die Augen aus dem Kopf. »Was? Ich hab Kacke gegessen?«

Aus dem Augenwinkel sehe ich, wie Jensen von der anderen Seite der Bücherei verwirrt zu uns herüberschaut, und plötzlich reden die Jungs alle durcheinander … über Kacke.

»Das war doch nur Erde!«, stoße ich hervor.

Sofort verstummen sie, starren mich an. Ich gerate in Panik, schalte in den Unsichtbarkeitsmodus, aber sie starren mich trotzdem an.

»Es war nur Erde«, wiederhole ich, diesmal etwas leiser. »Erde ist nichts Schlechtes.«

Alle drei reißen entsetzt die Augen auf, und Ricky starrt mich mit einer Mischung aus Angst und Ehrfurcht an. »Du hast mich verflucht«, flüstert er.

Das ist zu viel für mich. Ich drehe mich um und renne aus der Bücherei, dann über die Straße, ohne nach rechts oder links zu blicken.

Die Eingangstür knallt hinter mir zu, und ich höre, wie Sam meinen Namen ruft, aber ich schaue nicht zurück. Ich halte nicht an. Ich renne die Treppe rauf, immer drei Stufen auf einmal, höher und höher, bis zum Haus der Hexe.

KAPITEL 32

Als ich hineinstürze – keuchend, wild –, kramt Mom in den Küchenschränken.

»Hast du den Reis gesehen?«, fragt sie, ohne sich zu mir umzudrehen. »Ich könnte schwören, dass wir einen großen Beutel hatten, aber ich finde ihn nicht. Ich brauche etwas, um Halmonis Magen zu beruhigen …«

Sam platzt hinter mir zur Tür herein, auch sie keucht, ihre Augen sind weit aufgerissen. »Was hast du gemacht, Lily! Also ehrlich! Das war so was von peinlich für mich!«

»Für dich? Ja, klar – es geht immer nur um dich!«

Mom dreht sich um und richtet ihre rot geränderten Augen auf uns. Jetzt sehe ich, dass sie geweint hat. »Also gut«, sagt sie. »Was ist hier los?«

Sam und ich antworten gleichzeitig.

Ich sage: »Nichts.«

Aber Sam sagt: »Lily hat Erde in den Pudding von diesem Jungen getan!«

»Sam!«, zische ich – ihr Verrat schneidet mir ins Herz. Schwestern halten zusammen. Schwestern verpetzen sich nicht.

Mom wartet auf mehr, aber keine von uns sagt etwas. »Hab ich das jetzt richtig verstanden?«, fragt Mom schließlich.

Sam schaut mich an und beißt sich auf die Lippe. »Tut mir leid, es ist mir einfach so rausgerutscht …«, fängt sie an, aber Mom fällt ihr ins Wort.

»Lily, wovon redet Sam? Was für ein Junge?«

Ich funkle Sam wütend an. Wenn sie doch nur ihre Worte in ihr Herz zurücksaugen und dort für immer einsperren könnte!

Aber es ist heraus, und ich kann nichts dagegen machen. »Ricky«, murmle ich.

Mom schweigt. Ihr Gesicht wird blass. »Sam«, sagt sie, und ihre Stimme ist viel zu weich. »Halmoni geht es nicht gut. Willst du ihr nicht ein paar von ihren Nusscrackern bringen? Lily und ich müssen mal kurz unter vier Augen reden.«

Sam versucht, meinen Blick aufzufangen, aber ich sehe sie nicht an. Sie schnappt sich die Cracker und verschwindet in Halmonis Zimmer.

Sie lässt mich mit Mom allein. Und Mom ist wütend.

Nicht, dass ich Mom noch nie wütend erlebt hätte – aber sonst trifft es immer Sam. Ich bin nie das Problem. Ich bin nie an etwas schuld.

»Was hast du dir dabei gedacht?«, sagt sie. »Was ist nur in dich gefahren, dass du so was machst?«

Ich antworte nicht. Wüsste auch nicht, wo ich anfangen soll.

»Nein, nein. Vergiss es. Ich weiß genau, woher diese Idee mit der Erde kommt. Oder glaubst du, ich kann nicht zwei und zwei zusammenzählen? Oh mein Gott, was hab ich nur falsch gemacht?«

Ich finde es schrecklich, dass sie sofort alles auf sich beziehen. *Ich* habe das doch gemacht und jetzt radieren sie mich einfach aus. »Ich habe etwas mit angehört, das nicht richtig war, und wollte was dagegen tun.«

»Okay, Lily, aber das mit der Erde war auch nicht richtig.« Mom stößt einen langen Luftstrom aus. »Ich weiß, das ist alles sehr schwer für dich. Aber ich hätte nie gedacht, dass du deinen Stress auf diese Weise abreagierst. So was würde Sam vielleicht machen, aber du doch nicht.«

Ich muss mir die Bemerkung verkneifen, dass sie ihr Bild von Sam und Lily vielleicht mal überprüfen sollte. Auch wenn es bisher tatsächlich immer Sam war, die sich aufgespielt hat, während ich im Hintergrund geblieben bin – unsichtbar eben.

Aber vielleicht kann Sam nicht allen Ärger der Welt für sich allein beanspruchen. Vielleicht *will* ich nicht mehr unsichtbar sein.

»Lily, ich verstehe, dass du durcheinander bist. Aber das passt nicht zu dir. Das bist nicht du.«

Nur bin ich es doch.

Ich habe mich verändert. Vielleicht durch die beiden Sternengeschichten, vielleicht aber auch von allein. Beides ist irgendwie aufregend und erschreckend.

Mom wischt sich mit den Händen über ihr Gesicht. »Rickys Dad hat mir einen Job angeboten. Das wollte ich dir heute Morgen erzählen.«

Ich hole Luft. »Was?«

»Sein Dad …« Sie seufzt. »Wir haben darüber gesprochen, dass ich Arbeit suche, und dann hat er angerufen und mir eine Stelle als Buchhalterin in seiner Fabrik angeboten. Es ist nur … Ich war so froh über diesen Job und … Na ja, das ist nicht der Punkt.«

Natürlich fühle ich mich jetzt schuldig. Aber ich konnte das ja nicht wissen. Ich kann nichts dafür. Und Rickys Dad wird Mom doch wohl nicht feuern, nur weil ich Erde in Rickys Pudding gemischt habe.

»Egal, du musst dich bei dem Jungen entschuldigen. Das ist dir hoffentlich klar, oder?«

Die kalifornische Lily würde jetzt nicken und brav tun, was ihr gesagt wird. Aber ich befolge nicht mehr einfach Befehle. Niemand schreibt mir vor, was ich zu tun habe. Nicht einmal ein Tiger. »Aber Mom, er hat was Gemeines über Halmoni gesagt! Du hättest ihn mal hören sollen. Sie haben Halmoni als Hexe hingestellt, er und seine beiden Freunde. Und sie haben behauptet, dass sie verrückt und unheimlich ist. *Das* ist schlecht, und nicht das bisschen Erde. Erde ist nichts Schlimmes.«

Mom zieht mich mit sich zum Küchentisch und wir setzen uns. Ihre Lippen sind noch immer eine dünne weiße Linie, ihr Gesicht und ihr Hals knallrot. Aber die Wut ist teilweise aus ihren Augen gewichen. »Pass auf, Lily, ich war nicht dabei, aber ich weiß genau, was sie gesagt haben. Ich bin schließlich damit aufgewachsen und es begleitet mich mein ganzes Leben lang. Halmoni ist exzentrisch und seltsam, und nicht jeder versteht ihre Eigenheiten.«

Ich kratze mit meinen Nägeln über den Tisch. »Exzentrisch und seltsam ist nichts Schlechtes.«

Mom seufzt. »Ja, ich weiß. Und du weißt es auch. Aber andere Leute sind nicht immer so verständnisvoll. Und das ist hart – besonders jetzt. Nur nützt es Halmoni nichts, wenn du deinem Freund Erde in den Pudding mischst, statt für deine Großmutter da zu sein. Dich ganz auf sie zu konzentrieren. Wenn du so was machst, verschwendest du nur deine Energie. Dann beschäftigst du dich mehr mit den Leuten, die Halmoni nicht verstehen, als mit Halmoni selbst.«

Als ich die Erde in den Pudding getan habe, war ich überzeugt, im Recht zu sein. Ich habe nur Halmoni verteidigt. Aber jetzt gibt Mom mir das Gefühl, dass es falsch war – und dass ich Halmoni irgendwie unrecht getan habe.

Mein Magen verkrampft sich, als hätte ich selbst Erde gegessen. »Schämst du dich manchmal, dass sie deine Mom ist?«, flüstere ich. Die Worte purzeln einfach so aus mir heraus. Mein Herz klopft wild, fast wie beim ersten Mal, als ich den Tiger gerufen habe. Als ob es genauso gefährlich wäre, eine Frage zu stellen, wie einem wilden Tier ins Auge zu blicken. »Hat sie dich jemals in Verlegenheit gebracht, als du noch klein warst?«

»Oh.« Moms Gesicht wird weich. »Natürlich, was denkst du? Ich glaube, jeder geniert sich manchmal für seine Familie. Aber mein Stolz auf sie war immer stärker als die Peinlichkeiten – ich meine, sie ist unglaublich, oder?«

Ich nicke, dann fällt mir etwas ein, das Joe gesagt hat, als wir uns das erste Mal begegnet sind. »Joe – der Bibliothekar – hat mir gesagt, ihr beide wart unzertrennlich.« Ich kratze an der abblätternden violetten Farbe auf dem Tisch. »Und was ist dann passiert?«

»Nichts Schlimmes, Lily. Wir sind einander immer noch sehr nahe.« Mom hält kurz inne, dann verbessert sie sich, weil wir beide wissen, dass das eine Lüge ist: »Ich meine, ich liebe sie immer noch.«

Sie trommelt mit den Fingern auf ihr Knie. »Deine Halmoni hat viel gearbeitet, als ich noch klein war. Sie hat jeden Job angenommen, der sich bot, als wir nach Sunbeam kamen. Sie hat die Augen offen gehalten und gesehen, wo jemand Hilfe brauchte, und hat sich was einfallen lassen. Und ich wollte sie unterstützen, damit wir zusammen sein konnten. Ich war ihre kleine Helferin, die immer hinter ihr hergetrottet ist, die für sie übersetzt und alles auf Englisch aufgeschrieben hat.«

Ich kann mir Mom nicht vorstellen, wie sie hinter Halmoni herzuckelt. Eigentlich kann ich sie mir überhaupt nicht als kleines

Mädchen vorstellen. Ich frage mich, wie sie wohl war – ob sie auch ein BAM war. Und wenn ja, wie es kommt, dass sie sich so verändert hat.

Mom sagt: »Halmoni hat sich in einer Welt durchgesetzt, die gegen sie war, aber sie war fast nur mit ihrer Arbeit beschäftigt. Als alleinerziehende Mutter blieb ihr gar nichts anderes übrig. Das war für mich am schlimmsten, weil sie manchmal keine Zeit für mich hatte.«

Ich verstehe das nicht. Wie ist es möglich, dass Halmoni mich als Einzige wirklich sieht, während Mom sich in ihrer Kindheit von ihr vernachlässigt fühlte? Wie kann ein und derselbe Mensch sich so widersprüchlich verhalten?

»Und dann?« Meine Stimme versagt. Ich habe Angst vor dem, was noch kommt.

Aber Mom schüttelt den Kopf. »Da ist nichts Schlimmes, Lily. Nichts Magisches oder Spektakuläres, nicht wie in ihren Märchen. Es war nur … das wirkliche Leben. Ich bin älter geworden.«

Ich will nie so sein, wenn ich älter bin. Ich will nicht, dass wir auseinanderdriften, ich will nicht weggehen. Ich ziehe die Beine an und drücke meine Knie an meine Brust.

»Lily, meine Beziehung zu Halmoni war nie zu Ende. Sie hat sich nur verändert.«

»Ich will nicht, dass die Dinge sich verändern«, sage ich.

Mom sieht mich eindringlich an, als wäre es ihr wichtig, dass ich verstehe, was sie sagt. »Lily, alles ändert sich. Das ist normal. Aber ich habe nie aufgehört, sie zu lieben. Deshalb sind wir hier, weil ich sie liebe. Wir alle. Und ich weiß, dass Halmonis Anfälle erschreckend sind, aber sie liebt dich auch. Diese momentanen Aussetzer sind nur der Krankheit zuzuschreiben, nicht ihr.«

Ich denke an die Erde und schäme mich ein bisschen. »Ich habe sie im Stich gelassen.«

»Ich auch«, sagt Mom so leise, dass ihre Worte fast im Trommeln des Regens untergehen. »Aber wir tun unser Bestes, und nur das zählt. Wir versuchen alle nur, unser Bestes zu tun.«

KAPITEL 33

Mom will, dass ich mich entschuldige, aber sie gibt mir Zeit zum Nachdenken, also verschieben wir es auf morgen.

Heute Abend: überlegen, was du sagen willst.

Heute Abend: wenigstens ein bisschen Schlaf kriegen.

Ausruhen.

Was nicht schwer sein dürfte, denn als es dunkel wird, bin ich völlig erschöpft.

Sam wartet oben.

Sie sitzt mit gekreuzten Beinen auf ihrem Bett, Kopfhörer in den Ohren und reißt sie heraus, sobald sie mich sieht. »Ich wollte dich nicht verpetzen.«

Ich gehe an ihr vorbei und lasse mich auf mein Bett plumpsen.

»Aber du musst zugeben, das war unmöglich von dir. Warum hast du das gemacht?«, fügt sie hinzu.

Ich schließe die Augen. In ein paar Stunden muss ich der Tigerin entgegentreten, aber bis dahin habe ich mein Bett, das warm und kuschelig ist.

»Lily?«, beharrt Sam und beugt sich auf ihrem Bett vor. In ihrer Stimme schwingt fast so etwas wie Panik mit. »Was ist los mit dir?

Antworte mir. Ich hab doch schon gesagt, dass es mir leidtut. Warum antwortest du nicht?«

Ich tue so, als wäre ich Sam – Kopfhörer in die Ohren gerammt. Als würde ich auf ein leuchtendes Display starren und die Welt um mich herum komplett ausblenden. Als wäre ich Sam, die einfach nicht antwortet.

Wenn sie Geheimnisse nicht für sich behalten kann, werde ich ihr auch nichts verraten.

Ich rolle mich in meinem Bett zusammen und ziehe mir die Decke über den Kopf.

Vor langer, langer Zeit, als Tiger noch aufrecht gingen wie Menschen, lebten einmal zwei Schwestern …

Sam atmet scharf aus. »Was soll das? Ignorierst du mich jetzt?«

Die beiden Schwestern liebten einander mehr als alles andere. Mehr als Reiskuchen. Mehr als die Erde. Mehr als die Sterne.

»Weißt du«, fährt sie fort, »es ist ja nicht so, als ob ein Löffel Erde einen tatsächlich erden könnte. Magie gibt es nicht. Ich meine, echt jetzt, Lily. Wir müssen doch irgendwann erwachsen werden. Wir können nicht ewig an diese Dinge glauben.«

Ich rutsche noch tiefer unter meine Decke und starre auf die winzigen Löcher darin. Löcher wie Sterne, und ich suche mir einen aus, um mir etwas zu wünschen. Ich wünsche mir, dass Sam den Mund hält.

Tut sie aber nicht. Sam ist jetzt in Fahrt und lässt nicht locker, sosehr ich es mir auch wünsche.

Sie sagt: »Glaubst du, es geht nur um dich? Glaubst du, du bist die Einzige, die darunter leidet? Es ist furchtbar. Ich hasse alles hier. Ich finde es schrecklich, dass wir mit ansehen müssen, wie Halmoni ihr Leben vergisst – und uns –, dass wir zuschauen müssen, wie sie stirbt.«

Die Worte sprudeln nur so aus ihr heraus. Sie holt tief Luft. »Aber egal. Ich will einfach nur, dass es aufhört. Wenn es nur schon vorbei wäre!«

Ihre Worte lassen den Raum um tausend Grad kälter werden.

Mein Herz stottert und ich stoße die Decke von mir. »Nimm das zurück«, sage ich. »Klopf auf Holz.«

Sams Stimme ist rau wie zersplittertes Glas. »Ich glaube nicht mehr an dieses ganze Zeug.«

»Aber du musst. Wie kannst du so was sagen?«

Sie antwortet nicht. Sie schluckt und sieht beinahe verunsichert aus, als wüsste sie, dass sie unrecht hat.

Aber dann zuckt sie mit den Schultern und wendet sich ab, verschwindet unter ihrer Decke.

Ich liege reglos im Bett, heftig atmend, und warte eine halbe Ewigkeit, bis Sam endlich einschläft.

Als sie zu schnarchen beginnt und die Luft rein ist, schleiche ich die Treppe hinunter, um der Tigerin das dritte Glas zu geben. Sam kann sagen, was sie will – ich glaube daran.

Ich stoße die Kellertür auf, aber als ich die Stufen hinunterknarze, finde ich einen leeren Raum vor.

Die Tigerin ist nicht da.

Nur ein staubiger Keller mit ein paar alten Kartons. Ein schwacher Lichtschein fällt durch die schmale Fensterluke herein.

»Hallo?«, flüstere ich, doch da ist nichts. Keine Spur von Magie heute Nacht.

Die Tigerin hat gesagt, dass mir die Zeit davonläuft, und jetzt ist sie fort, und ich weiß nicht, warum. Oder doch – plötzlich fällt es mir wieder ein.

Ich habe ihr gesagt, sie soll mich in Ruhe lassen, und sie hat gesagt: Wie du meinst.

Nur habe ich nicht gemeint, *ganz* in Ruhe lassen. Jetzt ist sie fort, und ich weiß nicht, wie ich es ungesagt machen soll.

KAPITEL 34

Als ich aufwache, lastet der Kummer schwer wie ein Tiger auf meiner Brust.

Ich habe fast eine Stunde im Keller gewartet, aber sie hat sich nicht blicken lassen, und ich habe kein einziges Mal dieses Ziehen direkt unter meinem Herzen gespürt – diese explosive Ungeduld, die mir verrät, dass sie wartet.

Wenn sie böse auf mich ist, weil ich sie fortgewünscht habe, und deshalb nicht mehr in den Keller kommt, muss ich sie anderswo aufspüren. Ich muss sie zurückholen und die Geschichten zu Ende bringen, bevor sich noch mehr Konsequenzen zeigen. Bevor es zur schlimmsten aller Konsequenzen kommen kann.

Den ganzen Morgen hänge ich lustlos herum, aber nach dem Frühstück sagt Mom zu mir, dass ich mich anziehen soll. Zeit für die Entschuldigung.

»Hinterher geht es dir besser«, tröstet sie mich, und wahrscheinlich hat sie recht, aber ich brauche trotzdem eine Ewigkeit, bis ich mich fertig gemacht habe, putze mir fünf Minuten lang die Zähne, flechte meine Haare immer wieder neu.

Nicht, dass es mir schwerfällt, Entschuldigung zu sagen. Aber muss es unbedingt jetzt sein? Es gibt Wichtigeres, worüber ich nachdenken muss. Bevor ich die Treppe hinuntergehe, breche ich wieder ein Stück Wermutkraut ab und stopfe es in meine Tasche. Gegen die Tigerin hat es ja nicht viel geholfen, aber vielleicht hält es unangenehme Gespräche von mir fern.

Dann nehme ich den Tarnhut von meiner Kommode. Ich muss ihn Ricky zurückgeben.

Ich halte ihn in den Händen und versuche, die Traurigkeit in mir zu ignorieren, das Gefühl, dass sich etwas verändert hat und ich nie mehr zurückkann.

Mom verfrachtet mich ins Auto und fährt mich zu Ricky.

»Du musst das jetzt machen, Lily«, sagt sie. »Wenn man solche Dinge auf später verschiebt, rafft man sich nie dazu auf. Es wird nur immer schwieriger und quälender, bis du eines Tages merkst, dass es zu spät ist.«

Ich gebe keine Antwort. Abwesend fummle ich an dem Wermutkraut in meiner Tasche herum, und das Knistern und Rascheln beruhigt mich ein bisschen.

Mom schaut herüber. »Was ist das für ein Geräusch?«

Ich erstarre. Ich bin mir nicht sicher, was Mom von dem Wermutkraut halten würde, aber da ich weiß, wie sie auf die meisten von Halmonis Sachen reagiert … eher nicht so viel. »Nichts.«

Ihre Augen verengen sich. »Lily, zeig mir, was du in der Tasche hast.«

Es lohnt sich nicht, deshalb einen Streit zu riskieren, also ziehe ich das Kraut heraus und halte es flach in meiner Hand.

Sie runzelt die Stirn. »Ist das Wermut?«

»Ja.«

Mom dreht sich wieder nach vorne zur Straße und seufzt. »Ich nehme an, das ist von Halmoni.«

Es klingt wie eine Warnung, aber ich sage Ja.

»Das ist ein Kräuterheilmittel, das Halmoni nimmt. Es hilft gegen ihre Übelkeit, aber bei manchen Leuten löst es lebhafte Träume und Albträume aus. Natürlich ist die Wirkung nicht bewiesen und es ist nicht gefährlich. Aber du brauchst nicht noch zusätzlichen Stress.«

»Oh.« Ich schaue auf das verschrumpelte Kraut in meiner Handfläche. Ich habe nichts Komisches geträumt. Es sei denn, die Tigerin war nur ein Traum …

Aber nein. Sie war echt. Das weiß ich.

»Mir geht's gut«, sage ich zu Mom. »Halmoni hat es mir als Schutz gegeben.«

Mom kräuselt die Lippen, setzt ihre streitlustige Miene auf. »Also gut, aber sei vorsichtig. Iss es nicht oder so«, ermahnt sie mich. Und dann: »Wir sind da.«

Mom parkt den Wagen ein, und wir gehen an den kunstvoll beschnittenen Hecken vorbei und betätigen die vornehme Türglocke. Rickys Dad öffnet uns.

»Joan«, sagt er, »wie schön, dich wiederzusehen. So schnell.«

Mom verzieht das Gesicht.

Ich habe wirklich keine Lust, mit Rickys Dad zu reden, aber wenn man einen Fehler gemacht hat, muss man es wieder in Ordnung bringen. »Meine Mom kann nichts dafür«, sage ich zu ihm. »Sie ist eine sehr gute Buchhalterin und macht keine … komischen Sachen.«

Mom sieht aus, als wüsste sie nicht, ob sie mich in den Arm nehmen oder sich hinter der Kaninchenhecke verstecken soll.

Rickys Dad unterdrückt ein Lächeln. »Das ist mir klar. Ich weiß, wie es ist, ein komisches Kind zu haben.«

Ich bin mir nicht sicher, was ich darauf antworten soll, aber ich nehme es als gutes Zeichen.

»Ach, und apropos komische Kinder«, fügt er hinzu und ruft ins Haus hinein: »Ricky, bringst du bitte deine Freundin ins Wohnzimmer?«

Bringst du bitte deine Freundin ins Wohnzimmer. Das klingt nicht gut, aber als Ricky auftaucht, sieht er eher verlegen aus. Diesmal trägt er ein einfaches schwarzes Basecap. Das Normalste, was ich je an ihm gesehen habe.

Er winkt mir verhalten zu, dann führt er mich in das blaue Wohnzimmer. Es ist praktisch gleich wie das rote, nur kälter. Ich fröstle.

Ricky setzt sich auf die Couch, und ich folge ihm und lasse mich am anderen Ende nieder. Die Kissen sind klumpig und hart und geben mir das Gefühl, dass ich meinen Rücken durchdrücken und mich anständig hinsetzen muss.

»Da ist dein Hut«, sage ich und gebe ihm den Tarnhut.

Er nimmt ihn, ohne meinem Blick zu begegnen, und legt ihn zwischen uns. »Danke.«

Er bohrt eine Zehe in den Teppich, starrt zur Decke, dann auf den Boden hinunter, obwohl es dort nichts Interessantes zu sehen gibt.

Ich räuspere mich mehrmals.

Es gibt nichts Peinlicheres, als von Erwachsenen in so eine Situation gebracht zu werden. Es wäre okay, wenn ich von selbst zu ihm gekommen wäre, um mich zu entschuldigen. Aber das hier ist abartig.

Auf einer Skala des Schweigens – die von unbehaglich bis vertraut reicht – wäre das hier der Level *im Erdboden versinken.*

Ich zwinge mich zum Reden. »Tut mir leid wegen der Erde.«

Ricky atmet aus. »Mir tut's auch leid. Ich meine, was wir über deine Grandma gesagt haben. Also über deine Harmonie.«

Ich blinzle ihn verwirrt an.

»So heißt das doch auf Koreanisch. Und ich wollte, dass es vertrauter für dich klingt«, erklärt er. »Aber ich kann es auch lassen, wenn du willst. Ich weiß nämlich nicht, was du willst. Sag es mir.«

»Oh«, murmle ich. »Das heißt Hal-mo-ni, nicht Harmonie. Und ja, du kannst sie nennen, wie du willst.«

Ich hatte nicht damit gerechnet, dass er sich entschuldigen würde, und jetzt weiß ich nicht weiter.

Er schluckt. »Ich entschuldige mich dafür, dass ich respektlos gegenüber deiner Kultur und fremden Glaubensvorstellungen war. Das hat zu einer feindseligen Atmosphäre geführt und …« Er runzelt die Stirn, als müsse er sich einen auswendig gelernten Text in Erinnerung rufen. Dann seufzt er, sackt in sich zusammen und schaut mich bekümmert an. »Es tut mir wirklich leid. Meine Kumpel und ich, wir sind manchmal richtig schlimm. Jedenfalls denkt mein Dad das. Und meine Lehrer garantiert auch. Und … na ja, wahrscheinlich alle …«

Ich beiße mir auf die Lippe. Rickys Dad ist offenbar netter, als ich ihn neulich im Supermarkt erlebt habe. Aber ich finde es trotzdem traurig, dass Ricky sich ihm gegenüber so schlecht fühlt.

Er holt Luft und fährt fort: »Aber ehrlich, wir finden deine Grandma megacool. So wie alle hier. Und es tut mir so leid, dass sie krank ist. Und dass ich das gesagt habe – dass sie krank ist, meine ich. Ich weiß auch nicht. Mein Mund ist manchmal einfach schneller als mein Verstand.«

Ich lächle unwillkürlich. »Danke«, sage ich erleichtert. Erst jetzt wird mir klar, wie sehr ich darauf gewartet habe, das von ihm zu hören. Mir fällt buchstäblich ein Stein vom Herzen, dass er Halmoni nicht für verrückt oder unheimlich hält oder was auch immer. »Ich finde dich nicht unmöglich. Und ich hätte die Erde nicht in deinen Pudding tun dürfen.« Das ist ehrlich gemeint, jedenfalls zum größten Teil. Denn wenn Halmoni mit dem Zauber recht hat, kann es ihm nicht geschadet haben.

Er zuckt die Schultern. »Erde hat wahrscheinlich Vitamine. Ich hab schon Schlimmeres gegessen.«

»Oh.«

»Einen Wurm«, sagt er. »Allerdings nur einmal. Und ein anderes Mal eine Schokorosine, die definitiv keine war. Ich bin mir immer noch nicht sicher … na ja, egal.«

Ich warte ab, weil ich es für einen Witz halte, aber er meint es ernst. Ich unterdrücke ein Lächeln. »Trotzdem. Tut mir leid. Das ist sonst nicht meine Art.« Dann verbessere ich mich. »Oder vielleicht doch? Nur wusste ich es bisher noch nicht.«

»Schon okay«, sagt er. »Lass uns jetzt mit dem Entschuldigen aufhören. Wird langsam peinlich.«

Ich ziehe an einem meiner Zöpfe. »Und deine Freunde? Hassen die mich jetzt?«

Er lacht. »Die finden dich cool. Du bist für sie das Hexenmädchen, aber das ist nicht böse gemeint. Ich meine, wer so was macht, den möchte man doch gern kennen.«

Ich werfe ihm einen verstohlenen Blick zu. Er starrt mich an, schaut aber schnell wieder weg. Seine Wangen werden fleckig.

In diesem Moment fühle ich mich nicht mehr unsichtbar.

Aber ich will auch nicht als das Mädchen bekannt sein, das anderen Leuten Erde in den Pudding mixt. Gibt es eine Möglichkeit, sichtbar zu bleiben und trotzdem ein guter Mensch zu sein?

»Ach ja? Und das ist jetzt mein Ruf an der Schule?«

Er legt den Kopf zur Seite und denkt nach. »Ja, schon. Aber nur bis zur nächsten Sensation.«

Dann, nach ein paar Sekunden, fügt er hinzu: »Ich finde es gut, dass du deiner Heilmoni helfen willst.« Er sagt es immer noch falsch, aber er gibt sich Mühe, und das weiß ich zu schätzen.

Dann schaut er auf seine Füße und murmelt: »Ich wünschte, ich hätte auch was für meine Mom getan.«

Oh. Seine Es-war-einmal-Mom. Bisher dachte ich, es wäre ihm lieber, wenn ich nicht darauf eingehe. Aber jetzt nicht mehr. Jetzt glaube ich, dass er vielleicht darüber reden will. »Tut mir leid. Ist sie …«

»Sie ist nicht tot. Sie ist weggegangen. Letztes Jahr. Und wir haben seither nichts mehr von ihr gehört.«

Ich frage mich, ob das vielleicht noch schlimmer ist. Würde ich leichter darüber hinwegkommen, wenn Dad einfach gegangen wäre? Wenn er keinen Unfall gehabt hätte, sondern einfach weitergefahren und nie zurückgekommen wäre? Es kommt mir irgendwie falsch vor, solche Gedanken zu haben, aber ich kann mich nicht daran hindern. Ich male mir aus, was ich für ein Mensch wäre, wenn ich in Rickys Haut stecken würde. Wie stark ich mich in einem anderen Leben verändern und wie weit ich dieselbe bleiben würde.

Ricky fährt fort: »Aber manchmal denke ich, wenn ich mehr dafür getan hätte, dass sie gern mit uns zusammen ist, wäre sie vielleicht geblieben. Sie war eine Vollzeit-Mom, hat mir immer bei den Schulaufgaben geholfen und so. Außer in den letzten ein, zwei Jahren, als ich dann besser in der Schule wurde und keine Hilfe mehr brauchte. Von da an haben wir nicht mehr so viel zusammen gemacht. Vielleicht dachte sie, ich komme gut ohne sie klar.«

»Oh, das tut mir wirklich leid.« Jetzt verstehe ich, warum er sich so gegen seinen Englischtest und die Nachhilfe sträubt.

Ricky zuckt mit den Schultern. »Ist schon okay, du musst nichts sagen. Mir erzählen immer alle, wie leid es ihnen tut, aber das hilft nichts, weil es ja mein Problem ist und niemand was dagegen machen kann.«

»Na ja, es gibt Leute, die sich in ihrem eigenen Körper gefangen fühlen, bis sie eines Tages ausbrechen *müssen*. Das ist ein Teil ihrer

Natur, und wahrscheinlich kommen sie nicht dagegen an.« Ich denke an das Tigermädchen und ihre Tochter. Oder an Mom und Sam. Und an Halmoni. Ich habe Angst, die Kontrolle über meine Stimme zu verlieren, sage es aber trotzdem: »Und manchmal muss man jemanden einfach gehen lassen, auch wenn es noch so wehtut.«

Ricky sieht traurig aus, aber diesmal schenkt er mir ein richtiges Lächeln. »Ich hatte noch nie einen Freund, der das verstanden hat.«

»Ich auch nicht«, sage ich zu ihm. »Aber es hilft.«

Und da wir gerade beim Verstehen sind, frage ich noch: »Kommt es dir auch manchmal so vor, dass sich etwas in dir verändert, ohne dass du es wirklich verstehen kannst?«

Er zieht eine Grimasse, und mir wird voller Entsetzen bewusst, dass er wahrscheinlich denkt, ich rede von der Pubertät. Hastig stelle ich klar: »Also nicht … na ja, egal. Ich meine, dass du nicht mehr weißt, wer du bist oder so. Und dann willst du herausfinden, wer du wirklich bist, nur weißt du nicht, wie … Und du hast Angst, dass dir die Antwort vielleicht nicht gefallen wird.«

Ricky räuspert sich. »Ups … also das ist eine tiefschürfende Frage. Ich weiß nicht. Ich glaube, ich muss das nicht jetzt schon herausfinden. Das kann warten, bis ich, sagen wir mal, um die dreißig bin und in die Midlife-Crisis komme.«

»Ja«, sage ich leicht verlegen. Ich muss mich ja total bescheuert anhören.

Ricky zuckt erneut mit den Schultern. »Aber ich weiß nicht, irgendwie erinnert mich das an meine Comics. Der Held ist zuerst ein ganz normaler Typ, bis die Welt ihn plötzlich braucht. Und obwohl er vielleicht besondere Kräfte und einen coolen Kampfanzug hat und so, sucht er im tiefsten Inneren immer noch nach einer Antwort. Und hat immer noch Angst.«

Eine Haarsträhne löst sich aus meinem Zopf, und ich streiche sie hinter mein Ohr. »Und was dann? Was macht er dann?«

Ricky zuckt mit den Schultern. »Er rettet trotzdem die Welt, obwohl er nicht bereit dafür ist. Und er wird stärker dabei, und mit der Zeit findet er auch heraus, wer er ist.«

Ich nicke. Irgendwie beruhigt es mich, dass nicht einmal die großen Superhelden eine Antwort auf alles haben. Auch wenn sie die Welt retten. Aber dafür sind sie schließlich Helden.

»Ich glaube, so erfährt man mit der Zeit, wer man wirklich ist«, sagt Ricky. »Wenn du neue, mutige Dinge machst, die dich aus allem herausreißen, was du bist – und du merkst, du schaffst es. Verstehst du, was ich meine?«

»Hm, vielleicht«, sage ich.

Er grinst. »Ja, okay, das kann uns auch egal sein. Wir müssen uns keine Gedanken über den Sinn des Lebens machen. Es reicht, wenn wir aufpassen, was in unserem Pudding drin ist.«

Ich lache. Ich quäle mich schon so lange mit meinen Sorgen herum, dass es richtig guttut, mit jemandem wie Ricky zusammen zu sein, der keine Angst hat. Der daran glaubt, dass alles gut werden kann.

»Nein, warte mal«, sage ich. »Nur noch eine Frage: Was soll ich jetzt tun, nachdem die hypothetische Tigerfalle nicht funktioniert hat?«

Rickys Augenbrauen schießen in die Höhe. »Okay, ich weiß, du hältst nichts von der Rohfleisch-Methode, aber hör mir erst mal zu …«

»Oh Mann.« Ich kann mir kaum das Lachen verkneifen.

Ricky redet einfach weiter: »Ich meine, du hast natürlich recht, rohes Fleisch fängt nach ein paar Stunden an zu riechen. Und vielleicht lockt es unerwünschte Nicht-Tiger an, zum Beispiel Ratten oder Waschbären. Das sind zwei gute Gegenargumente. Die Frage ist, lohnt es sich, eine richtige Tigerfalle nachzubauen? Rein hypothetisch, klar. Ich meine, ja. Vielleicht. Möglicherweise. Ja, doch, ich glaube schon.«

Leider habe ich bereits erfolglos versucht, den Tiger mit den Sterngläsern zu ködern. »Ich fürchte, der richtige Köder ist nicht die Lösung des Problems.«

Rickys Augen verengen sich. »Ich finde, wir haben lange genug um den heißen Brei herumgeredet – von wegen hypothetisch und so. Das wird langsam verdächtig. Wenn der Tiger echt ist, musst du mir das sagen, okay? Du kannst doch nicht zulassen, dass ich einen Tiger verpasse. Wir sind schließlich Freunde.«

»Ha. Ja. Nein, er ist nicht echt. Tut mir leid.« Ich lächle, und er seufzt enttäuscht.

»Okay, du kannst die Falle vielleicht woanders aufbauen. Also ehrlich gesagt ist es unwahrscheinlich, dass ein Tiger einfach in deinen Keller reinmarschiert. Denk an meinen Uropa, der extra in die Wildnis von Sibirien gereist ist, um Tiger zu jagen, weil sie sich dort nun mal gern aufhalten.«

Ich nicke und denke nach.

»Was nicht heißt, dass du nach Sibirien reisen musst«, fügt er noch hinzu. »Aber wenn, musst du mich mitnehmen.«

Ich grinse. »Okay, mach ich. Versprochen.«

Sein Lächeln füllt den ganzen Raum. »Echt jetzt? Das wird toll, Supertigermädchen. Wir werden jede Menge Abenteuer erleben.«

KAPITEL 35

Die Tigerin ist nicht da.

Ich stehe im Keller, mitten in der Nacht, aber auch diesmal ist der Raum völlig leer. »Wo bist du?«, zische ich.

Keine Antwort.

In meinen Händen halte ich das letzte Sternenglas, und ich weiß nicht, was ich tun soll. Ich war so nahe dran, aber ohne die Tigerin kann ich Halmoni nicht retten, und die Tigerin ist fort.

Wie kann eine Geschichte so unglücklich enden – kurz bevor der Held die Welt gerettet hätte?

Das ist unfair.

Ricky sagt, wir müssen den Tiger anderswo suchen. Die Frage ist nur, wo? Diese Tigerin ist einfach in Halmonis Keller marschiert. Wo soll sie denn sonst hin?

Enttäuscht gehe ich wieder hoch, und als ich gerade am Badezimmer vorbeischleichen will, dringt ein vertrautes Geräusch an mein Ohr.

Ein Geräusch wie Donnergrollen.

Ich stoße die Badezimmertür weit auf, und da steht Halmoni. Sie hat sich wieder übergeben, aber jetzt betätigt sie die Toilettenspülung, klappt den Deckel zu und setzt sich drauf.

»Komm zu mir«, sagt sie, und ich gehorche. Ich stelle das Sternenglas auf den Boden und kauere mich neben ihr auf die Badewanne.

»Ich höre von Erde«, sagt sie, während sie sich den Mund mit einem Bausch Toilettenpapier abtupft.

Ich schüttle den Kopf, um ihr zu bedeuten, dass dieses Problem erledigt ist. »Ich hab mich schon bei Ricky entschuldigt. Alles gut.«

Sie seufzt. »Du bist kleine Mini-Ich. Ist nicht so gut, glaube ich.«

»Aber ich will gern wie du sein.«

Sie zerknüllt den Papierbausch in ihren Reispapierhänden. »Halmoni macht manchmal Fehler. Mein Leben nicht gutes Beispiel. Dein Leben besser.«

»Aber …«

»Nein, nein«, unterbricht sie mich. »Mein Leben, das war Aufwachsen in kleinem Dorf, vor langer, langer Zeit. So arm, unser Leben. Wir haben kein Geld, Lily. Wir haben kein Essen. Meine Mama geht fort, als ich noch so klein, und als ich groß genug, komme ich hierher und suche sie. Aber ich finde sie nie. Ist sehr traurige Geschichte, kleine Eggi.«

Sanft nehme ich ihr das Toilettenpapier aus den Händen und werfe es in den Müll. »Deshalb hast du die Tiger bestohlen. Deshalb hast du ihre Geschichten eingesperrt, weil sie dich so traurig gemacht haben.«

Halmoni schaut auf ihre leeren Hände hinunter, die so zart und zerbrechlich sind. Sie ist schrecklich dünn geworden. Es ist nicht mehr viel von ihr übrig.

»Ich traurig, wenn ich meine Geschichte erzähle, Lily Bean. Geschichte von unserer Familie sehr, sehr traurig – so viel davon. Und nicht nur von Familie, ganze koreanische Geschichte sehr traurig. Vor langer, langer Zeit passieren so schlimme Dinge in unserem Land, Japan und Amerika haben Korea großes Unrecht getan. Aber ich will nicht traurige, wütende Geschichten erzählen. Ich will nicht schlechte Gefühle an dich weitergeben.«

Während ich ihr zuhöre, wird mir klar, wie viel von dieser Welt ich nicht weiß. So viel von meiner Geschichte, so viel von mir selbst. Aber ich werde es herausfinden.

Denn obwohl die Tigergeschichten mir Angst machen, bin ich froh, dass ich sie gehört habe. Weil sie mir das Gefühl geben, dass die Welt riesig ist und ich ganz von ihr erfüllt bin. Als könnte ich die Sterne hören, wenn ich lausche.

Vielleicht ist es ein Fehler, dass Halmoni die traurigen Dinge versteckt. Zum ersten Mal in meinem Leben halte ich es für möglich, dass Halmoni sich irrt. »Aber Halmoni, vielleicht ist es falsch, diese Geschichten zu verschweigen. Das alles ist ja trotzdem passiert, auch wenn du nicht darüber redest. Und wenn man die Vergangenheit versteckt, löscht man sie nicht aus – man hält sie nur unter Verschluss.«

Halmoni streichelt meine Schulter. »Ich denke: besser vergessen.«

»Nein, Halmoni, ich will deine Geschichten hören. Wenn du mir nicht die Geschichte von den Sternen erzählt hättest und wie du die Tigerhöhlen gefunden hast …« Ich halte inne, weil mir etwas dämmert. »Hey, warte mal, wie hast du die Tiger gefunden? Woher wusstest du, wo du hinmusst – wo Tiger sich gern aufhalten?«

»Ist einfach: Ich gehe da hin, wo sie ihre Geschichten hüten. Auf Gipfel von Berg.«

Ich stoße enttäuscht die Luft aus. Ein Berggipfel. Nichts, was mir weiterhilft.

Ich rutsche näher zu Halmoni, spüre, wie die Verzweiflung mich zu überrollen droht. »Die Tigerin ist zu mir gekommen, Halmoni. Und sie hat gesagt, wenn ich alle Geschichten freisetze, wenn ich die Sterngläser öffne, dann wirst du wieder gesund.«

Halmoni runzelt die Stirn. »Was sagst du da, Sternengläser?«

»Die hier.« Ich springe auf, nehme das Glas vom Boden hoch und halte es ihr hin. »Die Gläser, in die du die Sterne gesteckt hast, als du sie den Tigern gestohlen hattest.«

Sie schüttelt den Kopf, kneift die Augen zu, wie immer, wenn ihr etwas aus dem Gedächtnis entglitten ist. »Nein, Lily. Die sind von Fliegenmarkt, glaube ich.«

»Fliegenmarkt?« Ich blinzle, versuche ihre Worte zu verstehen. Und dann: »Ach so, du meinst Flohmarkt? Du hast sie auf dem Flohmarkt gefunden? In Sunbeam?«

Halmoni nickt. »Ja, ja. Flohmarkt. Einer an der Küste.«

»Nein«, sage ich und halte ihr das Glas noch näher an die Augen, als könnte ich sie zwingen, sich zu erinnern. »Die sind aus Korea. Du hast magische Geschichten darin versteckt. Und dann hast du sie in die Kartons getan. Deshalb wolltest du nicht, dass wir die Kartons wegräumen … weil die Gläser magisch sind.«

»Alles hat kleines bisschen Magie«, sagt Halmoni langsam. »Aber das sind nur Gläser.«

Ich schüttle den Kopf. Vielleicht hat sie einen Vergesslichkeitsschub, anders kann ich mir das nicht erklären. »Diese Sternengläser sind magisch. Sie *müssen* es sein.«

»Lily Bean«, murmelt sie. Ihre Augen sind klar. Es ist nicht wie sonst, wenn sie sich verirrt – dann sind sie trüb und verschwommen. Aber ich verstehe es nicht. Wie kann das sein?

»Ich habe die ersten beiden Gläser geöffnet, und die Tigerin hat mir die Geschichten erzählt«, sage ich. »Jetzt ist nur noch eins übrig, und wenn ich das Ende erreicht habe, bist du geheilt. Ich kann dich retten.«

»Aii-yah.« Halmoni nimmt meine Hand in ihre, streichelt meine

Lebenslinie, wie sie es immer macht. »Lily Bean, nicht nötig retten. Ich habe nicht mehr Angst.«

»Aber das funktioniert, ehrlich. Die Tigerin hat gesagt …«

»Ist nicht gut, auf Tiger hören. Tiger meinen nicht immer, was sie sagen. Ihre Worte sind nicht, wie wir sie verstehen.«

Ich schüttle den Kopf, weil ich nicht will, dass sie in Rätseln spricht, so wie die Tigerin. Ich will, dass sie mir zuhört. »Versteh doch, Halmoni, das ist deine letzte Chance. Ich muss das tun. Du musst wieder gesund werden.«

Ihre Augen sind so dunkel, so verschattet. »Nein, du hörst auf jetzt. Und du hörst zu. *Das hier* ist Ende, Lily. Das meine Zeit.«

»Aber du kannst doch nicht einfach aufgeben!« Ich reiße meine Hand von ihr weg, bin wütend, dass sie so tut, als wollte sie mich trösten, und gleichzeitig so grässliche Dinge sagt.

Halmoni senkt den Blick. »Als ich noch klein und meine Mama vermisse, ich denke immer, sie ist ein Monster, weil sie mich allein lässt. Aber jetzt verstehe ich. Manchmal muss man seine Kinder verlassen, auch wenn man nicht will. Manchmal weiß man, dass Zeit ist.«

»Aber es ist nicht Zeit!« Obwohl mir die Stimme versagt, brülle ich aus vollem Hals: »Du musst weiterkämpfen! Du musst stark sein!«

Halmoni zuckt zusammen, als würden ihr meine Worte körperlich wehtun. »Ist schon zu viel kämpfen. Jetzt nichts mehr davon.«

Ich kneife meine Augen so fest zusammen, dass ich Sterne sehe, die hinter meinen Lidern explodieren. »Aber ich habe so hart dafür gearbeitet. Ich bin ganz nah dran. Das kann doch nicht alles umsonst gewesen sein! Es muss doch ein Happy End geben …«

»Du gehst jetzt schlafen, meine Kleine«, sagt Halmoni leise. »Nichts mehr.«

KAPITEL 36

Ich schleppe mich in unser Dachzimmer hinauf, das kleine blaue Glas in meinen Händen. Es ist bleischwer. So wie ich.

Ich war tapfer. Ich war stark.

Und jetzt soll alles umsonst gewesen sein? Die Tigerin ist fort, und Halmoni ist am Ende.

Wie kann ich weiterkämpfen, wenn sie bereits aufgegeben hat?

»Wo bist du?«, flüstere ich, als ich die oberste Stufe erreicht habe.

Sam hat sich heute Abend wieder rausgeschlichen. Das Zimmer ist ungewohnt still ohne ihr Schnarchen. Und das Haus ist viel zu groß ohne die Tigerin.

Da ich keine Antwort bekomme, ziehe ich die beiden leeren Sternengläser unter meinem Bett hervor und nehme alle drei in die Arme. Mein Herz hämmert in meiner Brust. Und die Wände um mich herum hämmern mit – ein wütendes, stampfendes Geräusch, als ob das ganze Haus böse auf Halmoni wäre.

»Ich habe dir die hier gebracht!«, rufe ich der Tigerin zu, die nicht da ist. »Du hast gesagt, dass du mir hilfst.«

Schweigen, immer noch, abgesehen von dem Wummern, und ich koche vor Wut.

Ich schreie noch lauter: »Wie kannst du einfach verschwinden? Wie kannst du mich einfach im Stich lassen?«

Das Wummern um mich herum wird stärker, kommt jetzt vom Fenster, und ich drehe mich um, in der Hoffnung, den Tiger zu sehen, aber es ist nur Sam. Ihr Kopf ploppt vor dem Fenster draußen hoch, dann zieht sie sich herein, keuchend und mit rotem Gesicht.

Das Geräusch ist von ihr gekommen, als sie sich am Seil hochgezogen hat. Klar.

Sie streift ihren Rucksack von den Schultern, lässt ihn auf den Boden fallen. Er ist nicht richtig zu, und eine Plastiktüte rutscht heraus. Eine Plastiktüte mit Reis, glaube ich, aber im Mondlicht kann ich es nicht so genau erkennen.

Sam schnappt nach Luft. »Ich hab's dir doch gesagt. Ich musste einfach mal raus. Ich lass dich nicht im Stich.«

»Ich hab nicht mit dir geredet«, sage ich.

Sie kneift die Augen zusammen, legt den Kopf zur Seite und starrt auf die Gläser in meinen Armen. »Wo hast du diese Vasen her?«

»Das sind keine Vasen. Das sind …«

Sie zieht eine Augenbraue hoch und wirft mir einen Blick zu, als würde ich nicht mehr richtig ticken.

»Ach, egal.« Ehrlich: Wie kann sie es wagen, ausgerechnet jetzt hereinzukommen? Wie kann sie es wagen, mit den Schultern zu zucken und auf diese Gläser zu starren, als wären sie nichts? Wie kann sie so achtlos sein, wenn es um Leben und Tod geht?

Ich plane das nicht wirklich. Ich denke es nicht zu Ende. Aber trotzdem.

Ich nehme das grüne Glas und zerschmettere es an der Wand.

Sam kreischt los: »Spinnst du? Was machst du da?«

Aber wow, es fühlt sich so gut an!

Das alles ist einfach zu viel – diese ganze Hoffnung und Angst und Stärke und Macht. All die Geschichten und Konsequenzen, die Ungewissheit. Ich halte es nicht mehr aus. Ich kann das nicht länger in mir halten.

Ich nehme das hohe, schmale Glas hoch und pfeffere es an die Wand, sehe voller Genugtuung zu, wie es ebenfalls zersplittert.

»Stopp!«, schreit Sam. »Hör sofort auf!«

»Ich wollte ihr helfen«, brüllt jemand viel zu laut, und ich merke, dass ich das selbst bin. Aber ich erkenne meine eigene Stimme nicht wieder.

Ich höre mich an wie eine Besessene. Oder Verfluchte. Oder was auch immer.

Ich bin Donner und Blitz. Ich bin komplett außer Kontrolle.

Nur ein Glas ist noch übrig. Das letzte. Das Glas, in dem das Ende der Geschichte verborgen ist.

Es ist meine letzte Chance. Nein, *Halmonis* letzte Chance.

Ich muss die Tigerin finden und ihr das Glas bringen, bevor es zu spät ist. Aber vielleicht ist es schon zu spät, das ist ja das Problem.

Was, wenn das alles nur dummes Zeug ist? Wenn solche Dinge – sprechende Tiger, Sterne einfangen, die eigene Halmoni retten – tatsächlich unmöglich sind?

Vielleicht war es nur ein Wermuttraum oder eine Stressreaktion auf Halmonis Zustand? Vielleicht sind die Gläser nur Gläser. Vielleicht war ich so darauf fixiert, die Dinge wieder in Ordnung zu bringen, dass ich alles nur erfunden habe?

Ich werfe das letzte Glas.

Es zerscheppert an der Wand.

KAPITEL 37

Damals, in der Fünften, in unserer Astrophysik-Einheit, haben wir viel über Sterne und Galaxien und schwarze Löcher gelernt. Aber am meisten hat mich die Supernova fasziniert – ein explodierender Stern, größer als alles, was wir uns vorstellen können. Eine unendliche, mächtige Kraft, so als ob die Sonne sich selbst verschlingen würde.

Hier dagegen erschaffe ich meine eigene Explosion. Das blaue Glas wird zur Supernova, als es an der Wand zerspringt. Ich bin völlig außer Kontrolle. Diese ganze Angst und Wut, all die verlorene Hoffnung …

Dann packt mich jemand am Arm und ich schaue hoch. Mom. Ihre Augen sind angstgeweitet, aber sie schlingt ihre Arme um mich, drückt mich an sich und bewahrt mich davor, in Stücke zu zerfallen.

Sam drückt sich an die Wand, kreideweiß im Gesicht. Was sie wohl sieht, wenn sie mich anschaut? Kein BAM mehr, so viel steht fest, aber was dann? Ein wildes Mädchen vielleicht. Halb Mensch, halb Tiger.

Donner und Blitz sind verflogen, nur der Regen bleibt. Ich schnappe nach Luft. »Ich wollte helfen. Ich wollte daran glauben.«

Mom drückt mich an sich, und ich versuche sie wegzuschieben. Sie hält mich noch fester, ich stoße sie noch heftiger weg. Nach ein paar Sekunden höre ich damit auf. Lasse mich einfach von ihr halten.

»Ist ja gut«, sagt sie.

Schritte kommen die Treppe herauf, und Halmoni erscheint in der Tür. Sie sieht blass aus, so verschrumpelt wie Wermutkraut, und sie zittert, kann sich kaum auf den Füßen halten.

»Mädchen«, haucht sie.

Dann bricht sie zusammen.

KAPITEL 38

»Sam!«, bellt Mom. »Telefon.«

Sam fummelt in ihrer Tasche herum, hält Mom mit zitternden Fingern ihr Smartphone hin. Dann kniet sie sich neben Halmoni.

Ich stehe da und starre auf das Häufchen Halmoni am Boden, schaue zu, wie Sam ihren Puls fühlt.

Ich bekomme kaum Luft. Ich weiß jetzt: Der Augenblick, in dem wirklich alles zusammenbricht, das ist nicht die große Explosion, sondern die Stille danach. Und es fühlt sich nicht nach Zerbrechen an. Nicht wirklich.

Eher wie Zerbröseln. Als würde ich mein Herz mit aller Kraft zusammenhalten, aber je fester ich zudrücke, desto schneller zerfällt es. Bröckelt und bröckelt, bis nur noch winzige Stücke übrig sind, Gefühlsfetzen, die ich nie wieder zusammenfügen kann.

Ich schlinge meine Arme um mich selbst, als Mom den Notruf wählt. Sie gibt Halmonis Adresse an und sagt: *»Ja, ja, ja, bitte. Bitte.«* Ihre Stimme klingt atemlos, und sobald sie auflegt, fällt sie auf den Boden, legt das Telefon weg und schlingt ihre Arme um Halmoni, während sie etwas murmelt, das ich nicht verstehe.

Ich rücke ein bisschen näher, um ihre Worte aufzufangen – aber ich habe Angst, zu nahe zu kommen. Sam schaut zu mir hoch, und Moms Worte verschwimmen ineinander: *»Es tut mir leid, tut mir leid, tutmirsoleid.«*

Das ist alles meine Schuld. Ich hätte Halmoni nicht so unter Druck setzen sollen. Halmoni darf auch schwache Momente haben, Momente, in denen sie aufgibt, aber ich … ich hätte stark bleiben müssen.

Als die Sanitäter eintreffen, legen sie Halmoni auf eine Trage, bringen sie hinunter und aus dem Haus hinaus und dann die endlose Außentreppe hinunter. Sam und ich folgen Mom ins Wohnzimmer, aber sie hält uns auf.

»Wartet hier«, sagt sie, und zu Sam: »Du passt auf deine Schwester auf.«

Sie rennt zur Tür hinaus, hinter Halmoni her – und dann sind sie verschwunden, fortgehext von flackernden Lichtern und Sirenengeheul.

Sam und ich bleiben in der Stille zurück.

Wir stehen da, die Arme um uns geschlungen, und starren aus dem Fenster auf die leere Straße hinaus.

»Unsere Familie ist zerstört«, sagt Sam.

Und das ist meine Schuld, sage ich nicht.

»Wird Halmoni wieder gesund?«, frage ich stattdessen.

Der Regen trommelt gegen die Fenster.

Als Sam endlich den Mund aufmacht, sind ihre Augen feucht und schimmern wie Sterne. »Was, wenn es meine Schuld ist?«

»Wieso? Wie meinst du das?« *Sie* hat doch nicht die Gläser zertrümmert.

»Weil ich gesagt habe, ich will einfach nur, dass es bald vorbei ist. Dass sie stirbt. Und ich habe nicht auf Holz geklopft.« Sie schaudert. »Aber ich habe es doch gar nicht so gemeint, und ich wollte es auch zurücknehmen. Ich habe die ganze Nacht Reis verstreut, weil Halmoni gesagt hat, dass Reis uns schützen kann. Aber es hat nichts geholfen.«

Mein Herz zieht sich zusammen. Der Reisbeutel aus Sams Rucksack, der auf den Boden gefallen ist. Jetzt wird mir alles klar. Deshalb hat sie sich nachts aus dem Fenster geschlichen. Sam glaubt immer noch an Halmonis Magie, auch wenn sie es nicht wahrhaben will.

Und sie hat die Hoffnung nicht aufgegeben, auch das weiß ich jetzt.

»Das warst nicht du«, flüstere ich. »Es ist nicht deine Schuld.«

Sie fährt sich mit den Händen über ihr Gesicht. »Wir sollten auch hingehen, oder? Ins Krankenhaus?«

Aber wenn wir das machen, geben wir zu, dass das hier das Ende ist. »Mom hat gesagt, wir sollen dableiben«, sage ich.

Sam ignoriert mich. »Ich rufe Jensen an. Sie fährt uns.«

»Jensen?«, frage ich verwirrt. Jensen ist nett und alles, aber sie kennt uns doch kaum. Und es ist mitten in der Nacht.

Sam ruft an, aber sie landet auf der Mailbox und legt wieder auf. »Sie ist wahrscheinlich noch unterwegs. Sie geht nie an ihr Handy, wenn sie Auto fährt.«

»Warum soll Jensen unterwegs sein? Sie schläft vermutlich.«

»Sie hat den Reis mit mir zusammen verstreut«, sagt Sam. »Sie hat mir geholfen.«

»Oh.« Was alles passiert ist, ohne dass ich es mitbekommen habe!

Sam starrt aus dem Fenster, in den Regen. »Dann muss *ich* wohl fahren, Lily, oder?«

»Du musst nicht, wenn du dich nicht traust«, sage ich. »Aber wenn du meinst, du schaffst es … ja, ich glaube, wir müssen zu ihr.«

Ich weiß, dass Sam genauso viel Angst hat wie ich. Aber ich weiß auch, dass sie nicht kneifen wird, weil sie meine Schwester ist.

Sam schluckt. »Und du? Bist du bereit?«

Ich nicke, und sie schnappt sich Moms Autoschlüssel von der Küchentheke. Ich stoße die Haustür auf, der Sturm empfängt uns mit lautem Heulen.

Dann rennen wir die Treppe hinunter. Immer weiter und weiter, zusammen.

KAPITEL 39

Es regnet in Strömen. Wir können kaum die Straße sehen.

Sam fährt langsam, beugt sich vor, das Lenkrad fest umklammert, und blinzelt auf die Straße.

Wir kriechen im Schneckentempo vorwärts, bis Sam zu zittern anfängt. Sie lenkt den Wagen an den Straßenrand und hält an.

Wir sind nicht weit gekommen. Haben es gerade mal aus Halmonis Einfahrt herausgeschafft, bis vor die Bücherei.

»Was ist?«, frage ich.

Sam zittert immer noch. »Ich weiß, dass Mom sauer auf mich ist, weil ich nicht fahre, aber jedes Mal, wenn ich ins Auto steige, denke ich an Dad.«

Wir müssen ins Krankenhaus, und zwar schnell. Doch Sam fährt nicht, und ich werde sie nicht dazu zwingen.

Ganz leise, sodass ich sie kaum verstehen kann, sagt sie: »Ich kann das nicht. Ich kann das nicht noch mal durchmachen. Alle sagen, wenn jemand stirbt, lebt er in deiner Erinnerung weiter. Aber wir erinnern uns nicht an alles, und wenn wir die Erinnerung nicht lebendig halten können, dann war's das. Der Mensch, den du geliebt hast, ist fort.«

Was bleibt von einem Verstorbenen übrig, wenn die Erinnerungen verblassen? Trägt man seine Halmoni oder seinen Dad im Herzen, selbst wenn man die Geschichten vergessen oder nie gehört hat?

»Ich erinnere mich nicht an Dad«, sage ich zu Sam.

»Ja, aber dafür kannst du nichts. Ich schon, weil ich alt genug war, um mich an ihn zu erinnern.« Sie holt zittrig Luft. »Als Dad gestorben ist, habe ich eine Liste gemacht, die ich jeden Abend aufgesagt habe. All die kleinen Dinge von ihm, verstehst du? Zum Beispiel wie er mit den Knöcheln geknackt hat. Wie ihm vom Kimchi die Augen getränt haben, aber essen wollte er es trotzdem. Wie er uns abends vor dem Einschlafen unsere Lieblingsbücher vorgelesen hat, auch als ich schon zu groß dafür war.«

Ich starre sie an. Das hat sie mir nie erzählt. Und in meinem Herzen flackert etwas wie Wiedererkennen auf – als würde ein Tiger seinen Kopf in mir heben. Ja, ich erinnere mich, wie Dad uns vorgelesen hat – *Kekse für die Maus im Haus, Wo die wilden Kerle wohnen, Gute Nacht, lieber Mond.*

Ich spüre das Echo seiner Stimme, die Zeilen aus den Geschichtenbüchern, irgendwo in meinem Kopf versteckt. Dad ist da, oder beinahe.

»Ich hatte solche Angst, etwas zu vergessen«, sagt Sam mit brüchiger Stimme. »Und natürlich war es so. Das weiß ich.«

»Warum hast du mir das nie erzählt? Warum hast du deine Liste nicht mit mir geteilt?« Vielleicht hätte ich ihn dann kennenlernen können, über Sam. Ich hätte ihr helfen können, sich an ihn zu erinnern.

Und plötzlich fängt Sam an zu weinen – meine furchtlose Schwester, meine Schwester mit den scharfen Zähnen und der noch schärferen Zunge. Leise zuerst, wie ein Nieseln, dann laut, ein Sturm. »Ich wollte das nicht teilen. Vielleicht weil ich Angst hatte, dass all meine Dad-Geschichten verschwinden würden, wenn ich sie dir erzähle. Und dass es dann nicht mehr meine wären.«

»Geschichten gehören niemandem«, sage ich. »Sie sind dazu da, erzählt zu werden.«

Vielleicht macht es Angst, Geschichten zu erzählen und ihre Wahrheiten mit anderen zu teilen – aber ich möchte mich ihnen lieber stellen, als wegzulaufen.

Ich hole einmal tief Luft. Jetzt ist es an mir, mein Geheimnis zu verraten. Ein Geheimnis, das Angst macht. »Ich habe eine Tigerin gesehen, die mit mir geredet hat, und sie sagte, dass sie Halmoni heilen kann. Ich war mir ganz sicher, dass die Magie echt ist. Aber jetzt habe ich Angst, dass es vielleicht nicht stimmt. Vielleicht habe ich mich einfach zu sehr in was reingesteigert, oder es war eine Stressreaktion, so wie du gesagt hast. Ich dachte, ich könnte eine Heldin sein und nicht immer nur ein BAM.«

Sam wischt sich die schwarzen Flecken in ihrem Gesicht ab. »Das mit dem BAM … das war dumm von mir. Ich hätte dich nie in so eine Schublade stecken dürfen. Und ich hätte auch nicht sagen dürfen, dass der Tiger nicht echt ist. Vielleicht hatte ich unrecht. Vielleicht ist er ja doch irgendwie echt. Ich würde es jedenfalls gern glauben. Und vielleicht *müssen* wir es sogar glauben.«

Ihre Augen schimmern vor Tränen. »Das habe ich immer an dir bewundert. Du gibst nicht auf – du bewahrst dir die Magie. Und es war falsch von mir, dass ich es dir ausreden wollte.«

Ich starre durch die Windschutzscheibe. Was würde es bedeuten, weiterzuhoffen, jetzt, wo das Ende wirklich da ist? Was ist, wenn Sam im Regen nicht fahren kann und wir hier festsitzen und Halmoni stirbt, ohne dass wir zu ihr kommen können?

»Lily«, sagt Sam. »Weißt du noch, wie du mich nach der Tigergeschichte gefragt hast? Ob ich wegrennen würde?«

Ich schließe die Augen und nicke.

»Eins sollst du wissen, Lily: Wann immer wir nicht wegrennen können und du dastehst und dich den Dingen stellen musst, bin ich an deiner Seite. Ich halte zu dir, komme, was wolle.«

Ich spüre, wie mir das Herz aufgeht. Wir sind Sonne und Mond, und wir sind bereit, mutig füreinander zu sein. Und manchmal ist Glauben das Mutigste von allem.

Aber leider hilft uns das im Moment nicht weiter. Sam kann im Regen nicht fahren, und wir sitzen fest. Halmoni stirbt, und wir können nicht zu ihr.

Ja, wir sitzen in der Falle. Aber dann taucht etwas in meiner Erinnerung auf.

Ich habe eine Idee.

KAPITEL 40

Laut Ricky muss ich dorthin gehen, wo Tiger sich gern aufhalten. Und Halmoni hat gesagt, sie sei zu dem Ort gegangen, an dem Tiger ihre Geschichten hüten.

Und die Tigerin liebt die Bücherei. Das hat sie selbst gesagt, als ich die Erde in den Pudding gemischt habe.

Die Bücherei, eine Heimat für Geschichten.

»Warte hier«, sage ich zu Sam, stürze aus dem Auto und renne über die Straße.

Die Tür ist natürlich zugesperrt. Es ist ja mitten in der Nacht. Aber davon lasse ich mich nicht aufhalten. Jetzt nicht.

Ich teste eines der Fenster, das aber nicht aufgeht. Und ich verliere jede Hoffnung, bis eine Erinnerung in mir aufsteigt: Mom, vor Halmonis Haus.

Okay, es ist ziemlich weit hergeholt, aber einen Versuch ist es wert: Ich klopfe die Scheibe an der Seite ab, lasse meine Hände über den Fenstersims gleiten und donnere mit der Faust direkt unter das Glas.

Ich halte den Atem an und flehe stumm: bitte. Dann drücke ich.

Wunderbarerweise geht das Fenster auf.

Sam brüllt meinen Namen, und als ich herumwirble, steht sie direkt vor mir. »Ich hab dir gesagt, du sollst im Wagen warten.«

Sie funkelt mich an. »Machst du Witze? Du brichst hier ein, und ich soll im Wagen warten?«

»Bitte, ich muss nur … also ich muss das alleine machen. Es dauert nicht lange.«

Sie schüttelt langsam den Kopf. »Ich kann nicht einfach dasitzen, während du in die Bücherei einbrichst, sonst bin ich die schlechteste große Schwester aller Zeiten.«

Ich beuge mich vor und drücke sie an mich, und sie verstummt überrascht. »Du bist die *beste* Schwester aller Zeiten. Aber du musst jetzt im Auto warten und startbereit sein. Vertrau mir.«

Sie fährt sich mit der Hand durch die Haare. »Oh mein Gott. Okay. Okay, gut. Ich bin also deine Fluchtfahrerin, obwohl ich nicht im Regen fahren kann, falls du das vergessen hast.«

»Danke«, sage ich, dann ziehe ich mich hoch und ins Fenster hinein und purzle in die Bücherei.

»Bitte sei da«, flüstere ich.

Es ist dunkel, aber ich bin die kleine Eggi. Ich bin die Sonne, und die Dunkelheit macht mir keine Angst mehr.

Ich schlängle mich durch die Regalreihen. »Hallo?«

Meine Brust krampft sich zusammen. Ich hatte so gehofft, dass die Tigerin da sein würde. War mir so sicher. Aber in der Bücherei bleibt es still.

»Hallo«, rufe ich wieder. Die Stille ist so laut, dass ich es nicht ertragen kann. Ich fege alle Bücher vom nächstbesten Regal, lasse sie auf den Boden poltern. »Bitte komm raus! Ich brauche deine Hilfe!«

»In Ordnung, gut.« Es ist ihre Stimme, und ich wirble herum. Die Tigerin liegt in einer Ecke, den Kopf auf den Pfoten.

»Du bist da«, hauche ich. Ich komme mir lächerlich vor, weil ich vor Freude beinahe in Tränen ausbreche. Sie ist ein gefährliches Raubtier, aber ich bin so froh, dass sie da ist. Es besteht also noch Hoffnung.

»Ich erwarte eine Entschuldigung von dir«, sagt sie. »Ich bin kein Monster. Du kannst mich nicht wegwünschen wie einen schlechten Traum.«

»Tut mir leid«, sage ich. »Ich weiß nicht, ob du gut oder böse bist, und ich weiß nicht, ob ich das Richtige mache.«

Ich folge nur einer Ahnung – einer Idee, die mir gerade zugeflogen ist, einem Funken, einer Hoffnung. Aber ich werde mutig sein. »Mir ist etwas aufgefallen, als ich dich damals nach dem Einkauf im Supermarkt gesehen habe. Ich habe nicht weiter darüber nachgedacht, aber … es sah aus, als würde um dich herum kein Regen fallen. Und in dem Moment war ich überzeugt, du bist hinter Halmoni her, aber jetzt denke ich, dass du vielleicht dort im Regen gestanden hast, um uns nach Hause zu führen.«

Als sie nicht antwortet, schlucke ich schwer und füge hinzu: »Und ich kann nur hoffen, dass ich mich nicht geirrt habe. Dass du diese Magie besitzt. Weil ich deine Hilfe brauche.«

Langsam steht sie auf. Ich glaube ihre Knochen knirschen zu hören, aber vielleicht sind es nur die Bäume draußen, die im Sturm peitschen.

»Folge mir«, sagt sie. Dann führt sie mich durch die Regalreihen aus der Bücherei hinaus.

Ich laufe zum Wagen zurück, knalle die Tür hinter mir zu und schnalle mich an. »Ich glaube, sie will, dass wir ihr folgen«, sage ich.

Die Tigerin tritt vor unser Auto und dreht sich um, langsam, bis sie uns den Rücken zukehrt. Ihr Schwanz peitscht tief am Boden, küsst praktisch das Pflaster.

Dann setzt sie sich langsam in Bewegung, als hätte sie alle Zeit der Welt, immer nur eine Klaue, eine Pfote, ein Bein auf einmal. Und während sie geht, lässt der Regen hinter ihr nach. Er hört nicht vollständig auf, aber jetzt ist es nur noch ein Nieseln.

Überall um uns herum regnet es noch immer in Strömen, nur die Spur, die die Tigerin uns bahnt, bleibt frei.

Ich verstehe nicht, wie so was möglich ist. Vielleicht lässt sich dieses bizarre Wetterphänomen durch Wolken und Wind oder was auch immer wegerklären. Aber es fühlt sich anders an. Magisch.

»Welche sie? Was geht hier vor?«, flüstert Sam mit geweiteten Augen. Vielleicht sieht sie die Tigerin nicht, aber die Nieselspur, die für uns gebahnt wird. »Ist das die Tigerin?«

Ich zögere, dann nicke ich.

»Ich sehe sie nicht«, flüstert sie. In ihrer Stimme schwingen Ungläubigkeit und Angst mit – aber hinter alldem auch ein Anflug von Enttäuschung. Sie zerrt an ihrer weißen Strähne und klemmt sie hinter ihr Ohr. »Warum sehe ich sie nicht?«

Bis zu diesem Moment habe ich nie verstanden, warum Sam so wütend auf Halmonis Traditionen war. Auf die Magie. Aber vielleicht *wollte* sie es zu sehr – wünschte es sich mit aller Kraft und hatte zugleich Angst, nie dazuzugehören. Vielleicht hat sie diese Dinge deshalb so weit von sich geschoben.

Ich fasse an meinen Hals, um den Perlenanhänger abzunehmen, dann beuge ich mich zu Sam hinüber und lege ihr die Kette an. Extraschutz. Extraliebe. Nur für alle Fälle.

»Alles wird gut«, sage ich. »Manchmal ist Glauben das Mutigste von allem. Und jetzt fahr.«

KAPITEL 41

Meine Tigerin bringt uns zum Krankenhaus.

»Das war … du bist …«, sagt Sam beim Einparken, aber sie schüttelt zugleich den Kopf. Dafür ist jetzt keine Zeit.

Wir stürzen aus dem Wagen, am Tiger vorbei und durch die automatischen Gleittüren in die Empfangshalle.

Krankenhäuser sind kalt und hell. Der Geruch nach Reinigungsmitteln sticht mir in die Nase, als sollte sie desinfiziert werden. Hier drin ist alles sauber, unter Kontrolle. Draußen ist es wild – Sturm und Regen und Tiger –, aber hier drin kann uns die Natur nichts anhaben.

Sam redet mit den Leuten an der Empfangstheke, und eine Schwester kümmert sich um uns und schleust uns durch zahllose weiße Gänge.

Vor Halmonis Zimmer lässt sie uns allein.

Mom liegt zusammengekauert neben Halmoni auf dem Bett. Sie versperrt uns die Sicht auf Halmoni, aber ich höre sie flüstern: »Ich gebe dir, was immer du willst, wenn du sie mir nur nicht wegnimmst. Noch nicht.«

Ich weiß nicht, ob sie zu Gott oder einem Tiger oder irgendwas dazwischen betet.

Sam klopft an die offene Tür, und als Mom aufschaut, erwarte ich, dass sie wütend wird. Wir sollten schließlich zu Hause bleiben, und Sam ist einfach hergefahren, obwohl sie nur einen Lernführerschein hat. Wir haben gegen ein Gesetz verstoßen und – was noch schlimmer ist – gegen Moms Regeln.

Aber Mom ist zu müde, um sich aufzuregen. »Ich hätte euch jetzt bald angerufen. Es sieht nicht gut aus, Mädchen.«

Ich würde gern fragen, was das genau bedeutet, aber andererseits will ich es nicht wissen. Oder vielmehr *weiß* ich es schon. Glaube ich jedenfalls.

Mom winkt Sam und mich ins Zimmer, doch ich bleibe in der Tür stehen.

Halmoni wirkt so klein in ihrem Krankenhausbett, ganz blass gegen die hellblaue Decke. Sie hat einen dünnen Sauerstoffschlauch in der Nase, aber mit ihrem paillettenbesetzten Turban sieht sie immer noch glamourös aus, selbst jetzt. Obwohl sie so krank ist.

Nein.

Krank ist nicht das richtige Wort.

Krank, das ist die Halmoni, die sich im Badezimmer übergibt. Krank ist Sams rote Nase, wenn sie eine Erkältung hat. Krank war mein geschwollener, wunder Hals, als ich mal eine Mandelentzündung hatte.

Das hier ist nicht krank. Das hier ist *nie mehr gesund werden.*

Halmoni sieht aus, als ob sie stirbt.

Und ich bin nicht bereit.

Ich weiche einen Schritt zurück, aber Halmoni öffnet die Augen und sieht uns. »Sam«, sagt sie. Ihre Stimme ist so schwach. »Ich rede zuerst mit Sam.«

»Mit mir? Wirklich?«, stößt Sam mit erstickter Stimme hervor.

Halmoni nickt schwach und Sam stürzt an ihre Seite.

Mom kommt zu mir herüber. »Komm, Lily. Wir holen ein paar Snacks aus dem Automaten.«

Ich folge ihr hinaus, aber von dem grellen Licht und dem Krankenhausgeruch wird mir schwindlig. Ich will hier nicht sein – an dem Ort, wo Halmoni stirbt.

Mom geht voraus, in der Annahme, dass ich ihr folge, aber ich mache mich unsichtbar und gehe in die entgegengesetzte Richtung, weg von Mom und Halmoni, durch die verschlungenen Gänge, bis ich zu der Gleittür komme, hinaus ins Freie, wo ich atmen kann.

Ich stehe unter dem überdachten Eingang des Krankenhauses. Vor mir sitzt die Tigerin im Regen, wie ich es erwartet habe.

Ein unsichtbares Mädchen und ein unsichtbarer Tiger. Wir passen zusammen.

»Ich glaube, ich weiß, wie die Geschichten mich verändert haben«, sage ich zu ihr.

Ihre Ohren zucken. »Und wie?«

Ich atme ein. »Sie haben mich dazu gebracht, alles auf einmal zu wollen, auch wenn es noch so widersprüchlich ist. Ich weiß nicht, wie man so viele verschiedene Dinge gleichzeitig fühlen kann. Und ich weiß nicht, welche Gefühle und welche Bedürfnisse richtig sind.«

»Was willst du, Lily?«

Mein Herz klopft. Und wieder bin ich bis zum Bersten angefüllt. Dann sage ich: »Ich will, dass Halmoni weiterlebt, aber ich will nicht, dass sie noch länger leiden muss. Und ich will …« Meine Stimme versagt, und ich habe Angst, dass ich nicht weitersprechen kann, doch irgendwie schaffe ich es: »Ich will in dieses Zimmer zurück und bei Halmoni und meiner Familie sein. Und gleichzeitig will ich auch weglaufen – weit, weit weg, so weit wie nur möglich.«

Ich hole Luft. Der Regen fällt.

Ich sage zu ihr: »Ich hasse dieses ganze Wünschen und Wollen. Ich verstehe allmählich, dass das Tigermädchen ein Heilmittel wollte. Es ist schrecklich, so viel zu fühlen.«

Die Tigerin verlagert ihr Gewicht, und ihre Streifen glühen. »Das Tigermädchen hatte unrecht, Lily. Denn wie sich gezeigt hat, mag ihre Tochter die Tigergestalt. Und jetzt weiß sie, dass man nicht nur eines sein kann. Wer stark ist, kann mehr als eine Wahrheit in seinem Herzen bewahren.«

Ich schüttle den Kopf. »Aber ich bin nicht stark. Ich bin nicht bereit für das Ende von Halmonis Geschichte. Ich ertrage das nicht.«

»Ich habe dir gesagt, dass ich meine Ae-Cha heilen kann, aber Heilen bedeutet nicht immer, jemanden von einer Krankheit zu befreien. Oft geht es um Verstehen. Und wenn man sich der ganzen Geschichte stellt, versteht man auch sein eigenes Herz. Sein ganzes Herz.«

Mein ganzes Herz tut weh. »Ich habe versagt. Ich wusste nicht, ob es echt ist oder nicht, und habe vor Wut das Glas zertrümmert. Das Ende der Geschichte ist fort, und jetzt hat Halmoni nicht mal das.«

»Es ist nicht fort«, sagt sie. »Du hast die Geschichte befreit. Und ich kann dir das Ende nicht erzählen, aber du weißt mehr, als dir bewusst ist. Das sind schließlich unsere Familiengeschichten.«

Ich halte inne, wälze ihre Worte in meinem Kopf. *Meine* Ae-Cha. *Unsere* Familiengeschichten. Meine Familie und ihre. »Bist du … Halmonis Mom? Bin ich …?« Ich sage nicht *ein Tigermädchen*, weil das gar nicht nötig ist. Ich weiß es auch so.

Sie antwortet nicht auf meine Fragen. »Nimm deine Geschichte, damit du verstehst, woher du kommst und wer du bist – dann findest du deine eigene. Dann kannst du dir die Geschichte der Lily erschaffen, die du sein willst.«

Bevor ich antworten kann, gleitet die Tür auf. Ich drehe mich um und vor mir steht eine asiatische Krankenschwester in einem pinkfarbenen Kittel und mit orangefarbenem Lippenstift. »Da bist du ja!«, sagt sie. »Deine Mutter ist ganz außer sich vor Angst. Komm jetzt.«

Ich schaue zu meiner Tigerin zurück, obwohl ich weiß, dass sie fort ist.

KAPITEL 42

Die Schwester führt mich wieder durch die weißen Flure, und ich muss rennen, um mit ihr Schritt zu halten. »Es tut mir wirklich leid«, sagt sie, als wir endlich vor der Tür stehen. »Ich weiß noch genau, wie es war, als ich Abschied von meiner Großmutter nehmen musste. Das ist so hart. Aber ich bete für dich, Kleines.«

Mom sieht mich und stürzt zu mir. »Lily. Du hast mir solche Angst eingejagt. Du kannst doch nicht einfach weglaufen! Erst recht nicht jetzt.« Sie zieht meinen Kopf zu sich und flüstert mir zu: »Halmoni will mit dir sprechen.«

In meinem Geist wirbeln die Worte der Tigerin herum.

Ich hole Luft und gehe hinein, an Halmonis Bett.

Sam steht da. Sie macht sich nicht die Mühe, ihre Tränen abzuwischen, stattdessen drückt sie meinen Arm, als sie das Zimmer verlässt. Dann bin ich allein mit Halmoni und den Krankenhausapparaten, die neben uns piepsen.

Ich presse die Fingernägel in meine Handflächen und setze mich auf den grauen Krankenhausstuhl neben Halmonis Bett. Er ist kratzig und der Stoff scheuert an meinen Schenkeln.

»Lily Bean.« Halmonis Hand zuckt auf eine Weise, die mir beinahe nichtmenschlich erscheint. Ich schäme mich für diesen Gedanken. Und ich habe Angst und bin traurig und ein Teil von mir will sich einfach abwenden. Aber ich nehme ihre Hand, und diese Gefühle verschwinden nicht, und ich merke, dass da auch Liebe ist, eine Liebe, die stärker ist als alles andere.

»Ich sehe die Wahrheit«, sagt Halmoni. »Ich sehe meine Mutter. Meine *Omma*. Endlich findet sie mich.«

»Halmoni«, flüstere ich. »Ich glaube, ich habe sie auch gesehen.«

Halmoni lächelt. »Du siehst immer, kleine Eggi. Ist deine Kraft.«

Meine Brust schmerzt, aber ich drücke ihre Hand, zeichne ihre Lebenslinie mit meinem Daumen nach.

»Mein ganzes Leben lang verschwende ich so viel Zeit, so viel Kraft, nur um mein Herz zu verstecken. Ich habe Angst vor Tiger. Aber noch mehr Angst vor Tiger in mir«, sagt sie. »Ich denke immer, ich muss meine Worte verstecken, weil mein Englisch nicht gut. Ich denke, ich muss mein Herz verstecken, weil zu viel fühle. Und ich verstecke ganze Zeit meine Geschichte, weil ich denke, wenn ich erzähle, bin ich für immer das.« Sie nimmt einen flachen Atemzug. »Aber wenn ich es in mir einsperre, frisst mich auf. Ich sehe nicht ganze Liebe, die um mich ist.«

In mir brodelt Hoffnung hoch, obwohl ich dagegen ankämpfe. Obwohl ich weiß, wie gefährlich das ist. »Vielleicht kann doch noch alles gut werden, wenn du das erkannt hast. Du kannst wieder gesund werden.«

»Ich bin bereit jetzt.«

Mein Hals ist wie zugeschwollen. »Ich nicht.«

Halmoni schließt die Augen. »Manchmal ist Mutigstes, nicht mehr weglaufen. Zu sagen: Ich habe keine Angst vor Tiger. Ich habe keine Angst vor Sterben.«

Aber ich. Ich habe solche Angst.

Den Bruchteil einer Sekunde lang blitzt ein Tigergesicht in ihr auf …

Es ist sofort wieder verschwunden, aber ich weiß, dass es da war. Es ist die Wildheit in ihr, der Mut, den sie in ihrem nächsten Kapitel haben wird.

Sie wird tapfer sein.

Sam und Mom kommen zurück, und Sam setzt sich auf die andere Seite des Betts und hält Halmonis andere Hand. Mom kommt zu mir und streichelt meinen Rücken.

Die Augen noch immer geschlossen, die Lippen zu einem kaum merklichen Lächeln gekräuselt, sagt Halmoni in heftigem Flüsterton: »Erzähl mir eine Geschichte.«

Sam schaut mich an und hebt eine Hand, macht eine Greifbewegung, als ob sie einen Stern vom Himmel pflückt, den sie mir hinhält.

An den Rändern meines Geistes kristallisiert sich eine Geschichte heraus, die ganz aus Nebel und Schatten besteht. Langsam nimmt sie Gestalt an.

Ich beuge mich zu Halmoni …

Näher …

Und näher …

Und ich fange an.

KAPITEL 43

Vor langer, langer Zeit, als Tiger noch Sterne tranken – zehntausend Sonnen und zehntausend Monde nachdem ein Mädchen den Tigern ihre Geschichten gestohlen hatte –, lebten zwei Mädchen mit ihrer Halmoni in einem Haus auf dem Hügel. Sie waren Schwestern, die eine hatte lange schwarze Zöpfe, die andere dunkel geschminkte Augen. Als sie noch kleiner waren, hatten sie alles miteinander geteilt, aber mit den Jahren hatten sie sich auseinandergelebt und blieben für sich.

Eines Tages fuhr die Halmoni ins Dorf, um Reis und Nusscracker für ihre Mädchen zu kaufen, aber sie blieb im Stau stecken. Sie kam spät nach Hause, viel später als sonst.

Der Himmel war dunkel in jener Nacht – Regenwolken verbargen die Sterne –, und als die Halmoni an den Fenstern vorbeikam, verwandelte sich ihr Schatten und nahm die Gestalt eines Tigers an.

Vielleicht war es nur die Dunkelheit oder eine optische Täuschung, die Mädchen wussten es nicht.

»Kleine Mädchen«, sagte die Halmoni, »lasst mich herein.«

Die Schwestern spähten durch das Fenster, aber in dieser Nacht sah ihre Halmoni anders aus. Sie war verwandelt.

Die Schwestern hatten Angst. Sie wussten nicht, was sie tun sollten. Also versuchten sie, ihre Halmoni zurückzuverwandeln. Onni verstreute Reis und Eggi verschüttete die Sterne. Alles probierten sie aus, aber es half nichts.

Schließlich war nichts mehr übrig als das Ende der Geschichte. Eine Himmelsgöttin sah sie und hatte Mitleid mit ihnen.

Vor vielen Jahrhunderten hatte nämlich ein anderer Himmelsgott ein Tigermädchen erschaffen, das sich in beiden Welten bewegte.

Selbst Götter können irren, aber wie sich zeigte, war das Tigermädchen in Wahrheit gar kein Fehler gewesen.

Der Fehler war nur, dass sie zu einer Entscheidung gezwungen wurde. Dass der Himmelsgott eine Welt erschaffen hatte, in der sie sich verstecken musste – in der sie Angst davor hatte, alles auf einmal zu sein, wild und sanft, weich und stark.

Aber das war ein alter Gott gewesen, mit alten Sitten, und die neue Göttin erkannte ihre Familie – ihre Urenkelinnen.

Also ließ sie eine Leiter für die kleine Eggi herunterfallen. Und ein Seil für Onni.

»Kommt«, sagte die neue Himmelsgöttin. »Da ist etwas, das ihr sehen müsst.«

Als ich einen Augenblick in Halmonis Krankenzimmer zurückkehre, schmecke ich Salz und merke, dass ich weine. Ich schaue auf und sehe Sam. Ich spüre Moms Hände in meinem Rücken.

Unter meinen Fingerspitzen wird Halmonis Puls immer schwächer, immer langsamer.

»Erzähl weiter«, flüstert Sam.

Die Sekunden schwellen an. Ich hole Luft. Es gibt so viele Enden, unter denen ich wählen kann. Und ich finde meines.

Zusammen stiegen die Schwestern hinauf, immer höher und höher, bis zur Himmelsgöttin, die ihnen eine ganze Galaxie voller Gläser zeigte. Einige der Gläser, lange verborgen, waren durch die ganze Welt getragen worden. Andere waren über das Meer gereist, zu einem Flohmarkt an der Küste, in der Hoffnung, dort ihre Familie zu finden. Und all diese Gläser setzten die Wahrheit und die Sehnsucht und die Liebe frei.

»Öffne sie«, sagte die Tigerin.

Die Mädchen hatten Angst, aber sie waren auch mutig. Sie glaubten an die Hoffnung. Sie öffneten die Gläser und die Geschichten. Einige waren erschreckend, andere traurig, aber die Mädchen waren stolz, weil es die Geschichte ihrer Familie war – Generationen von Frauen, die für ihr Herz gekämpft hatten. Frauen, die sein konnten, was immer sie wollten.

»Und jetzt erzählt eure eigenen Sternengeschichten«, sagte die Himmelstigerin zu ihnen, und ihre Stimme kratzte wie grober Stoff in ihren Ohren. »Licht ist nicht begrenzt.«

Und so begannen die Schwestern zu sprechen. Sie erzählten die Geschichten ihrer Halmoni, die immer Pailletten trug und immer ihre Enkelinnen besuchte. Die für ihr Glück alles riskierte und alles gab, um ihre Familie zu beschützen. Die an unsichtbare Dinge glaubte – an Dinge wie Geister und Magie und Liebe.

Die Mädchen erzählten von ihrer Halmoni, die sie gelehrt hatte, die Welt zu sehen und sich selbst.

Und während sie redeten, füllte sich der Himmel mit Sternen. Die Schwestern machten Licht in der Welt.

Und in diesem Licht fanden sie ihren Weg nach Hause.

In diesem Licht sahen sie, dass sie nicht allein waren.

KAPITEL 44

Als ich meine Geschichte beendet habe, lächelt Halmoni. Ihre Augen sind geschlossen, ihr Puls flattert, ist kaum noch spürbar.

»Ich hab dich lieb«, sage ich zu ihr.

Ich drücke eine von Halmonis Händen. Sam drückt die andere. Mom streichelt ihr Haar.

Das ist das Ende. Aber es kommt nicht sofort, so wie im Kino immer.

In den nächsten paar Stunden wird Halmonis Atem schwächer und schwächer. Wir schauen zu, wie sie verschwindet.

»Die Geschichten sollten sie retten«, sage ich kaum hörbar.

Mom gibt einen Laut von sich, und als ich zu ihr aufschaue, hat sie Tränen in den Augen. »Das haben sie auch, Lily. Sie haben sie daran erinnert, dass die Welt groß ist. Dass sie alles sein konnte. Dass sie für uns alles *war.*«

Halmoni sieht so blass aus, wie sie da im Bett liegt. So hilflos.

»Ich habe Angst«, sage ich.

»Ich weiß«, sagt Mom. »Aber du bist nicht allein.«

Sam greift an ihren Hals, um die Kette zu lösen. Sie nimmt sie in ihre Handfläche, drückt sie in meine und schlingt unsere Finger ineinander.

Zusammen halten wir ein kleines Stück Magie – ein Stück von Halmoni, nur für uns.

»Es ist okay«, flüstere ich und beuge mich so dicht zu Halmoni, dass meine Lippen ihr Ohr streifen. Ich schließe die Augen und atme. Manchmal ist es das Mutigste von allem, nicht mehr wegzulaufen. »Es ist okay, wenn du gehst. Wir kommen zurecht.«

Ich bin mir nicht sicher, ob sie mich hört. Aber ich glaube schon. Der ganze Raum atmet auf.

Ich schaue hoch, und die Welt draußen ist dunkel, aber durch das Fenster zwinkern mir zwei kleine Punkte zu. Kaum sichtbar, sodass ich mir nicht sicher sein kann. Es könnte eine Spiegelung der Geräte im Inneren sein, aber vielleicht sind es auch die Augen einer Tigerin, die zu mir hereinstarrt.

Ich schaue sie an, und mein Herz zieht sich zu einer kleinen Faust zusammen. Dann verschwinden die Augen, fallen zu. Und in mir öffnet sich etwas, ein Loch, das zuvor nicht da war. Eine Leere und ein Verlust, aber auch … Raum. Ein offenes Glas, eine Befreiung.

Ich lehne meinen Kopf an Halmonis Herz, und ich sitze in diesem kleinen Raum mit meiner Familie.

Als Halmoni schließlich geht, weiß ich, dass sie bereit ist. Sie ist immer mutig gewesen.

KAPITEL 45

Der Keller ist überschwemmt.

In der ersten Nacht nachdem wir in Halmonis Haus zurückgekommen sind, reißt Mom die Kellertür auf und schüttelt den Kopf. Die Kartons, die Ricky und ich so mühsam hinuntergeschleppt und aufgestapelt haben, lösen sich langsam in Matsch auf. Mom starrt lange, lange Zeit auf das Wasser, bevor sie jemanden ruft, der das Chaos beseitigt.

In der zweiten Nacht schläft Mom in Halmonis Zimmer. Sam liegt wach, kaut auf ihren Fingernägeln. Das restliche Haus verstummt. Die Dielenbretter knarzen nicht unter meinen Füßen. Die Türen singen nicht. Ohne Halmoni ist das Haus nur ein Haus. Ein zu stilles, zu leeres Haus, in dem keine von uns zu leben weiß.

Die Tage vergehen ruhig. Das Haus verschwimmt.

Ricky schreibt mir in einem unablässigen Strom von seinen Lieblingssnacks, um mich aufzumuntern. Und in der siebten Nacht, nach einer vollen Woche, schreibt er: *Reiskuchen.*

Als ich das Wort lese, brennen Tränen hinter meinen Lidern. Ich schalte fast mein Smartphone ab und verkrieche mich unter meiner Decke.

Aber seine Nachricht erinnert mich an etwas. Ein wichtiges Datum rattert in meinem Kopf herum. Ich checke den Kalender in meinem Handy und stelle fest: Morgen ist der Kuchenbasar.

Ich habe eine Idee, und zum ersten Mal in dieser ganzen Woche lässt der Druck auf meiner Brust ein bisschen nach. Ich erkläre Ricky meinen Plan, dann schreibe ich Jensen, bevor ich meine Decke zurückwerfe.

Ich laufe die Dachzimmertreppe hinunter, ohne in den Unsichtbarkeitsmodus zu schalten. Ich poltere in der Küche herum, sammle Töpfe und Pfannen zusammen, fülle den Raum mit Lärm. Das Haus erwacht allmählich.

Mom kommt in die Küche, Sam im Schlepptau.

»Was machst du da?« Sam blinzelt mich an.

»Reiskuchen. Für den Kuchenbasar.«

Sam ist verwirrt, aber Mom stellt keine Fragen. Sie kommt einfach zu mir und nimmt Zutaten aus dem Regal – ein Glas mit Mochi-Mehl, eine Zuckerpackung, Adzukibohnenpaste.

Sam sagt: »Wir müssen nicht zum Kuchenbasar gehen.«

»Nein, müssen wir nicht«, sage ich und schaue zwischen ihr und Mom hin und her. »Aber … vielleicht sollten wir es trotzdem tun. Die ganzen Leute. Das wird wie ein …«

In Sams Gesicht zeichnet sich Verstehen ab und ihre Augen werden dunkel vor Kummer. »… wie ein Zesa sein.«

»In der Bücherei«, sagt Mom mit bebender Stimme. Einen Augenblick hat es den Anschein, als könne sie nicht weitersprechen, aber dann fügt sie hinzu: »Die Bücherei war eines von Halmonis Projekten, vor so vielen Jahren. Sie hat sie in leuchtenden Farben gestrichen und kitschige Poster aufgehängt. Es sollte ein ganz besonderer Ort sein.« Ich starre Mom an, frage mich, wie es sein kann, dass ich nichts davon wusste.

Aber ich habe nicht viel Zeit, darüber nachzudenken, denn Sam fragt Mom: »Weißt du, wie man Reiskuchen backt?«

Mom nickt, aber in ihrer Stimme liegt ein Anflug von Panik: »Also, ich glaube schon. Vielleicht. So ungefähr.« Und dann leiser: »Ich bin nie auf die Idee gekommen, sie zu fragen.«

Ich denke an den Tag, als ich Halmoni nach ihrem Rezept gefragt habe – später, hat sie gesagt. Und jetzt ist es zu spät.

Aber Mom sieht hoffnungsvoll aus, und ich atme auf.

»Ist schon gut«, sage ich. »Selbst wenn etwas nicht perfekt ist, kann es trotzdem gut sein.«

Mom drückt mir die Schulter, und wir fangen an, messen Mehl und Kokosmilch ab, so wie es uns richtig erscheint. Und zusammen backen, mit den Händen den Mochi-Teig kneten, das fühlt sich genau richtig für uns an.

KAPITEL 46

Ricky und Jensen haben dafür gesorgt, dass alle Bescheid wissen. Fast der ganze Ort kommt zu Halmonis Zesa in die Bücherei. Halmonis Freunde füllen den Raum mit Essen und Geschichten. Die Leute kommen zu uns, sagen uns, wie leid es ihnen tut, wie sehr sie Halmoni geschätzt und geliebt haben – Leute, die wir nicht kennen, Leute, denen Halmoni geholfen oder die sie geheilt hat.

Als Joe bei mir auftaucht, entschuldige ich mich als Erstes bei ihm. Er verlangt natürlich nichts für den zum Zesa umfunktionierten Kuchenbasar, obwohl wir seinen Plan durchkreuzt haben, mit dem Geld die Bücherei zu retten. »Ich weiß, wir sollten eigentlich Spenden eintreiben«, sage ich.

Joe schüttelt den Kopf. »Hier geht es nicht um Geld. Sondern um die Gemeinschaft. Obwohl wir uns vielleicht noch mal unter vier Augen über deinen Einbruch unterhalten müssen.«

Mein Gesicht wird knallrot. »Woher wissen Sie das?«

»Intuition«, sagt er. »Und die schlammigen kleinen Fußspuren überall.«

»Oh.« Daran habe ich überhaupt nicht gedacht.

Aber sein Schnurrbart zuckt dabei und er schmunzelt ein bisschen.

»Gebrochene Herzen hinterlassen meistens Spuren.« Er reicht mir einen Keks, und ich danke ihm.

Auf der anderen Seite des Raums redet Mom mit ein paar Erwachsenen, die ich nicht kenne, und Sam schlängelt sich zu Jensen durch. Jensen nimmt sie in den Arm und küsst sie auf den Kopf, und Sam schmiegt sich an Jensens Hals. Die Liebe, die ich zwischen ihnen auffange, verwirrt mich einen Augenblick lang.

Aber plötzlich ergibt alles einen Sinn. Sams merkwürdige Reaktion, als sie Jensen das erste Mal gesehen hat. Ihre Nervosität, als sie mich später nach ihr fragte. Dass Jensen ihr geholfen hat, Reis zu verstreuen, und dass Sam sie mitten in der Nacht angerufen hat.

Sie sind ein Paar.

Mir bleibt einen Augenblick die Luft weg, obwohl es doch so offensichtlich ist. Sie passen gut zusammen. Jensen ist nett, und Sam ist sanft zu ihr, also alles gut.

Auf der anderen Seite der Bücherei entdecke ich Ricky mit seinen Freunden. Sie winken mir alle zu, und Ricky setzt sich von ihnen ab und kommt zu mir, einen Korb im Arm. Heute trägt er eine schwarze Melone, einen glamourösen Hut, der Halmoni gefallen hätte.

»Schokomuffins«, erklärt er. »Joe hat mir sein Rezept verraten.« Und dann, mit einem schiefen Lächeln: »Keine Erde, Ehrenwort.«

Er hält mir den Korb hin, der Urenkel des Tigerjägers bietet der Urenkelin der Tigergöttin Backwaren an.

Ich nehme die Muffins, und eine wohlige Wärme breitet sich von meinen Fingerspitzen in meinem ganzen Körper aus. Ein Teil von mir lebt ein bisschen auf, lächelt. Und ich weiß nicht, ob das Lächeln bis zu meinen Augen reicht – aber vielleicht fängt der Heilungsprozess genau so an: kleine Glücksmomente, die in einem erwachen, bis sie einen irgendwann ganz ausfüllen.

»Ich hab meinen Englischtest bestanden«, sagt er. »Wir kommen also im Herbst in dieselbe Klasse.«

Ich lächle, richtig diesmal. »Das ist super, Ricky.«

Er grinst, und als ich gehe, versteht er sofort. Er weiß, dass ich noch nicht zu einem richtigen Gespräch bereit bin.

Ich schlüpfe durch die schwere Eingangstür hinaus und setze mich auf die Treppe, den Korb mit den Muffins auf meinem Schoß.

Ich denke an unser Gespräch, daran, dass man herausfinden muss, wer man ist, auch in ungewohnten Situationen. Genau das habe ich getan. Ich habe meine Ränder ausgedehnt, habe versucht, die Grenzen zu finden – und ich habe gemerkt, dass ich so viel mehr bin, als ich dachte. Jetzt, in diesem Moment, fühle ich mich unendlich.

Ich beiße in einen der Muffins – und dann huste ich, spucke alles in meine Hand. Salz. Ricky muss Zucker und Salz verwechselt haben.

Der Geschmack ist so unerwartet, dass ich lachen muss.

»Kann ich mich zu dir setzen?«, fragt jemand.

Zuerst denke ich, es ist die Stimme der Tigerin. Ich warte immer noch darauf, sie zu hören oder aus dem Augenwinkel einen Blick auf sie zu erhaschen. Aber ich weiß auch, tief in meinem Inneren, dass sie fort ist.

Als ich mich umdrehe, steht Sam da, die sich neben mich setzt, ohne auf Antwort zu warten. Sie greift in den Korb, nimmt sich einen Muffin, ohne zu fragen.

»Das würde ich lieber nicht …«, fange ich an, aber es ist zu spät. Sam würgt bereits an ihrem ersten Bissen, spuckt ihn ebenfalls in ihre Hand. Sie starrt mich an, und ich lache und sie auch …

Dann hören wir auf, abrupt, werfen die angebissenen Muffins in den Korb zurück.

Es fühlt sich falsch an, in diesem Moment glücklich zu sein.

»Wird es leichter?«, frage ich. »Geht die Traurigkeit weg?«

Sam starrt geradeaus vor sich hin. »Die Traurigkeit verblasst, ja. Irgendwann. Aber dass einem jemand fehlt … Ich weiß nicht, ob das je besser wird.«

Ich drücke den Daumen in meine Handfläche, und als ich die Augen schließe, kann ich mir fast vorstellen, dass es Halmoni ist, die meine Lebenslinie nachfährt und mir sagt, alles wird gut. Meine Haut wird heiß in der Abendluft. Endlich fühlt es sich wie August an, und ich fülle meine Lunge mit Wärme.

Sam rutscht näher zu mir, bis unsere Arme sich berühren. Am Himmel geht die Sonne unter, und der Mond lugt über den Bäumen hervor. »Erzählst du mir noch eine Geschichte?«, fragt sie.

Ich atme ein. Die Sekunden schwellen an. Ich finde meine Stimme.

»Vor langer, langer Zeit …«, fange ich an.

Ich weiß das Ende noch nicht, aber ich werde mich meiner Geschichte stellen, während sie sich verändert und wächst. Wegen Halmoni kann ich mutig sein. Ich kann alles sein.

Ich bin ein Mädchen, das unsichtbare Dinge sieht, aber ich bin nicht unsichtbar.

NACHWORT DER AUTORIN

Als ich klein war, hat meine Halmoni mir Geschichten erzählt.

Meine jüngere Schwester und ich haben uns zu ihr ins Bett gekuschelt, und sie hat unsere Welt mit Magie gefüllt, indem sie uns von Geistern und Tigern erzählte. In diesen Momenten hätte ich schwören können, dass draußen vor dem Schlafzimmer Tiger lauern, die mit ihren scharfen Krallen über die Dielenbretter kratzen. Ich konnte praktisch sehen, wie ihre Schatten unter der Tür durchsickerten.

In diesen Nächten fühlte ich mich mit einer langen Ahnenreihe von koreanischen Frauen verbunden, die ich nie gekannt hatte – als ob ihre Geschichten in meinem Blut weiterlebten. Wenn ich Halmoni zuhörte, war ich nicht in einen amerikanischen und asiatischen Teil aufgespalten – eine Viertel-Koreanerin. Ich war einfach nur ich selbst, mein ganzes Ich, und ich habe es tief in meinen Knochen gespürt.

Jahre später, als ich Hawaii verließ, um ans College zu gehen, habe ich diese Geschichten abgelegt – nicht absichtlich, sondern einfach so, versehentlich, als wären sie unter mein Bett geschlüpft, um dort unten Staub anzusammeln. Nicht lange, und ich vergaß, dass die Geschichten überhaupt existierten.

Ich ahnte nicht, wie sehr ich sie brauchte, bis mich gegen Ende meiner College-Zeit jemand fragte, ob ich Koreanerin sei.

»Nur zu einem Viertel«, habe ich geantwortet, was sich falsch anfühlte, sobald ich es ausgesprochen hatte. Die Antwort war ganz einfach immer Ja gewesen. Aber irgendwie hatte ich mit der Zeit angefangen, meine Identität aufzuteilen.

Da ich wieder ganz werden wollte, kehrte ich zu den Geschichten zurück, las alte Märchen und suchte im Internet danach – aber jetzt waren sie anders. Das waren nicht die Geschichten meiner Halmoni. Irgendwie hatten sie ihre Gestalt gewandelt. Oder sie hatten sich verändert. Oder ich konnte sie nicht finden. Vielleicht hatte Halmoni mir andere Versionen erzählt und einige ganz erfunden.

Als ich sie gebeten habe, sich an ihre Geschichten zu erinnern, winkte sie ab. »Oh, so lange her«, meinte sie nur. »Ich weiß nicht, was ich sagen soll.«

Da ich also niemanden hatte, an den ich mich wenden konnte, schrieb ich meine eigene Geschichte.

Ich fing mit meiner Lieblingserzählung an: zwei Schwestern, die vor einem Tiger davonlaufen und in den Himmel flüchten, wo sie zu Sonne und Mond werden. Es ist eine bekannte Geschichte mit vielen Varianten, aber ich hatte immer das Gefühl, dass diese Geschichte etwas verbarg – und ich wollte ihre Geheimnisse kennenlernen.

Der Tiger in der Geschichte ist klug und entschlossen. Er verkleidet sich als die Großmutter der Mädchen. Er spürt sie auf. Er versucht sie zu überlisten, und als das nicht klappt, jagt er sie über alle Berge und durch die ganze Welt. Am Ende jagt er sie sogar bis in den Himmel.

Der Tiger verfolgt sie so hartnäckig, so unerbittlich, dass ich mich immer gefragt habe: Was will er von ihnen? Nichts so Primitives wie

Fleisch – nein, da steckte mehr dahinter. Doch was konnte so wichtig, so mächtig sein, dass der Tiger die beiden Mädchen durch die ganze Welt jagte?

Ich schrieb ein gutes Dutzend Entwürfe, um die Antwort zu finden, aber es war nicht leicht. Fast so, als müsse ich mich zuerst als vertrauenswürdig erweisen, bevor die Geschichte mir ihre Geheimnisse preisgeben würde.

Also arbeitete ich hart daran. Ich wühlte mich durch meine Familiengeschichte und die Geschichte Koreas.

Ich las über Kolonialismus und Unterdrückung, über eine verborgene Sprache und vergessene Geschichten, über Trostfrauen und erzwungenes Schweigen. Die koreanische Bevölkerung – insbesondere die Frauen – ist kämpferisch und widerstandsfähig, und je länger ich mich damit befasste, desto besser verstand ich meine Halmoni und mich selbst.

Meine Suche förderte merkwürdige Zufälle zutage. In einem der ersten Entwürfe hatte ich von Sternengläsern voller Magie geschrieben, ohne wirklich zu wissen, warum. Der Gedanke war mir wie aus dem Nichts zugeflogen.

Später entdeckte ich Bukduchilsong oder die Sieben Sterne – eine Gottheit, die über Kinder wacht und der oft Schalen oder Gläser als Opfer dargebracht werden.

Desgleichen erfand ich in meiner Geschichte eine kleine koreanische Insel, von der einmal im Jahr das Meer zurückweicht. Als ich über einer Karte von Korea brütete und einen Platz für mein fiktives Dorf suchte, stellte ich fest, dass dieser Ort tatsächlich existiert. Jindo, eine Insel im Gelben Meer, von der einmal im Jahr aufgrund einer bestimmten Tidenkombination – und vielleicht ein bisschen Magie – das Meer zurückweicht.

So tastete ich mich langsam vorwärts, abwechselnd mit Schreiben und Recherchieren, und orientierte mich an diesen Zufällen – als würde ich eine Geschichte zusammenfügen, die schon vor langer, langer Zeit erzählt worden war, sodass ich nur noch die Lücken auszufüllen brauchte.

Vor meiner Suche hatte ich nur eine vage Vorstellung von dem ursprünglichen Mythos, der hinter alldem steckt und den meine Halmoni uns seltsamerweise nie erzählt hat. Die Geschichte geht folgendermaßen:

Vor langer, langer Zeit lebte einmal ein himmlischer Prinz, der über die Erde herrschte. Seine Aufgabe war nicht schwer, bis eine Bärin und eine Tigerin, die ihr wildes Leben satthatten, ihn baten, sie in Menschen zu verwandeln.

Er sagte ihnen, wenn sie hundert Tage lang in einer Höhle leben und nichts als Wermutkraut und Knoblauch essen würden, dann könnten sie Menschenfrauen werden.

Die Bärin erfüllte diese Bedingungen und der Prinz belohnte sie mit der Gestalt einer Menschenfrau. Gemeinsam erschufen sie danach das koreanische Volk.

Aber die Tigerin war ungeduldig und hielt sich nicht an die Abmachung. Sie rannte vorzeitig aus der Höhle und wurde dazu verdammt, ihr Leben einsam und allein als wildes Tier im Dschungel zu fristen.

Von der Bärin hatte ich schon gehört, aber nicht von der Tigerin. Und dennoch hatte ich in meinem Entwurf über ein Tigermädchen geschrieben, die einen Himmelsgott bittet, sie in einen Menschen zu verwandeln. Die Worte hatten sich richtig angefühlt, obwohl ich damals natürlich nicht verstand, warum.

Jetzt kann ich das nicht mehr für einen Zufall halten.

Ja, mag sein, dass ich die Geschichte irgendwann mal gehört und dann vergessen habe, sodass sie lange in meinem Unbewussten schlummerte. Aber trotzdem fühlte ich mich mit etwas Größerem verbunden. Ich fühlte mich wie damals, vor so langer Zeit, als lebten diese Geschichten in meinem Blut weiter, auch die, die ich nie gehört hatte.

Ich befasste mich noch intensiver mit dem Mythos und fand einen kritischen Essay mit dem Titel »Begetting the Nation« von Seungsook Moon. Moon zufolge beinhaltet »die Verwandlung eines Bären in eine Frau die tiefe soziale Bedeutung des Weiblichen, versinnbildlicht durch die Bereitschaft, Schmerz und Leid zu ertragen«.[1]

Damit nahm meine Geschichte endgültig Gestalt an.

Und das war das Geheimnis dahinter: Wenn die Bärin die koreanischen Frauen repräsentiert – oder eine Version von Weiblichkeit, die für Fügsamkeit und stilles Dulden steht –, was bedeutet dann die Tigerin?

Was ist mit der Frau, die nicht leiden wollte und dafür verbannt wurde?

Und was würde passieren, wenn sie zurückkäme?

Was würde sie dann wollen – und welche Geschichte würde sie erzählen?

1 Seungsook Moon, »Begetting the Nation«, in Dangerous Women: Gender & Korean Nationalism, hrsg. von Elaine H. Kim und Chungmoo Choi (New York, Routledge, 1998), 41.

DANK

Dieses Buch musste ich einfach schreiben, auch wenn ich nicht wusste, wie. Es ist das Ergebnis zahlreicher falscher Fährten, falscher Anfänge (und falscher Enden sowie falscher Mitten), von Schweiß, Tränen und Tigerblut. Aber hier ist es. Und ich bin allen unendlich dankbar, die mir auf diesem Weg geholfen haben.

Mom: Danke, dass du vor so langer Zeit, »als der Tiger noch seine Pfeife rauchte«, die Saat gelegt hast. Dass du jeden einzelnen Entwurf gelesen und alles genau durchdacht hast, dass du mich daran gehindert hast aufzugeben (mindestens fünfmal). Dieses Buch gäbe es ohne dich nicht. Du bist die beste Lektorin, die beste Autorin, die allerallerbeste Mom.

Dad: Danke dir, dass du mich gelehrt hast, so hart zu arbeiten und respektvoll mit mir selbst umzugehen. Dass du mich durch die geschäftliche Seite gelotst und mir gezeigt hast, dass ich nicht nur Künstlerin bin, sondern ein Profi. Deine Unterstützung und Aufmunterung bedeuten mir unendlich viel.

Sunhi, meine wilde Tigerschwester mit dem großen Herzen: Viel von dieser Geschichte ist die Geschichte unserer Familie. Und ein großer Teil des Schreibprozesses bestand darin, herauszufinden, wer wir sind und woher wir kommen. Und wenn du deine eigene Reise durch unsere Geschichte und Identität machst – wenn du all diese Liebe nimmst und in Tanzmagie verwandelst –, werde ich da sein, dich anfeuern und voller Ehrfurcht zuschauen.

Halmoni: Danke für all deine Geschichten, sie könnten endlose Romane füllen.

An meine riesige, liebevolle, unglaublich weit verstreute Familie: Danke für eure Unterstützung. Ich bin ein echter Glückspilz.

Danke an die wunderbar unterstützenden Paleys und Nadels: Ich bin so froh, dass ich zu eurer Familie gehöre.

Und Josh, immer: Danke, dass du bei jeder Sackgasse meine Tränen getrocknet und mich zum Lachen gebracht hast. Danke, dass du an mich geglaubt hast, wenn ich es selbst nicht konnte. Und danke, dass du mir das Gefühl gibst, etwas Besonderes sein zu können.

Sarah Davies: Meinen innigsten Dank für deine Unterstützung während des ganzen Schreibprozesses. Danke, dass du das Potenzial in den aufkeimenden Ideen gesehen hast.

Und danke allen anderen im Greenhouse-Team, einschließlich der Vertragsleute, für die ganze harte Arbeit.

Chelsea Eberly: Danke, dass du meine langen E-Mails ertragen hast, die letztlich alle auf ein »AAAH, HILFE!« hinausliefen. Und dass du mir immer wieder gesagt hast, dieses Buch ist *kein* Flop. Danke, dass du mich angefeuert hast, mein Bestes zu geben, und mir geholfen hast, meine Herzensgeschichte aufzuschließen.

Danke auch dem warmherzigen, engagierten und hart arbeitenden Team von Random House Children's Books: Michelle Nagler, Barbara Bakowski, Katrina Damkoehler, Ken Crossland, Tracy Heydweiller, Jenna Lettice, Kelly McGauley, Adrienne Waintraub, Lisa Nadel, Kristin Schulz, Jillian Vandall, Emily Bamford, Julie Conlon, Sydney

Tillman, Stevie Durocher, Emily Petrick, Shaughnessy Miller, Andrea Comerford, Emily Bruce, Cynthia Mapp und viele andere.

Danke an die Schüler der Oceanside Middle School, Punahou School und Kaimucki Middle School, die mir geholfen haben, einen Titel zu finden.

Ein großes Dankeschön an Kay Junglen und ihr Team von Lesern in der Sherrill-Kenwood Library.

An Romily Bernhard für das Lesen und für die Aufmunterung, wenn ich es dringend brauchte.

An Sam Morgan für ihren ganzen Enthusiasmus. Deine Titel sind einfach *zu* gut, das ist der einzige Grund, warum ich sie nicht nehme.

An die Freunde, die mich pausenlos über dieses Buch reden ließen, die mir mit Aufmunterung, Rat, Unterstützung, Ablenkung, Taschentüchern und Tee zur Seite standen – ich weiß nicht, wie ich euch danken soll.

Und schließlich an die Leser: Dieses Buch hat einen weiten Weg hinter sich, und nun hat es zu euch gefunden. Danke, dass ihr ihm ein Zuhause gebt. Diese Geschichte ist jetzt eure.